AMY LANE

COFANETTO TALKER

LA COLLEZIONE COMPLETA

AMY LANE

COFANETTO TALKER

LA COLLEZIONE COMPLETA

Pubblicato da
DREAMSPINNER PRESS

5032 Capital Circle SW, Suite 2, PMB# 279, Tallahassee, FL 32305-7886 USA
www.dreamspinnerpress.com

Cofanetto Talker – La collezione completa
Copyright dell'edizione italiana © 2021 Dreamspinner Press.
The Talker Collection
© 2012 Amy Lane.
Prima Edizione maggio 2012
Traduzione di Aurora Pergoli.

Illustrazione di copertina di
© 2012 Reese Dante.
www.reesedante.com
Design di copertina di
© 2021 L.C. Chase
Le immagini di copertina sono usate a soli scopi illustrativi e i soggetti ritratti in esse sono modelli.

Edizione tascabile italiano: 978-1-64405-946-3
Edizione eBook italiano: 978-1-64405-942-5
Prima edizione italiana: aprile 2021
v 1.0
Talker prima edizione italiana: maggio 2012
La guargione di Talker prima edizione italiana: settembre 2013
La laurea di Talker prima edizione italiana: maggio 2014

Stampato negli Stati Uniti d'America.

Sommario

Talker   1
La guargione di Talker   73
La laurea di Talker   145

TALKER

Ringraziamenti

Tutte le mie opere, che io mi ricordi o meno di dedicarle, sono in qualche modo dedicate a mio marito. Il mio "Compagno" e io stiamo insieme da quando abbiamo diciannove anni.

Siamo stati quelli con il lavoro al ristorante, mentre frequentavamo l'università, vivendo in un appartamento fatiscente. Eravamo quelli con l'albero di Natale dei poveri e quelli che dovevano scegliere tra il riscaldamento e la luce. (Scegliemmo la luce e fummo veramente grati per i grandi sacchi a pelo da campeggio che i miei genitori ci regalarono per Natale. Più tardi ci furono rubati, perché ehi: ho menzionato che era un appartamento fatiscente?).

Ho scritto un sacco di storie sull'amore giovanile e sui primi amanti, l'ho fatto con l'ottimismo che tali amanti ce la faranno, perché noi ce l'abbiamo fatta. Così, quando arrivate alla fine, non preoccupatevi per Brian e Talker. Abbiate un po' di fede. A volte capita che la fede e il senso dell'umorismo siano tutto ciò di cui avete bisogno (insieme a un'opportunità per razziare il giardino dei vostri genitori o mangiare gratis al ristorante. Anche quello aiuta).

TI SEGUIRÒ

Allora

BRIAN COOPER *era su un grande autobus, sulla strada per il suo primo incontro di atletica, quando vide per la prima volta Tate Walker. Era seduto per conto suo, perché non conosceva nessuno e si sentiva più o meno l'unica persona sulla Terra a non avere l'iPod o un cellulare che si richiudeva come un origami e per finire faceva anche il caffè. Tate arrivò più tardi e, ragazzi, era davvero uno spettacolo.*

Metà del suo viso era reclamato da un glorioso tatuaggio tribale che si estendeva sotto al collo della maglietta a maniche lunghe, fino alla mano ricoperta da un mezzo guanto. Più tardi Tate si sarebbe fatto tatuare anche il braccio e avrebbe smesso di indossare magliette a maniche lunghe, ma quel disegno non era la cosa più sbalorditiva del suo aspetto.

Il suo orecchio destro, lo stesso lato del tatuaggio, aveva più di dodici piercing, così il suo naso, il sopracciglio e le labbra (anche se quello fu il primo ad andarsene). I capelli scuri come l'inchiostro erano tagliati alla moicana e il tatuaggio si estendeva anche sulla metà dello scalpo. Anche se la cresta si era trasformata in una coda di cavallo per l'incontro, Brian lo aveva visto in giro per la scuola e spesso la portava divisa in punte alte dieci centimetri, probabilmente grazie ad un sacco di Super Attack e lavoro di pettine.

Così lui era quello famoso per il look spaventoso e Brian non era indifferente al fatto che i ragazzi sul bus ne parlassero male. A Brian però non importava perché, quel giorno, Tate occhieggiò il posto accanto al suo e gli rivolse un sorriso timido, prima di sedersi accanto a lui. Aveva un auricolare nell'orecchio e si muoveva appena sulle note della canzone che suonava per lui e per lui soltanto. Tendeva a scattare a volte, quando non era sulla pista da corsa – una contrazione involontaria, quasi come volesse scattar fuori dalla pelle – ma stava guardando Brian come se non fosse un tipo strano e per la prima volta dall'inizio della scuola, iniziata un mese prima, qualcosa che in Brian era congelato si sciolse.

Oh, grazie al cielo, Brian non era più da solo sul quel maledetto autobus.

Era seduto sul lato sinistro del bus, quindi non riusciva a vedere il tatuaggio di Tate, ma doveva ammettere di essere curioso. Ma non importava – qualcuno era seduto accanto a lui, qualcuno stava parlando con lui... e ragazzi, se parlava.

"Ehi, spero non ti scocci se mi siedo. Lo so, gli altri sparlano di me, sul fatto che sono gay e altre merdate." (Lo dicevano veramente – e non lo facevano in modo carino, oltretutto.) "Ma ti giuro che non è contagioso o roba simile. Guarda, sto ascoltando questa banda che si chiama The Doves, vuoi sentirli? Kingdom of Rust è una canzone magnifica – triste, ma sai, magnifica. Ma se non sei in vena di ascoltare cose tristi, ho qualcosa di rock – il rock ti aiuta a caricarti per un incontro. Anche se non so..." esitò. "Tu tendi anche a fare un sacco di lanci. Hai bisogno di concentrarti o di essere tutto pompato?"

Finalmente si fermò e guardò Brian aspettandosi una risposta. Brian sbatté le palpebre e cercò di tirarne fuori una. "Non conosco la musica," disse, imbarazzato. "Ma mi piacerebbe sentire quello che hai."

Il ragazzo con il tatuaggio e la cresta allora sorrise, il suo sorriso era splendente e puro (e giusto un po' sbilenco – i dentisti non avevano lavorato molto su quei denti), e passò a Brian il suo auricolare.

"Ti ho visto lanciare, giusto? E sei anche bravo a correre. Per forza ti hanno dato una borsa di studio!"

Brian arrossì. "Ho tipo dovuto fare un'audizione," borbottò. "Ho studiato con dei tutori; era l'unico modo per farmi entrare al college." Le sue spalle avevano già quegli spasmi. Avrebbe iniziato a pensare a come pagare la scuola quando sarebbe finita. Tate annuì come se quello succedesse tutti i giorni. "Vedi, io ero uno skater, sai? Ma dopo la seconda, la terza e la sesta volta che mi sono rotto il polso, uno dei miei coach a scuola mi ha infilato le scarpe da corsa, messo sulla pista e detto di tenere i miei piedi ben fermi per terra. Mi ha aiutato ad ottenere la mia borsa di studio, così siamo, sai, uguali."

Brian osservò quell'espressione vulnerabile, una specie di "per favore, per favore fa che siamo uguali", e si chiese perché qualcuno che si era tatuato mezza faccia, rasato il cranio, oltre a indossare jeans attillati che cadevano sui fianchi buoni solo a pulire il pavimento e una t-shirt di lustrini brillanti, avesse bisogno di essere "uguale" a qualcun'altro. Ma questo solo perché aveva appena incontrato Tate, ed era seduto alla sua sinistra.

Il ragazzo sembrava aspettare una risposta, così Brian mise insieme l'unica a cui riusciva a pensare.

"Ti sei rotto il polso sei volte?"

Ora

TATE SI stava allacciando le scarpe da corsa mentre parlava a Brian del suo nuovo hobby.

4

Brian pensò seriamente di vomitare. Cambiò idea e meditò di prendere a pugni la parete; nel frattempo Tate continuò a parlare, cieco come un batterio alla supernova emotiva di Brian. Al termine del monologo, chiese a Brian come mai aveva l'espresione di uno che aveva appena inghiottito un ratto avvelenato. A quella domanda si guadagnò una risposta a due parole che lo fece avvizzire.

Fottiti, bastardo.

Risuonò tra di loro per un muto istante, e Tate lasciò che la sua facciata da duro scomparisse. "Cosa c'è che non va?" chiese, addolorato. Era difficile vedere il dolore sul suo viso. Prima di tutto, il tatuaggio tendeva a mascherare le sue emozioni, cosa che Brian era abbastanza sicuro fosse stata volontaria. Era anche difficile vedere Tate addolorato —era piuttosto simile ad un pezzo di cellophane maltrattato e appallottolato, trasparente e rotto.

Brian aveva imparato a non pensare più al tatuaggio, ai piercing o ai capelli, aveva imparato ad amare veramente il modo in cui Tate saltellava sempre sul posto o si contraeva, anche quando cercava di stare immobile.

Quello era Tate: sempre ad ascoltare musica che pareva provenire da un altro pianeta o a soccombere al bisogno di ballare.

Così anche se l'aspetto di Tate era un'apoteosi di camuffamento (i capelli acconciati in maniera tanto curata, il corpo — si era finalmente fatto fare il tatuaggio sul braccio — i vestiti, la faccia), era tutto per attirare l'attenzione, per non farla concentrare sulle cose che non voleva che la gente vedesse. Brian aveva fatto del guardare oltre la sua apparenza un vero e proprio studio.

Ed ecco perché questo nuovo "hobby" lo spaventava da morire.

Le Apparenze Ingannano

ORA CHE diventarono veramente buoni amici erano già al loro secondo anno di atletica. Fu principalmente per colpa di Brian; era diventato orfano da piccolo e cresciuto dalla zia nelle colline, e faceva fatica a leggere i segnali che faceva la gente, quindi non aveva saputo come prendere la mano che Tate tentativamente gli porgeva in amicizia e farne uscire qualcosa di buono.

Non aiutava nemmeno il fatto che Tate si aspettasse che lui si rivelasse un bastardo come il resto del team di atletica. Brian ignorava quei ragazzi; non gli piacevano le persone meschine. Iniziava ad apprezzare davvero la musica di Tate e si divertiva agli incontri di atletica soltanto per i viaggi in autobus, solo grazie a quel ragazzo.

Inoltre, avevano dovuto fare i test antidroga sia prima che durante, quindi qualsiasi cosa facesse muovere in quel modo Tate era solo nella sua testa.

E Tate (o Talker, il chiacchierone, come i ragazzi lo chiamavano a volte) continuava a sedersi accanto a Brian sull'autobus o a restare vicino a lui per chiacchierare durante gli allenamenti, e quella era una buona cosa. Soltanto il team di atletica contava più persone di tutti gli sportivi messi insieme della sua vecchia scuola, e quella comprendeva allievi dai 4 ai 19 anni.

Dopo quel primo incontro, non vedeva l'ora che arrivassero quei viaggi in autobus, accompagnati dalle chiacchiere e dai movimenti di quella persona che sembrava voler attirare la sua attenzione. Lui non aveva la benché minima intenzione di rifiutare quell'offerta di compagnia solo perché Talker era gay dichiarato. Nemmeno dopo che quella ragazza dai grandi occhi scuri del corso di Inglese iniziò a lavorarselo, fino a convincerlo ad avere una fidanzata.

Talker era diverso dagli altri ragazzi nella squadra, quelli che si aspettavano che Brian dicesse sempre qualcosa di brillante o di sarcastico. Talker si sarebbe messo a parlare di film, o musica, o di siti web per ore, senza nemmeno fermarsi per aspettare una risposta o per vedere se Brian stesse ascoltando.

Brian stava sempre ascoltando. Durante quei viaggi imparò molto sulla cultura pop e su come vivere a contatto con gli altri, più di quanto avesse mai detto a Tate Walker, che comunque gli era sempre grato alla fine del viaggio.

"Veramente, grazie per sopportare il mio flusso di diarrea mentale. Sei qualcosa come il miglior ascoltatore del mondo. La prossima volta porto un paio di auricolari in più, così possiamo ascoltare i Placebo insieme, ok?"

Tate manteneva sempre le sue promesse e i Placebo diventarono uno dei gruppi preferiti di Brian.

Brian conosceva Talker da quasi un anno e mezzo quando gli capitò di vedere uno scorcio della persona che Tate Walker era veramente.

Brian quel giorno stava facendo tardi dopo aver finito l'allenamento. Stava diventando sempre più ovvio che la sua spalla non avrebbe retto per quei tre anni e voleva mantenerla il più a lungo possibile per tenersi la borsa di studio. Aveva ascoltato gli altri ragazzi mentre parlavano di lavoro e aveva deciso che sarebbe finito a lavorare in un ristorante una volta uscito dal mondo dell'atletica e gli conveniva restare il più sano possibile il più a lungo possibile.

Quindi eccolo, nei suoi pantaloncini bianchi abbinati a una semplice maglietta grigia, con un sacchetto di ghiaccio sulla spalla, quando sentì Tate che sbraitava a pieni polmoni una canzone dei Dropkick Murphys. Lo stava facendo anche discretamente, considerando che il gruppo tendeva a fare rap irlandese e cantavano veloce. Tate doveva aver pensato di essere da solo perché, mentre girava l'angolo, asciugandosi con l'asciugamano la lunga massa di capelli con una mano e tenendosi un asciugamano intorno alla vita con l'altra stava ancora cantando; ma smise immediatamente e cadde sul sedere quando vide Brian, puzzolente di disinfettante, intento a muovere la spalla.

Brian era leggermente sbigottito, ma poi vide le cicatrici.

Talker non si era ancora fatto fare il tatuaggio sul braccio ai tempi e Brian aveva smesso da tempo di fissare il tatuaggio sulla faccia come uno stupido allo zoo. Sapeva che Tate indossava magliette a maniche lunghe tutto l'anno, nonostante i quaranta gradi e più che c'erano a Sacramento in estate, estate che a volte si protraeva fino a ottobre. Sapeva anche che il coach lasciava indossare a Tate magliette a maniche lunghe durante le sessioni di corsa, mentre il resto del mondo era in canottiera. Dopo un anno e mezzo di conoscenza, ora Brian sapeva perché.

Il tatuaggio originale finiva alla base del collo, e la cicatrice — un'accozzaglia screziata di vecchie cicatrici da scottatura e da trapianto di pelle fuse insieme — si estendeva sull'intero lato destro del suo corpo. Improvvisamente il design casuale e originale del tatuaggio acquistava un senso: tatuare sopra le cicatrici era difficile e doloroso. L'artista aveva semplicemente seguito il disegno già presente nella pelle ottenendo l'effetto migliore. E visto che i colori si sarebbero confusi, anche il nero assoluto aveva senso. L'intero tatuaggio era un travestimento per nascondere in piena vista le cicatrici di Tate.

La ragione per cui Tate era sempre l'ultimo a finire e non si faceva mai la doccia insieme agli altri diventava ovvia anche lei.

Lo sguardo negli occhi di Tate era... da spezzare il cuore. Aggrottò la fronte mentre si rialzava con dignità. Un silenzio rimbombante cadde in mezzo ai due mentre Tate sfidava Brian a dire qualcosa.

Brian voleva dire molto. Voleva esclamare, "Adesso ho capito!", perché adesso molto della personalità di Tate aveva senso. Voleva dire anche, "Guarda, non mi importa delle cicatrici; non sto per prenderti in giro, non devi preoccuparti per quello. Sono un bravo ragazzo." Quello che voleva veramente dire era "Porca miseria, cos'è successo!" ma perfino lui sapeva che non era educato.

Quello che invece disse fu "Ahi", e lo disse con moderazione, senza drammaticità. A Brian non piaceva la tragicità – era sempre stato tranquillo e contento, anche da bambino.

Apparentemente era la cosa giusta da dire. Tate scrollò le spalle e si spostò la lunga massa di capelli dagli occhi. Senza la coda di cavallo o le punte o l'eyeliner, sembrava giovane e vulnerabile. La curva delle labbra era sensuale e piena – qualcosa che Brian non aveva notato fino a quel momento.

"Già, faceva male," disse, come se il dolore non importasse, "Ero un bambino quando è successo, sai?"

Brian annuì. "Quanti anni avevi?"

Tate andò al suo armadietto e iniziò a cercare in giro i suoi vestiti – jeans militari, stivali da combattimento, e una maglietta a maniche lunghe, anche se era la fine di Maggio. "Avevo sei anni. Mia madre si addormentò con una sigaretta e una bottiglia di whiskey. La coperta su cui stavo dormendo ne era imbevuta."

Ahi per davvero.

"Tua madre?"

"Non è sopravvissuta."

"Anche i miei. Incidente automobilistico."

Tate fece uno di quegli spasmi, quelli che sembravano strattonarlo letteralmente da un pensiero o un tempo o un posto al presente, il qui e ora fisico. "Gli Strilloni erano un'accozzaglia di gente messa male, poveri orfani e vagabondi senza tetto o direzione... poi un giorno tutto èm cambiato." Disse con intonazione, come se stesse citando qualcosa, e Brian paragonato a lui si sentì imbranato e lento.

Era sempre stato impacciato a parlare quando c'era in giro Talker, ma a lui non sembrava importare.

Anche quella volta fu così.

8

"Non capisco", si scusò, e Tate si voltò verso di lui, il suo entusiasmo dipinto sulla faccia come un dipinto.

"Gli Strilloni? Non hai mai visto Gli Strilloni? È , ecco, il *musical*, prima di High School Musical, *che è da ritardati… ragazzi,* devi per forza *vedere questo film, è fantastico!"*

"Mmm, okay." Brian continuava a sbattere le palpebre, velocemente, cercando di capire come la loro conversazione fosse finita in un altro mondo senza nemmeno che lui se ne accorgesse, ma d'altronde lì era dove Tate portava i discorsi. Se qualcosa gli si avvicinava troppo, lui l'avrebbe portata nella direzione opposta.

"Posso portartelo al tuo dormitorio, se hai un computer possiamo vederlo da lì. Ti piacerà…" Era la prima volta in quell'anno e mezzo di semi-conoscenza che progredivano verso vera amicizia. Il momento migliore della vita di Brian.

"Okay." Brian aveva un portatile; lui e la zia avevano messo ogni centesimo risparmiato in quell'acquisto. Fino a quel momento l'aveva usato solo per stampare documenti e navigare su YouTube. Si vergognava vagamente per non averci messo sopra del porno, ma quello non sembrava interessargli al momento.

"Beh, sì, ovviamente se non ti importa del fatto di avere un frocio nella tua stanza." Tate si era voltato. Stava facendo scena di usare lo specchietto nel suo armadietto per applicare uno sfacciato eyeliner blu intorno agli occhi.

Brian realizzò con un certo shock che Tate stava parlando di se stesso. Realizzò anche che era terrorizzato che Brian fosse d'accordo con lui.

"Non ho molti amici," disse con onestà. "Non mi posso permettere di essere schizzinoso."

Si fermò e vide che grazie alla sua piena accettazione, Tate raddrizzava le spalle. "Ma non gradisco quando gli altri li insultano."

"Chi?" Tate si voltò con quegli occhi decorati apertamente spalancati, come per sfidare Brian a negare quello che era.

"I miei amici."

Tate allora annuì, e arrossì. "Giusto. Okay." Sorrise. Brian era arrivato a conoscere molto bene quel sorriso con i canini prominenti e i denti davanti sovrapposti. Ma il sorriso di tate era luminoso, puro e scintillante, come ora, e Brian, con un nodo in gola, realizzò che, anche solo per quel momento, lui era necessario a qualcuno. Tate Walker aveva bisogno di lui come amico, come nessuno aveva mai avuto bisogno di Brian nella sua intera vita.

Dopotutto, era facile.

9

La spalla di Brian aveva finalmente ceduto mentre si allenava al lancio del peso. Aveva perso la borsa di studio ed era stato costretto a trovarsi un lavoro per continuare a studiare, e andarono a vivere insieme poco dopo.

Ehi, Brian. Dove andrai a vivere se non puoi più stare nel dormitorio?

Non lo so. Mi dovrò trovare un appartamento.

Guarda, il mio amico in Via X se n'è appena andato via da un buco. È un vicinato di merda, ma ha due camere, ed è giusto di fianco a Starbucks, così possiamo piratare il loro Wi-Fi.

Possiamo?

Beh…se non ti scoccia avere un compagno di stanza a cui piacciono i ragazzi.

No. Affatto.

Anche se Tate non lo disse mai, lasciò la sua stanza in dormitorio perché Brian era il suo miglior amico, e non voleva rinunciare alla possibilità di girare l'angolo e guardare un film sul portatile di Brian mentre lui lavorava a qualche documento.

Entrambi trovarono lavoro in un ristorante: Tate come assistente barista in Gatsby's Nick, uno sgargiante bar gay, e Brian come cameriere in Olive Garden. Tate aveva ancora la sua borsa di studio, ma entrambi erano a corto di soldi. Il loro appartamento era orribile, i mobili di seconda mano, e quando non sgraffignavano cibo dal ristorante vivevano di cibo giapponese precotto e patatine fritte.

Brian non era mai stato così felice.

E ORA, dopo due anni e mezzo di amicizia, Brian non riusciva a credere di aver sentito bene.

Era *quello* il nuovo hobby di Tate?

"Cos'è che stai per fare?" chiese lentamente quando l'eco del suo sfogo passò.

Tate rinsavì e si mise a dondolare sui piedi. Le mattonelle sotto i suoi piedi scricchiolarono e si spezzarono in frammenti ancora più piccoli prima che potesse rispondere.

"Non è questa gran cosa."

"*Non* è una collezione di francobolli! Ripeti cosa stai per fare?"

"Lo sai, sto… sto parlando."

"Si, l'ho sentito," ruggì Brian. Stava correndo con Tate per la compagnia, visto che non era più in squadra. Però gli piaceva correre. Gli

10

piaceva passare del tempo con Tate quando era libero da tutta quella roba che lo legava alla terra nella stessa dolorosa maniera in cui avrebbero fatto delle manette d'acciaio. Al momento, comunque, non era sicuro di riuscire ad arrivare nemmeno alla pista ciclabile di fronte a lui, perché era troppo maledettamente infuriato e scioccato. Una scarpa gli pendeva dalla mano tenuta per i lacci e per un secondo pensò di usarla per colpire Tate fino a fargli tornare un po' di buonsenso.

"Vuoi andare nei bagni del locale dopo il tuo turno e parlare agli uomini finché non vengono. Hai detto questo. Come un operatore di linee erotiche ma di persona. Hai detto anche questo. Ma quello che non hai detto" dovette fermarsi perché la sua voce aveva fatto un suono come di un ciottolato che viene calpestato "è perché *per l'amor del Cielo vorresti metterti in questo tipo di pericolo!*"

Oh merda. E così spariva la voce – ma non poteva farci niente. Non poteva. Oh Dio....Tate era così vulnerabile.

"Non è così pericoloso," affermò tranquillamente Tate. "Davvero, Brian. Non devo nemmeno vederli. È come...non so. È qualcosa di energizzante!" In quel momento lo guardò. Non aveva ancora messo l'eyeliner, e i capelli non erano a punte, così in quel momento erano solo... i suoi occhi. Erano scuri come l'inchiostro e addolorati, stava tendendo i muscoli della mascella, come se stesse per trarre energia dal dolore. Era così che Tate affrontava ogni singolo giorno.

"Potente," ripeté Brian, con la voce che sembrava un abisso senza fondo.

"Si, è come...lo sai. Posso avere il sesso, ma non devo...non devo metterci nient'altro. Le persone se ne vanno felici, ma non possono fare del male a *me*. Non vedi? È perfetto."

Brian fece cadere la scarpa sul pavimento del loro ingresso, e la seguì cadendo seduto su quelle mattonelle rotte, portando le ginocchia al petto e spostando con una mano sudata i lunghi capelli del color del grano.

"Si, è perfetto," bofonchiò. La cosa aveva perfettamente senso. A Tate era stato fatto del male, e così tante volte. Il suo corpo stava letteralmente spasimando di essere amato, ma il suo cuore... il cuore non sarebbe sopravvissuto ad un altro disastro emotivo.

"Dai, Brian," disse Tate, sedendosi di fianco a lui. Mise tranquillamente una mano sulla spalla di Brian perché pensava che lui fosse etero. Brian

11

non era una minaccia. Brian non poteva assolutamente fargli del male in *quel* modo. Brian osservò quegli occhi scuri, quella mascella contratta, quello sguardo fiducioso, con una gola così stretta che quasi non riusciva a respirare.

"Lo sai," mormorò gentilmente Tate, "non è come se tu potessi farlo per me, capisci? Sei il miglior amico che un ragazzo possa avere, ma... io... io voglio veramente qualcuno." Si alzò e ballò al ritmo industrial-techno-pop del suo cuore. "Sono così solo", disse, mettendosi a nudo, e Brian riuscì finalmente a far uscire le parole.

"Ma io ti voglio bene," gracchiò, e Tate si piegò e gli accarezzò la testa come se fosse un bambino o un gatto o qualcosa del genere.

"Beh, sì, ma entrambi sappiamo che non è nel modo di cui ho bisogno." disse con voce strozzata e prima che Brian potesse contraddirlo, spiegargli che l'aveva semplicemente incasellato in un ruolo che non era il suo, lui disse, "Ecco, devo andare... vado da solo... io... io mi farò la doccia al lavoro... ciao..."

Brian cercò di alzarsi per corrergli dietro, ma si appoggiò alla spalla malconcia e quando la vista tornò chiara, Tate se n'era andato. Brian era stato un atleta di Decathlon. Tate era un mezzofondista e potevano scegliere fra più di mezza dozzina di percorsi tra le vie cittadine e le piste ciclabili sul fiume. Le possibilità di raggiungerlo quand'era di quell'umore erano sottili quanto le cicatrici sul cuore in guarigione di Tate.

Merda. Merda merda merda merda merda merda merda...

Brian si ritrovò ancora seduto, mentre lacrime calde gli scendevano fra la polvere salata che gli ricopriva le ginocchia.

"Ma è quello di cui hai bisogno," sussurrò. *Lo è, Tate. È esattamente quello che hai bisogno.* Ma Tate non sarebbe stato ad ascoltarlo – non adesso. Non dopo tutto quello che Brian aveva visto, o il modo in cui Tate gli aveva aperto il cuore perché pensava che Brian fosse "sicuro". Oh Cielo. Adesso che Tate aveva veramente bisogno di Brian-l'Amante, come avrebbe potuto fargli confidare in Brian-l'Amico?

Vecchi Amanti

Brian AVEVA un appuntamento con Virginia la prima note che Tate tentò di far sesso. Se lo ricordava, l'appuntamento.

Faceva regolarmente sesso da quando aveva sedici anni. Era un bel ragazzo; di quello si rendeva conto in modo distaccato. Capelli del colore del grano, occhi blu, lentiggini da classico ragazzo americano, e una grande bocca sorridente — fra quello e il suo fisico, che era asciutto e muscoloso perché amava lo sforzo fisico e non perché amasse i muscoli — beh, le ragazze gli si infilavano nel letto con facilità, e lui non aveva ragione di lamentarsene. Gli piacevano le ragazze, gli piaceva farle felici, e quindi era abbastanza bravo a letto (quando ne aveva uno a disposizione — spesso, era abbastanza bravo anche nella sua macchina), ma l'intera cosa sembrava… stranamente senza passione, per lui. Non c'erano le palpitazioni del cuore, il sudare o dedizione legate all'atto. L'intero dammi dammi dammi devo averlo sembrava mancare, ed era stato quando era andato a vivere con Tate che aveva iniziato a capire perché.

Da quando si era trasferito con Tate, era diventato ossessionato con la curva del fianco di Tate, quella che correva dalla coscia al pube. Forse perché le parti private di Tate erano sempre casualmente nascoste quando usciva dalla doccia o si vestiva, ma quel particolare posto sembrava…attirare l'attenzione di Brian in modo strano.

Il cazzo di Tate era lungo? Grosso? Pendeva pesantemente quando usciva dalla doccia? C'erano cicatrici? (Poveretto, fai che non ci siano cicatrici!) C'erano piercings? I peli erano dello stesso colore scuro, simile all'inchiostro, dei suoi capelli?

Quella non era l'unica parte del corpo di Tate che sembrava aver catturato l'attenzione di Brian, oltretutto. La curva del sedere, l'incavo della vita, l'improvviso apparire di quei piccoli nei segreti sulla spalla non segnata… improvvisamente, Brian si ritrovò a pensare a tutto ciò prima di addormentarsi la sera. Se lo sognava e poi si svegliava con una mano sul pene rigido e la pelle sudaticcia, incapace di ricordare i dettagli dei sogni, ma qualunque cosa sognasse gli faceva battere forte il cuore, era eccitato e si sentiva mancare il respiro.

Iniziò ad avere qualche sospetto: forse non era così etero come aveva sempre pensato. Tuttavia, fu solo quando Tate tornò a casa una sera, tutto eccitato per un

13

appuntamento con un altro assistente barman, che Brian capì che il suo coinquilino gli interessava più della sua ragazza.

Tate non aveva ancora fatto sesso. Era stata una dolorosa ammissione fatta una notte dopo che Virginia se n'era andata. Si era "divertito in giro"; un sacco di baci alle feste, qualche palpatina o "strusciata", come le chiamava lui, ma no...niente pelle contro pelle. Niente intimità. Non aveva avuto il corpo di un altro stretto al proprio, non aveva mai sentito affetto. Amore.

Ovviamente quelle non erano state le sue parole, ma era stato piuttosto trasparente – o almeno per Brian.

Il padre di Tate aveva chiamato solo una volta in quei nove mesi circa da quando erano coinquilini. Tate era avaro nel parlare della sua storia famigliare, ma apparentemente il caro vecchio papà era stato dichiarato incompetente come genitore e Tate aveva passato un sacco di anni in famiglie adottive. Era così – aveva ammesso candidamente – che si era procurato la borsa di studio: la vecchia carta della pietà, come la chiamava lui. Apparentemente, quello non fermava "papà" dall'infliggere più danni possibili anche a lunga distanza.

La chiamata era arrivata il giorno del compleanno di Tate. Tate aveva alzato il telefono, ascoltato per un momento, e detto: "Sì, papà. Ancora gay."

Brian aveva sentito l'epiteto che disse la persona dall'altra del telefono, anche dall'altra parte della stanza. Echeggiò dalle pareti mentre Tate rimetteva gentilmente la cornetta al suo posto.

Brian aveva percorso la stanza, afferrato la mano di Tate e detto: "Andiamo."

"Dove?"

"A cena. E' il tuo compleanno."

"Ma non hai i soldi!" Brian era continuamente al verde – niente borsa di studio, niente soldi, semplice.

"Non mi importa." Brian quella settimana aveva dovuto chiedere a sua zia i soldi per il cibo giapponese e le patate del suo orto, ma non gli importava. Ne era valsa la pena, portare Tate al Red Robin e viziarlo con un hamburger accompagnato da discorsi su musica che Brian non aveva mai sentito, fare in modo che le cameriere gli cantassero "Tanti Auguri" davanti a un palla di gelato sciolta, e fare in modo che quel brutto epiteto sparisse per sempre dalla memoria dedicandosi per un'ora a un contenitore infinito di patatine fritte.

Pensava che la sua ossessione potesse essere solo compassione, fascino verso qualcuno che era così dannamente forte e così fragile allo stesso tempo, fino a quando

14

Tate portò a casa Blaize con la Z, un tipo dalla testa rasata che portava ombretto verde brillante e che aveva buchi nelle orecchie grossi come una moneta.

Aveva anche una bocca piena e sensuale, clavicole dolci e prominenti, braccia esili e una vita sottile. Era semplice notare tutto ciò perché portava un top di rete con i jeans strappati.

Tate aveva guardato Blaize come se fosse la sua ultima spiaggia, urlato: "Trattalo bene, Virginia!" dall'ingresso, e poi si era allontanato via da casa con un saluto civettuolo della mano e un ammiccamento speranzoso, lasciando Brian a barcollare verso la camera, inebetito.

Virginia alzò lo sguardo dal film che stava guardando sul suo portatile e sorrise. Era vestita casual, in pantaloncini e maglietta, e i piedi rivestiti dai calzettoni stavano dondolando sopra il fondoschiena, visto che era sdraiata sullo stomaco di traverso sul letto. I capeli neri le fluivano in una coda di cavallo – era la ragazza più dolce che avesse mai incontrato.

"Pronto, Brian? È morto il tuo pesce rosso?"

Brian strappò la sua attenzione dalla porta d'ingresso chiusa e la sua preoccupazione per Talker. "Pesce rosso?"

"Uhm, sì. Sembri, non so, un po' depresso?" Brian scrollò le spalle, non essendo sicuro di riuscire a trasformare in parole l'agitazione che provava. Ovviamente, le parole non erano comunque il forte di Brian. "Non...lui non sembrava forte abbastanza," fu quello che disse, e Virginia si voltò verso di lui, sorpresa.

"Forte abbastanza per cosa?"

Brian sospirò e si sedette sul letto accanto a lei. Gli piaceva toccarla – la sua pelle era soffice e lei apprezzava la semplicità di una mano appoggiata alla base della schiena. Ma questo non era il motivo per cui le voleva bene. Quello che realmente gli piaceva di lei era la sua anima gentile, la sua arguzia e l'incredibile pazienza che mostrava a Brian quando lui si prendeva il suo tempo per seguire la velocità con cui lavorava quel suo cervello metodico. Virginia era una brava persona.

"Ha bisogno di qualcuno di forte," le disse dopo un momento. "Qualcuno su cui contare. Non penso che questo ragazzo possa contare su se stesso nemmeno per lavarsi i denti regolarmente." Scosse la testa. "Talker merita di meglio."

Virginia aveva sorriso gentilmente. "Beh, baby, non è che lui possa clonarti, eh?"

Brian non seppe mai cosa ci fosse nel suo sorriso i quel momento, ma l'espressione di Virginia cambiò impercettibilmente e lo raggiunse per baciarlo appassionatamente. Ricambiò il bacio e fecero l'amore.

15

Lei partì affamata, vorace, implorandolo per la sua passione, e lui ricambiò con la tecnica. Era quello che aveva.

Ad un certo punto la cosa si trasformò in un addio. Dopo, sdraiati a letto, uno di fronte all'altra, Virginia gli toccò il volto. "Ti avrei sposato," mormorò, con gli occhi che scintillavano nella luce dei lampioni fuori dalla finestra.

Si acciglio. "Ci stiamo lasciando?"

In quel momento la porta d'ingresso si aprì, e poterono udire Tate muoversi nell'ingresso. Stava cercando di essere silenzioso, ma fallì miseramente — troppa energia compressa per riuscirci. Oltretutto, perfino il baccano causato dai suoi stivali non riusciva a soffocare il suono dei suoi quieti singhiozzi.

Brian si alzò dal letto e fissò Virginia. "Oh, cavolo…chissà cos'è successo."

"Ci siamo lasciati," disse tranquilla, ma lui la udì a malapena e certamente non le credeva. Iniziò a cercare i suoi pantaloncini e maglietta per andare a far qualcosa per Tate, Virginia sospirò e si alzò dal letto.

"Sarò di ritorno fra un minuto," borbottò, e un lato della bocca di lei si alzò in un sorriso muto.

"Non sarò più qui…"

Probabilmente disse qualcos'altro, ma lui era già alla porta, e Tate era seduto su una brutta poltrona scozzese, guardando una vecchia puntata di Friends sulla loro piccola televisione in soggiorno e mangiando gelato. Brian sospirò e prese qualche fazzoletto; Tate doveva stare attento o avrebbe finito per cospargere il gelato di eyeliner; era anche il gusto preferito di Brian: il pistacchio.

"Cos'è successo?" disse piano, passandogli il fazzoletto. Tate prese il fazzoletto e passò a Brian il gelato. Brian mangiò qualche boccone senza trucco, mentre Talker si puliva il viso.

"È stata una maledetta, disastrosa litigata per il sedere," Tate tirò su con il naso. "voleva che fossi una specie di maschio alpha e cose così, e io…io non posso farlo. Qualcuno deve prendere l'iniziativa, qualcuno deve dire cosa va dove, e lui continuava ad aspettarsi che lo facessi io e io non so cosa fare con lui, poi abbiamo litigato e lui ha detto che sono un idiota e io… me ne sono semplicemente andato. Tutto quello che volevo era scopare, ma non siamo riusciti a fare nemmeno quello. Potevamo anche solo guardare la TV o andare al cinema, ma ci siamo messi a litigare come due vecchie comari, hai presente?"

Brian mangiò un cucchiaio di gelato e rifletté, non aveva la minima idea di cosa stesse dicendo il suo coinquilino, e così gli disse. Da qualche parte in mezzo alla

16

spiegazione di Tate di chi "dava" e di chi "prendeva" in una relazione uomo-uomo nel sesso anale, Virginia arrivò, completamente vestita.

Brian la guardò e le offrì un cucchiaio di gelato, ma lei scosse la testa e, con un sorriso incredibilmente triste, si chinò a baciarlo sulla guancia.

"Ti riporto le tue magliette domani," sussurrò, e lui la guardò, sorpreso.

"Ci stiamo veramente lasciando?" disse dalla sua poltrona, veramente confuso. Virginia gli accarezzò la guancia, lanciò a Tate uno sguardo condiscendente e disse: "Ne parliamo domani."

Brian aveva passato il resto della notte a consolare Tate, soltanto un po' curioso rispetto a quello che era appena successo. La mattina dopo Brian imparò cos'era una "litigata per il sedere". Quel pomeriggio, invece, lui e Virginia avevano parlato, pianto, urlato e litigato e si erano abbracciati e si era finalmente reso conto perché gli doveva importare chi "dava" e chi "prendeva" quando due uomini erano nudi e affannati e avevano voglia di fare sesso.

VIRGINIA. FU il primo pensiero che ebbe Brian mentre si tirava su dal pavimento e traballava nella sua camera. Mise via le scarpe da corsa e indossò un paio di jeans e maglietta. Era così che voleva le cose. Jeans semplici e scoloriti. Maglietta grigia, lavata così tante volte che in certi punti si era assottigliata. A Brian piacevano le cose semplici. Tate era la cosa più complicata della sua vita. Anche Virginia era semplice – ma lei avrebbe potuto aiutarlo, ne era sicuro.

Perché no? Virginia era stata la persona che l'aveva aiutato a fare outing, perché non poteva aiutarlo anche con Tate?

Quando chiamò a casa rispose la sorella. Apparentemente Virginia non lo poteva aiutare con Tate perché era via per il weekend con il suo nuovo ragazzo – il suo ragazzo etero, Alex, che era molto simile nell'aspetto a Brian, ma non avrebbe mai lasciato la sua ragazza nuda nel letto per andare dal suo coinquilino sconvolto, nemmeno per un milione di dollari.

Oh, cavolo. Chiuse gli occhi e cercò di pensare – non era molto bravo a farlo. Era Tate quello bravo a pensare. Tate diceva a Brian quali giorni chiedere di ferie, per andare a vedere le prime al cinema, insieme e a prezzo ridotto. Aiutava Brian con i compiti di inglese e storia. Gli chiedeva mille cose, ma poi Brian riusciva a scrivere il suo saggio e non sentirsi un

17

idiota totale. Tate era quello che gestiva il budget e ritagliava i buoni in modo da potersi permettere una pizza ogni tanto, Brian poteva comprare qualcosa al supermercato oltre a patate e cibo giapponese.

Il cervello guizzante di Tate riusciva a far venire uno sconosciuto sulla parete di un bagno pubblico, per di più in un club affollato, e l'inutile materia grigia di Brian non riusciva nemmeno a fargli capire come dire "Sono gay e ti amo" e farglielo credere.

Meraviglioso. Fottutamente meraviglioso.

Prese un respiro profondo, si sedette sul letto e cercò di pensare a Virginia – era sempre così gentile e così saggia. Parte della loro conversazione, quella successiva al momento in cui Tate gli aveva spezzato il cuore (la prima volta), era stata inestimabile.

La Sofferenza della Vicinanza

"*VIRGINIA... DAI....*"

Virginia fece roteare gli occhi. "Pensi che io sia deficiente?"

"È soltanto che mi prendo cura di lui... non ha nessun altro."

Virginia sospirò e si massaggiò gli occhi rossi con il palmo della mano. Erano entrambi stanchi: Virginia perché apparentemente era rimasta sveglia a pensare a lui e Brian perché era rimasto sveglio a parlare con Tate.

"Brian, hai del porno?" chiese lei infine, apparentemente in modo casuale.

Lui arrossì. "No". Non aveva porno. Era solo che... sembrava strano. Non importava quanto personale il suo computer potesse essere.

"Okay. Allora, dammi cinque minuti e il tuo computer. Voglio farti vedere un paio di cose."

C'era qualcosa di più imbarazzante che farsi mettere del porno sul computer da quella che presto sarebbe stata la tua ex ragazza?

A Brian non era permesso guardare quello che lei sceglieva, ma quando ritornò in camera, lei disse, "Chiamiamolo un esperimento in eterosessualità, baby. Qui." Cliccò "play" su una finestrella e poi si alzò per permettere a Brian di sedersi alla scrivania per guardare.

Guardò due donne che si leccavano a vicenda le vulve rosa e turgide, con gioia, piacere e un sacco di mugolii. Brian arrossì e distolse lo sguardo, ma le mani ferme di Virginia lo riportarono allo schermo. Era semplicemente imbarazzante. Le ragazze stavano usando le dita e la lingua, indagando fessure tremolanti e lucide di umori e piccoli ani in rilievo – sembrava qualcosa di troppo privato da guardare.

Brian si contorse mortificato mentre la mano ferma di Virginia si posava sulla cerniera dei suoi jeans. Fu uno dei momenti più fastidiosi della sua vita perché non era eccitato.

"Okay", disse piano, quando lui non volle guardarla in faccia. "Adesso, fase due."

La fase due era un video similare – ma questa volta erano due uomini, nessuno dei quali assomigliava a Tate. Brian le lanciò un'occhiataccia, ma lei lo girò verso lo schermo, e si ritrovò affascinato. Poteva a malapena guardare il loro equipaggiamento – sembrava così imbarazzante, come era stato per le ragazze – ma gli piaceva fissare l'inclinazione dello loro spalle, la piega della coscia, gli stomaci piatti e quei piccoli ombelichi. Alla fine uno degli uomini finì a gattoni sulle mani e sulle ginocchia, e il ragazzo dietro di lui mise lubrificante sulle dita e iniziò a penetrarlo, gentilmente, inserendo un dito alla volta. Il ragazzo che riceveva (passivo, quello era il termine esatto) aveva gli occhi chiusi, la bocca aperta e stava tremando per la forza della sua eccitazione. Il ragazzo dietro di lui lo raggiunse e gli baciò la spalla, il retro del collo, mentre quella mano traditrice titillava, allargava e penetrava. Brian non poteva fra altro che guardare mentre il ragazzo attivo si srotolava un preservativo sul cazzo, e osservò affascinato, perché il cazzo in questione era più lungo e più sottile di quello di Brian. Le labbra di Brian si aprirono e il respiro gli uscì un po' più veloce, si chiese come sarebbe stato tenere in mano il cazzo di un altro uomo, come lo avrebbe sentito, e se gli sarebbe pulsato nelle mani come sembrava che facesse quello.

La mano di Virginia questa volta fu la benvenuta, perché il suo cazzo era duro e dolorante, e lui emise un piccolo gemito e spinse contro di lei. Con molta gentilezza, lei spostò la mano dal suo fianco e gliela mise in mezzo alle gambe.

Non ebbe nemmeno bisogno di averla contro la propria pelle prima venire nei pantaloni, forte e violentemente. Quando ebbe finito, rimase seduto alla scrivania mentre il resto del filmato gli scorreva davanti, e Virginia, tranquilla, chiuse il portatile e lo costrinse a guardarla negli occhi.

"Dunque", disse, con la voce tagliente, senza che lui potesse fargliene una colpa. "Parliamoci onestamente, okay?"

Lo fecero. Ma prima lui ebbe bisogno di una doccia e di un cambio di vestiti – e di una lunga, intensa sessione di ricerca nella sua anima, mentre puliva il risultato del suo orgasmo dalla pelle.

BRIAN SI ricordava bene quel momento, l'avrebbe ricordato per tutta la vita, perché Virginia gli aveva insegnato molto di più di quanto non avesse imparato da solo. Gli aveva insegnato che a volte, quando qualcuno si sta sbagliando, ha bisogno di prove solide per capire quanto è in errore. A volte, c'è bisogno di qualcuno che prenda per lui una decisione difficile o dica qualcosa di doloroso, per non farlo rimanere perso e rinchiuso nel suo stesso cuore per sempre.

Con un sospiro si girò nel letto e iniziò a pensare a un piano. Okay, il problema non era che Tate non pensasse che Brian gli volesse bene, era che lui non capiva fino a che punto gli volesse bene. Cosa stava sbagliando?

Brian *sapeva* di essere gay. Dopo quella conversazione con Virginia, era stato riluttante a parlarne con Tate perché non era sicura se era attratto da lui perché era un *maschio* o perché era *Tate*. Virginia l'aveva aiutato anche con quello. L'aveva portato a qualche festa – di quelle di cui le ragazze carine di periferia non dovrebbero sapere niente ma invece lo sanno – ed era finito in angoli bui di stanze sconosciute a limonarsi con ragazzi carini che raramente gli chiedevano il nome.

Si era divertito. Aveva messo le mani sulle loro vite strette e affusolate e aveva sentito sotto i suoi palmi costole e stomaci muscolosi e rigidi. Gli era piaciuta la sensazione di mani rigide contro il suo petto, e i forti pizzichi ai capezzoli, e amava la sensazione della barba contro la guancia. Toccare con le sue labbra il collo di un uomo lo faceva tremare di desiderio, in un modo che venire dentro una donna non aveva mai fatto, e se n'era andata da ogni festa sempre più sicuro che questo era l'uomo che era veramente.

Ma l'uomo che era veramente era quello che fermava sempre quegli uomini sconosciuti dal raggiungere i suoi jeans e diventare più intimi che una semplice sbaciucchiata ad una festa.

La prima volta che qualcuno ci aveva provato, aveva sperimentato una scarica di vergogna. Si era sentito infedele nei confronti di Tate. La prossima volta che sarebbe andato ad una festa con Virginia, era stato quasi sicuro di non riuscire nemmeno a baciare un altro uomo – ed aveva avuto ragione. Lui e il suo target prescelto erano finiti a bere tequila tutta la notte e l'unica memoria che Brian aveva di quella serata era di confidare il suo disperato e doloroso amore per il suo coinquilino a un completo sconosciuto.

E quella fu la ragione per cui smise di andare a quelle feste. La mattina dopo era stata una rivelazione.

"PERCHÈ NON *glielo dici?*" *gli aveva chiesto Virginia la mattina dopo, mentre lo aiutava durante una sbornia.*

"L'ho fatto. Gli ho detto che lo amavo." Aveva dovuto. Era stato necessario. Tate si stava preparando per andare al lavoro, parlando incessantemente di quel cliente carino, era contento perché convinto che venisse soltanto per lui e Brian aveva detto, "Perché hai bisogno di lui? Io ti amo!"

"E lui cos'ha risposto?" aveva chiesto Virginia.

21

"*Che era un peccato che non fossi gay, perché in quel caso avrebbe significato qualcosa.*" Brian aveva emesso un gemito, mortificato. Non aveva mai confessato i propri sentimenti a una ragazza – eccetto per Virginia, dopo quel giorno con il porno sul computer. Era stata l'unica volta che quelle parole non erano sembrate una menzogna.

"*Uhm, non gli hai detto di essere gay?*" aveva chiesto lei, dandogli un bicchiere d'acqua e un paio di Tylenol.

"*Pensavo fosse implicito nel 'Ti voglio bene'.*" Lei l'aveva guardato male. Non lo era?

Virginia aveva inarcato un sopracciglio e si era morsa il labbro, sovrappensiero. "*Probabilmente no,*" aveva detto alla fine. "*Forse non puoi dire 'Ti voglio bene' a un ragazzo se prima non dici 'Sono gay' a tutto il maledettissimo mondo.*"

Beh, aveva senso. Tate era così vistoso – trucco, magliette luminose e pacchiane, orecchini multicolore nell'orecchio bucato – era tutto pensato per far vedere alle persone la sua omosessualità e non quell'umano vulnerabile che c'era sotto la facciata.

"*Oltretutto,*" aveva continuato Virginia piano, "*Non sono nemmeno sicura che sia già una cosa reale per te.*"

Brian pensò a Tate, in piedi in cucina, a lavare i piatti e cantare una canzone da Repo: The Genetic Opera *in quel suo modo frenetico e stonato.*

"*È reale,*" disse, ricordando il mondo in cui Tate avrebbe chiuso gli occhi e scosso la testa mentre le sue mani continuavano a lavare le stoviglie economiche di plastica come se fosse stato inserito il pilota automatico.

"*Pronto?*" la voce di Virginia era ancora una volta tagliente e lui spostò la sua attenzione su di lei invece che sui suoi ricordi malinconici. "*A parte ragazzi a caso conosciuti alle feste, chi altro sa che sei gay?*"

"*Non ci sono così tante altre persone nella mia vita, Virginia,*" le disse onestamente. "*Solo tu, Tate, e la zia Lyndsey. Le persone con cui lavoro, immagino, ma non sono in confidenza con loro. Perché dovrebbero saperlo?*"

Virginia sospirò e gli arruffò i capelli. "*Oddio, Brian. Per forza che non riconoscevi la tua stessa gabbia. Ne hai vissuto dentro una tutta la tua vita.*"

Brian le lanciò un'occhiataccia. "*Che cosa vuol dire?*" Dio! Virginia, Tate – perché sembravano piacergli persone che lo facevano sentire stupido?

Un altro sospiro. "*Okay. Okay okay okay okay okay. Ecco come vedo le cose. Penso che tu non voglia ammettere di essere gay perché significherebbe aver bisogno più dello stretto necessario. Voglio dire…dai. Brian, sei abituato a vivere senza soldi,*

22

praticamente senza famiglia, e con quel minimo di conoscenza scolastica che ti fa sentire un completo idiota quando frequenti i tuoi corsi..."

"Ho studiato a casa!" *Protestò, e lei alzò gli occhi al cielo.*

"Con un'artista — e so che tua zia è brillante, ma non eri pronto quando sei arrivato qui. Lo potevano vedere tutti."

"Non è colpa sua se sono stupido," *protestò, perché qualsiasi cosa che sembrava un'accusa contro sua zia Lyndie doveva avere un'altra spiegazione.*

Virginia allora scosse la testa ed emise un orribile suono strangolato. "È una buona cosa che non siamo più insieme," mormorò, "perché mi stai spezzando cuore. Guarda, tesoro. Ecco come stanno le cose." Erano seduti su quell'orribile poltrona scozzese, e lei si raddrizzò per affrontarlo, quegli occhi bruni seri e implacabili.

"È come ho detto: non ti crederà se non sei in grado di dirgli la verità. Quindi, pensa a come farlo, okay? Pensaci. La prossima volta che una ragazza carina flirta con te dille direttamente che non sei di quella sponda. Se è un ragazzo, digli che sei innamorato di un altro. Se l'argomento dei diritti dei gay esce fuori in una conversazione, apri la tua maledetta bocca e dì qualcosa. Devi essere sicuro che tutto il maledettissimo mondo sappia chi sei e forse anche Tate lo vedrà."

Brian la fissò privo di espressione. "Le ragazze flirtano con me?" In effetti dovevano, pensò in ritardo, perché era finito a letto con un bel numero, ma non riusciva a ricordare com'era capitato. Un momento stava parlando con una ragazza e gli piaceva stare in sua compagnia, ridendo alla sue battute, sorridendole felice perché si stava divertendo e il momento dopo aveva la sua lingua giù per la gola. Non c'era mai stato un motivo specifico, era solo così. Adesso che ci pensava, era stato lo stesso anche con i ragazzi che aveva baciato.

Lo sguardo di assoluta disperazione sul viso di Virginia lo fece sentire di nuovo uno stupido. "Mi sono persa" disse, quasi solo a se stessa. "Sono completamente persa. Tu e io insieme? Era come pensare di essere nella piscina dei bambini quando in realtà ero nel lago di Loch Ness. È maledettamente ingiusto."

OVUNQUE TU VOGLIA

BRIAN ANCORA non sapeva cosa avesse voluto dire Virginia riferendosi a Loch Ness, ma l'aveva tenuto in mente. Il problema era che non aveva voglia di parlare con nessuno a parte Tate. Era riuscito a liberarsi di una ragazza con un "Mi dispiace, sono gay," e lei aveva scrollato le spalle e detto che era un peccato, ma non gli era sembrato un momento sconvolgente a livello personale. Forse doveva farlo finché le sue mani smettevano di essere sudaticce, ma non pensava che quella spiacevole sensazione se ne sarebbe mai andata via.

E quello non era qualcosa a cui porre rimedio nell'immediato. La questione più importante era *Tate*, insieme a quella terribile sensazione che gli faceva contorcere lo stomaco che ogni volta che il suo coinquilino andava nel bagno per far venire qualche sconosciuto. In realtà stava vendendo un pezzettino della sua anima che sarebbe stato quasi impossibile da recuperare.

Brian non si era mai sentito così impotente riguardo a qualcosa di così importante nella sua vita.

E *lui* fu quello che penetrò nella sua confusione. Era impotente. C'era una persona nella sua vita che poteva aiutarlo quando era in quello stato. Era la persona che era arrivata all'ospedale quando aveva sei anni con una valigia di suoi vestiti e i suoi giochi preferiti, e aveva detto, "Andiamo, piccolo. Usciamo da qui, okay? Siamo solo io e te, e io odio questo posto."

Lyndsey Cooper era l'unica parente ancora in vita di Brian. Riusciva a malapena a guadagnarsi da vivere con i suoi dipinti e viveva in una piccola casetta di legno a tre stanze sul terreno di un amico a Grass Valley.

Il giorno che era venuta a prendere Brian in ospedale aveva indosso un vestito largo e floreale e portava i capelli in rasta decolorati. A casa, indossava i jeans. In pubblico, era sempre una figlia dei fiori. Anche se i capelli erano cambiati, i vestiti erano sempre gli stessi e quando Brian una volta glielo aveva chiesto, aveva risposto con un'alzata di spalle.

24

Sto soltanto recitando la mia parte, piccolo. Il mondo si aspetta un certo aspetto da certe persone.

E ora, pensando a sua zia Lyndie, Brian sentiva l'inizio di un piano che iniziava a formarsi, un punto ala volta, nella massa molliccia del suo cervello. Prese il telefono e digitò il numero di Lyndie, sperando che non si preoccupasse visto che stava chiamando tre giorni prima della sua abituale chiamata domenicale.

"Ehi piccolo, come butta?" Lyndie sembrava sempre contenta di sentirlo. Non avrebbe dovuto preoccuparsi,

"Lyndie," disse, deglutendo, "Avrei… avrei bisogno di venir giù oggi, per te va bene?"

"Certo. Va tutto bene?"

Brian sbattè le palpebre, rendendosi conto che era questo di cui stava parlando Virginia quando si riferiva all'annunciare cose al mondo. "Beh, devo dirti una cosa, devo chiederti qualche consiglio e ho bisogno di aiuto. Ma soprattutto riguarda il mio compagno di stanza, e …"

"Ed è una lunga storia. Non ti preoccupare. Ci vediamo tra un'ora, okay?" Era almeno un'ora di strada per Grass Valley.

"Fai due," disse lui, sollevato e felice solo per aver sentito la sua voce, che sembrava suggerirgli che non ci fosse nulla che non potessero risolvere insieme. Era il modo in cui l'aveva aiutato attraverso l'infanzia, come era riuscito ad affrontare l'adolescenza – ogni fibra dell'essere di Brian che era posata, che non giudicava e che era quietamente ottimista era dovuta all'amore incondizionato della zia Lyndie.

"Due?"

"Si, ho qualche cazzata da fare nel frattempo."

La prima cosa che dovette fare fu prendersi la notte libera al lavoro. Fece qualche chiamata – uno dei suoi colleghi aveva appena avuto un figlio ed era costantemente al verde. Brian sapeva che di fatto il martedì era il suo giorno libero, e Ray sarebbe stato felice per lo straordinario.

"Che succede?" Chiese Ray al telefono. "hai un appuntamento piccante?"

"Nah", mugugnò Brian, con i palmi che già sudavano. "Soltanto problemi con il mio ragazzo."

"Che rottura," disse Ray, senza essere sorpreso. "Beh, allora buona fortuna, amico." Ci fu un pianto in sottofondo – ma abbastanza vicino da dare a Brian l'immagine di un bebè dondolato da Ray Ruiz, la persona più simile a un amico che avesse al lavoro. "Almeno non finirai con un bambino – anzi, fai tre!" disse lui, con la voce che cercava di coprire il baccano.

Brian rise educatamente e chiuse la telefonata, desiderando che Ray fosse stato in grado di parlargli un minuto. Anche se Brian non era capace di fare conversazione, non aveva particolarmente voglia di mettere in atto la parte successiva del piano.

Non ti crederà se non sei in grado di dirgli la verità.

Sto soltanto recitando la parte, piccolo.

Due delle persone a cui voleva più bene gli stavano parlando nell'orecchio e non poteva ignorarle. Dopotutto, pensò da miserabile mentre stava di fronte allo specchio, con in mano la macchinetta per tagliare i capelli che Tate usava per i ritocchi, sono solo capelli.

Erano solo capelli – ma erano i *suoi* capelli, e a lui piacevano, e gli piacevano pure lunghi, anche se di solito li teneva così perché i parrucchieri erano cari ed era più semplice tagliarli corti ed aspettare un bel po' prima di ritornarci piuttosto che continuare a tenerli in quel modo. Mentre passava la macchinetta, tarata sul tre, sul lato della testa, dalla tempia alla nuca, e poi dall'altro lato, cercò di non piagnucolare. Lunghe ciocche di capelli color del grano caddero nel lavandino, e il suo viso emerse da quella caduta, spoglia e rettangolare, con un mento a punta e una bocca sottile. Troppo esposto, pensò, tremando, lanciando uno sguardo addolorato ai capelli. Mentre ripuliva, si consolò con l'idea che una volta che fosse passata e lui avesse fatto il suo grande gesto romantico, li avrebbe messi a posto. Quando tutto fosse ritornato a posto, li avrebbe fatti ricrescere ai lati e si sarebbe concesso un bel taglio conservativo.

Afferrò qualcuno di quegli elastici neri di Tate e fermò il rimanente ciuffo sulla fronte in una coda di cavallo dall'aspetto punk, e si fermò a guardare.

Non era abbastanza, pensò tristemente. Aveva decisamente bisogno dell'aiuto della zia Lyndie. Ma prima doveva sputare il rospo, e forse non solo con il suo segreto.

Il viaggio per Grass Valley fu veramente lungo senza Tate che collegava l'iPod allo stereo della macchina e che parlava fino a fagli perdere la sensibilità alle orecchie. Le ultime volte che era andato a trovare Lyndie Tate era stato al suo fianco, entusiasta all'idea di essere fuori Sacramento visto che, a parte il college dove andavano per gli incontri di atletica, era l'unica città che avesse mai visto.

Lyndie stava facendo giardinaggio con indosso un paio di pantaloncini sportivi e una canottiera, entrambi da uomo, pieni di buchi e di macchie scolorite. Brian si domandò se Lyndsey non stesse saccheggiando di nuovo le offerte per l'Umana dei vicini. L'aveva fatto quando lui era bambino, senza alcun rimorso. Mentre Brian cresceva, molti dei suoi "vestiti per giocare" erano venuti dalla pila degli scarti che veniva messa nella spazzatura tre volte all'anno. I vicini l'avevano visto con i loro vestiti e dopo un po' avevano iniziato a lasciare le cose ancora buone sulla veranda di Lyndie. Era stata abbastanza grata da dipingergli un adorabile acquarello della loro casa soffusa dalla luce del sole, sul pendio di quella collina color rosso polvere e circondata da pini. I vicini si erano impressionati abbastanza da iniziare a lasciare anche vestiti nuovi nella taglia giusta per Brian – e lui era riuscito a passare le sue visite settimanali con la commissione per lo studio da casa senza farsi ricoprire di ridicolo.

Era stato piuttosto grato e aveva cominciato a tagliare la loro erba quando tagliava quella di sua zia, quel circolo fatto di buon vicinato e di bontà umana era continuato. Era una parte della sua educazione di cui era sempre stato grato. Fu grato anche per l'abbraccio entusiastico di Lyndsey mentre usciva dalla sua Toyota verde vecchia di vent'anni.

"Ehi, piccolo!" disse dolcemente. I suoi capelli, che ormai avrebbero dovuto essere grigi, erano tinti di un nero uniforme simile a quello delle ali di un corvo e le scendevano sulla schiena, ornati da una bandana sulla fronte. Il suo viso dimostrava i cinquant'anni che aveva, ma il suo sorriso era giovane come quei capelli. "Nuovo taglio – lo terrai?"

Brian scosse la testa. "È una specie di dichiarazione," disse, incurvando le labbra. Le passò un braccio sulla spalla e per la prima volta realizzò quanto lei fosse fragile. Era sempre stata magra e con le ossa delicate, ma forse fu la nuova sensibilità di Brian verso Tate a lasciarlo stordito per la vulnerabilità della zia, lì da sola sulle colline.

Si ripromise di andare a trovarla più spesso, si disse. Se non altro, avrebbero condiviso le verdure dell'orto e a Tate erano sempre piaciuti i pomodori freschi.

La zia Lyndie lo portò in cucina e gli versò del tè freddo in un vasetto di marmellata talmente vecchio da essere diventato un bicchiere. Era brava con il tè – ne aveva sempre avuti almeno due dozzine di varietà nella sua credenza e conosceva le usanze legate a ogni cosa, dalla camomilla alle bacche di rosa canina. Il mix di quel giorno era un misto di entrambi, e Brian ci aggiunse una dose abbondante di zucchero e limone, sorseggiando con apprezzamento, mentre Lyndie se ne versava una tazza e prendeva posto al tavolino di legno intagliato, attendendo che lui parlasse. Molte delle cose in casa di Lyndie erano state fatte o sistemate a mano. La comunità di artisti di Placer County era molto unita e credeva fermamente nel riutilizzare appieno le risorse.

"Allora piccolo," lo sollecitò gentilmente dopo un momento, "qual è il problema?"

Brian sospirò. *Devi essere sicuro che tutto il maledettissimo mondo sappia chi sei e forse anche Tate lo vedrà.* "Sono gay, zia Lyndie. Ma anon è questo il problema."

La zia Lyndie sbatté le palpebre e si corrucciò appena, come se stesse trovando la soluzione di un puzzle. "E tutte quelle ragazze con cui sei stato?"

Brian scrollò le spalle. "Beh, non so come sia successo. È solo che loro…" Arrossì. "Mi volevano e sai, erano carine, ma non erano… non erano…"

"Non erano quello che volevi." Oh cielo. La zia Lyndie aveva capito. Avrebbe dovuto sapere che l'avrebbe capito.

Brian cercò di deglutire ma aveva un groppo in gola. "Già."

Lyndie sorrise e gli diede un buffetto sulla mano. "Beh, se ti rende felice, per me non ci sono problemi se sei gay, dovresti saperlo. Sono felice che tu l'abbia scoperto da solo e sono veramente contenta che non sia un problema," disse lei, sincera, prendendo un altro sorso di tè.

"Tutto qui?"

Lyndie scrollò le spalle. "Brian, piccolo, ti ho cresciuto fin da quando eri uno scricciolo. Pensi che una cosa come questa mi possa importare?" Tirò in fuori il labbro e s'imbronciò. "Pensavo di averti cresciuto un po' meglio."

Brian le sorrise timido. "Mi hai cresciuto magnificamente, zia Lyndie." Alzò le spalle e le disse la verità. "Sarò sincero, sono proprio felice che tu mi creda, il mio problema è più o meno questo."

Ah Dio, ma era bello poter parlare con lei. Si sentiva bene, seduto lì in quella stessa cucina dove la zia l'aveva aiutato per la prima volta con le tabelline e a scrivere le prime parole, lì a esporle un nuovo problema più complesso in cerca di aiuto per risolverlo. Come avrebbe potuto farcela senza di lei? 'a Tate e alla brutta parola che gli aveva detto suo padre e sentì un dolore al cuore. Anche Tate ne aveva bisogno. Aveva bisogno di andare lì, passare del tempo con zia Lyndie e con la sua arte. Aveva bisogno di sapere che Brian non era l'unica persona al mondo che poteva prendersi cura di lui Che Tate lo contraccambiasse o meno, Brian aveva bisogno di portarlo lì e fargli sapere che l'accettazione incondizionata non esisteva solo nelle favole.

Finì di raccontare la storia e vide che la grande bocca sorridente di Lyndie era contratta e torva.

"Oh, Brian. Piccolo... povero Tate. Questa cosa che sta facendo è una cosa sbagliata."

Brian annuì, sollevato. "Lo è per lui," Brian disse piano. Tate, che era così vulnerabile. Probabilmente c'era qualcuno là fuori che avrebbe fatto una cosa del genere per divertimento, ma non Tate. Tate lo faceva perche aveva bisogno, ne aveva un tale bisogno da essere disposto a gettare via brandelli di sé stesso per raggiungere il suo obbiettivo.

"Questo..." Lyndsey prese un altro sorso di tè e lo guardò di nuovo. "Questo è un comportamento autodistruttivo, almeno se questo ragazzino è come mi hai detto. Questo non sembra il tuo compagno di stanza, sai? Voglio dire..." Sospirò e cercò le parole. "Sembrava fragile, quando siete venuti qui per Natale. Lo era, ma non ho detto niente perché pensavo lo sapessi già. Ma adesso non sembra più così. Che cosa mi sto perdendo? Cos'hai lasciato fuori?"

Brian arrossì e distolse lo sguardo. Sapeva che c'era il rischio che si arrivasse a questo punto.

"Il problema è," disse, deglutendo "che non è proprio la mia storia da raccontare. Ma...ma Tate non la racconterà mai." O almeno non nel modo in cui avrebbe dovuto raccontarla. "Tate continua a dire che voleva che capitasse, che era in controllo...ma...sai, ho sentito quando le ragazze ne parlano, e... quello che gli è capitato non era giusto. E non lo vuole ammettere. Lui..." Gli occhi di Brian iniziarono a bruciargli, e la sua gola si strinse, e non riusciva più a guardare la zia Lyndie. "Lui continua a dire che è stata colpa sua, ma non è vero."

Lyndie prese un respiro profondo e lo lasciò andare in soffi controllati.

"Okay, piccolo. Devi dirmi cos'è successo, lo devi fare. Anche se *lui* è okay con quello che è successo, tu non lo sei. Ti sta facendo soffrire, quindi sei parte di questa storia. Continua e dimmi tutto."

Brian annuì, si asciugò gli occhi e sua zia gli diede un fazzoletto. Sperò di non doversi truccare come Tate, pensò tristemente, perché aveva il presentimento che, prima che la giornata finisse, avrebbe pianto ancora un po'.

AVREI DOVUTO ESSERE
CORAGGIOSO

DUE GIORNI *dopo quell'ultima festa disastrosa (quella con il post-sbornia passato con Virginia), Brian aveva deciso di dire a Tate che era gay, che era innamorato e che Tate poteva smetterla di giocare alla teenager con una cotta per il cliente.*

Naturalmente, solo lui poteva tornare a casa e trovare Tate tutto caricato in attesa del suo prossimo appuntamento.

Brian guardò mentre Tate si faceva le punte ai capelli, sceglieva proprio la maglietta glitterata giusta e i jeans strappati giusti, prendendo i suoi polsini di pelle preferiti e il suo collare con le punte dall'armadietto, e pensò Sono qui! Dannazione Tate, non hai bisogno di tutta quella merda, sono QUI!

"Sei sicuro che sia una buona idea?" finì per chiedere debolmente. "Non conosci molto bene questo ragazzo." Ah, cavolo, sei patetico, Brian. *"Voglio dire..." chiuse gli occhi e deglutì, "magari dovresti portarlo qui a cena o, non so, andare al cinema o qualcosa del genere."*

Tate lo guardò incredulo. "Non sono una ragazza dell'ottocento, Brian. Voglio fare sesso, ricordi? Voglio dire, sto per darlo via! È qui! È gratis! Come può andare male?"

È gratis? "Beh, magari non dovrebbe essere gratis!" scattò Brian. "Magari ha più valore di quello che gli dai. Magari dovresti dargli un valore, dannazione, e aspettare per una relazione invece che per qualche ragazzo che pensi stia per toglierti la verginità solo perché lo vuoi tu, cazzo!"

Il corpo di Tate aveva avuto uno spasmo convulso – eh già, le cose stavano diventando troppo intense per lui, senza dubbio. "Non voglio niente di serio," mentì lui. Tirò fuori la cipria di un bianco cadaverico, e Brian allungò una mano tremante e gliela prese.

"Non farlo," disse rauco, e Tate lo guardò, sorpreso. "Ti metti questa merda in faccia così nessuno può vederti. A me piaci. Se a questo ragazzo non piaci per quello che sei, allora non merita di toccarti."

Il pomo d'Adamo di Tate andò su e giù per diverse volte in rapida successione, e la pelle sulle gote si tirò. "Senti, Granola," cercò di scherzare, "non tutti possono andare in giro vestiti da contadini come te, okay? Qualcuno di noi ha bisogno di un piccolo aiuto." Cercò di riprendersi indietro la cipria, e Brian scoprì di avervi stretto intorno le dita convulsamente.

"Spendi i soldi del cibo in questa merda, Tate. Posso anche essere una "granola", ma ho un presentimento. Questo appuntamento... questa idea... queste cose non *ti* fanno bene."

Tate sospirò e guardò la mano che cercava di raggiungere la cipria. Era la mano con le cicatrici e anche se Tate si era fatto fare il tatuaggio sull'intero braccio a quel tempo (grazie, borsa di studio), la mano era semplicemente troppo rovinata per far attaccare l'inchiostro. Era, infatti, sfigurata. C'era stato qualche tipo di danno muscolare durante l'incendio e due delle dita e un lato del palmo erano solo parzialmente funzionanti, oltre che rinsecchite e storte. Aveva una varietà di guanti a mezza mano in pelle, lana e cotone, la maggior parte neri, che coprivano la sua mano destra, ma non ne stava indossando uno in quel momento. Anche se era la mano con cui scriveva, pochissime persone riuscivano a immaginare quanto fosse difficile per lui riuscirci.

"Sei dolce a preoccuparti," disse, guardando le dita che toccavano quelle di Brian. Anche Brian guardò e mise deliberatamente la mano a coprire quella di Tate.

"Io ci tengo a te," disse, e il suo cuore iniziò a battere all'impazzata. Ecco! Sto per dirglielo! Sto per dirglielo e lui non andrà via!

E poi ci fu una specie di martellata. Le spalle di Tate si contrassero e fece cadere la cipria. La confezione si ruppe e la polvere si sparse sul pavimento di vinile spelato.

"Cazzo!" dissero entrambi all'unisono. Tate si chinò sul pavimento, raccattando i pezzi e Brian gli stava girando intorno per andare a prendere la scopa in cucina.

"La prendo io!" comandò Tate. "Ma apri quella porta!"

Il martellare continuava e Brian si corrucciò; il tipo sembrava già un bastardo e non l'aveva nemmeno incontrato.

"Tate, non farlo," disse piano, e Tate lo guardò male.

"Brian, amico, mi dispiace se ti ho chiamato "Granola" prima, ma per favore... lasciami in pace, lascia che vada a questo appuntamento. Sai, tu hai avuto ragazze come Virginia. Io non ho avuto nessuno."

"Hai me!"

Tate ruotò gli occhi e scrollò le spalle. "Gesù, cerca di essere serio."

LA ZIA Lyndie sentì questa parte della storia e scosse la testa con un sorriso. "Ahia," disse piano.

Brian la guardò ad occhi spalancati e annuì. "Esatto! È quello che sto dicendo!" Oh, grazie al cielo, *qualcuno* pensava fosse serio.

"Quindi, gliel'hai detto e gliel'hai fatto credere?"

Brian fece una smorfia, imbarazzato. "Pensavo di aspettare quando fosse tornato a casa dall'appuntamento," disse con un sospiro. "Sono stato stupido, lo so. Ma l'ultima volta che ha cercato di fare sesso è stato un disastro. Non mi aspettavo…" Oh Gesù, non se lo aspettava veramente. "Veramente, non mi aspettavo che questa volta sarebbe stato peggio."

Lyndie mise giù il suo tè ghiacciato e afferrò la mano sudaticcia e tremante di Brian.

"Okay," disse lei, e dannazione, pensò lui, era veramente saggia. "Perché peggio?"

Il nome del tipo era Trevor: sembrava un pin-up da calendario e lo sapeva. Lanciò a Brian uno sguardo viscido mentre lui gli apriva la porta e Brian ricambiò con un'occhiataccia. Bastardo. Capelli neri dal taglio costoso, jeans firmati, una maglietta abbottonata costosa, scarpe di una marca famosa ai piedi. Gli piaceva mostrare al mondo che aveva soldi, come se importasse qualcosa.

"Ehi," disse Trevor mentre stringeva la mano di Brian. "Il coinquilino etero. Come va, ragazzone: vai a farti qualcuna stanotte?"

"Non è nel menù," disse fra i denti Brian. "Cos'è che fai nella vita, tu?"

"Non nel menù?" Peccato, ragazzo, perché io sto per…" Trevor smise di parlare mentre Tate schizzava fuori dal bagno verso la camera, facendogli gesto di aspettare un minuto, "Sto per avere un bel pezzo di culo, stanotte. Peccato, non sai quello che ti stai perdendo."

"Peccato che tu non capisca," Brian mormorò, e Trevor gli lanciò uno sguardo. "Che cosa?"

"E' un bravo ragazzo. Devi trattarlo bene."

Trevor fece un sorrisetto. "Quel genere di ragazzo? Non vuole essere trattato bene, dolcezza. Vuole soltanto il trattamento, capisci cosa intendo?"

"Tate non è così!" disse Brian, sentendo un orribile senso di apprensione che si congelava nel suo stomaco e iniziava a fermentare. Trevor non lo udì. Tate stava trottando giù dal corridoio, indossando la sua giacca di pelle e un nuovo paio di orecchini arcobaleno che ammiccavano dal suo orecchio tatuato.

Trevor gli afferrò la mano con un senso di possessività che fece stare male Brian e lo trascinò a sé per un bacio che Brian avrebbe trovato più adatto per gli angoli più oscuri di una sala frequentata, o ancora meglio in privato. Tate si sciolse dal bacio con sguardo sognante e lanciò a Brian un sorriso ottimista. Brian riuscì a venir fuori con un sorriso mal riuscito, in cambio.

"Non mi aspettare sveglio," disse Tate, e poi chiuse gli occhi come se fosse troppo doloroso vedere l'espressione di Brian.

"Non fare niente che tu non voglia," gli consigliò Brian disperato, e Tate arricciò il naso in quel suo modo caratteristico con cui cercava di spazzar via ogni preoccupazione.

"Baby, non c'è molto che io non voglia fare!" disse ammiccando, poi Trevor roteò gli occhi e lo spinse fuori dalla porta.

Tate stava guardando indietro mentre usciva. Il viso era senza cipria e Brian lo avrebbe sempre rimpianto. Tate non aveva mai avuto un tale bisogno di qualcosa che lo proteggesse dal mondo.

Brian lavorava quella notte. Quando tornò a casa, la porta era leggermente aperta e c'era una luce accesa in bagno. Per un minuto, Brian sentì un profondo senso di sollievo. Tate era tornato.

Al diavolo la porta aperta (non è che avessero molto che si potesse rubare – anche il suo portatile era ormai decisamente antiquato), almeno non aveva passato la notte con quel tizio.

Poi Brian udì i rumori che provenivano dal bagno. Ormai conosceva il suono del pianto di Tate. Tate, pur cercando di mettere uno scudo tra sé e il mondo, a volte si ritrovava ad avere ciò che provava stampato in faccia. Ma quella volta era diverso. Quel pianto era pieno di dolore, di dolore soppresso e lacrime trattenute e…

"Tate? Tate…amico, cos'è successo?"

"Niente." La parola era stata sussurrata.

"Tate, ormai ti conosco, okay? Non stai bene."

"Sto bene."

"Stronzate." Brian era spaventato – veramente spaventato. Non sembrava a posto. Non sembrava per niente a posto.

"Vai via, okay?"

Brian era forte. Anche se non faceva più i lanci del peso, si esercitava ancora, anche solo per prevenire ulteriori problemi alla spalla. Prese consapevolezza di quella porta solo quando ruppe la serratura economica con un violento scatto della mano e aprì la porta a spallate. Tate era nudo, i capelli sciolti e umidi che cadevano dalle spalle. La sua pelle era rossa e irritata, come se si fosse strofinato fino a quando l'acqua non fosse diventata fredda e oltre. Era fermo con la schiena verso lo specchio, cercando di guardarsi il sedere.

Un sottile rivolo di sangue si stava mischiando all'acqua della doccia; gli colorava di rosa una natica e gli colava verso la coscia.

Tate guardò male Brian e stava per dirgli "Cazzo, vai via!" o qualcosa del genere, quando Brian fece la prima cosa intelligente di tutta la serata.

"Girati," disse gentilmente. "Girati e ti pulirò. Non ti preoccupare, starò attento."

"Brian...."

"Non ti preoccupare," disse Brian, mantenendo gentile la sua voce con uno sforzo enorme. "Io sono sicuro, ricordi?"

Recarsi in un centro d'aiuto per le violenze sessuali non era una scelta fattibile. Prima di tutto, Tate non avrebbe ammesso di essere stato stuprato. Lo aveva voluto, aveva detto. Ma aveva chiesto al tipo di indossare un preservativo e il tizio se ne doveva essere scordato, allora lui aveva chiesto al tizio qualche lubrificante o della saliva e gli era stato detto che era meglio nudo e crudo, e quando il tizio (che non possedeva più un nome) aveva finito, aveva riso, schiaffeggiato Tate sul culo, e gli aveva detto che era tutto finito, poteva tornarsene a casa.

Brian aveva ascoltato la storia, che era zampillata fuori mentre Tate era piegato sopra il water, nella posizione più docile ed esposta che un uomo poteva assumere. Brian aveva un po' di crema antibiotica e quella aveva aiutato anche a far fermare il sanguinamento. Toccare Tate in quel modo non era romantico. Non era tenero. Non era quello che aveva sognato di notte in quegli scorsi mesi. Non era certamente quello che aveva desiderato quando se n'era andato via da quegli incontri con gli sconosciuti a quei party. Era qualcosa di gentile e impersonale, come cambiare il pannolino ad un infante, ed era un'altra piccola ferita che aveva curato lui stesso quella notte.

Fece sedere Tate con una tazza di cioccolata e un video pirata di Dr. Horrible's Sing-Along Blog *e corse fino a una farmacia aperta tutta la notte, per prendere un cuscino a ciambella e compresse all'amamelide. Sua zia aveva avuto le emorroidi: si ricordava la sua lista della spesa.*

Rientrò in casa e fece sedere di nuovo Tate, questa volta sul cuscino a ciambella, e poi si sedette vicino a lui sulla poltrona finché Tate non iniziò a ridere sul serio alle parti dove Neil Patrick Harris commentava cantando le parti del film.

Rise finché non scoppiò in lacrime, e singhiozzò contro il petto di Brian fino ad addormentarsi.

Il giorno dopo non volle più menzionarlo. Ogni volta che Brian tirava fuori l'argomento aveva detto, "Sì, lo so. Peggior. Appuntamento. Possibile."

Avevano entrambi il giorno libero da scuola e lavoro. Di solito, quando avevano il giorno libero lo passavano lavando i panni, guardando video o a volte correndo insieme fino a quando le gambe non facevano male, per poi guardarsi indietro e capire d'aver fatto più di trenta chilometri insieme. Una volta al mese circa, Brian trascinava Tate al rifugio dei senzatetto e facevano i volontari in cucina. Tate era sempre il benvenuto lì: aveva un modo di parlare alla gente che la faceva essere a suo agio. Forse era il modo in cui riusciva a raggiungere la gente in fila per la zuppa attraverso la loro indifferenza o timidezza, o forse era il modo in cui toccava gentilmente le loro mani per essere sicuro che avessero il loro piatto. In ogni modo, Brian l'aveva visto lui stesso quel primo giorno in cui si era auto-invitato a sedersi accanto a lui.

Quel giorno in particolare era stato un giorno pigro e Tate l'aveva passato a contorcersi fino alla stratosfera. A un certo punto Brian aveva realizzato che era rimasto giù scantinato per quarantacinque minuti e l'aveva trovato davanti alla lavatrice con i panni ancora nel cesto, sguardo perso nel nulla mentre la lavatrice girava vuota.

Brian tentò tre volte di catturare la sua attenzione, e finalmente arrivò a toccarlo esitante sulla spalla. Tate esplose, mandando panni ovunque prima di raggrinzirsi in una palla mugolante sul pavimento. Brian lo calmò abbastanza da farlo risalire nell'appartamento, poi ridiscese e si prese cura della lavatrice. Quando ritornò in casa, Tate stava lavando i piatti come se non fosse successo nulla.

Quella notte sedettero sulla poltrona e Brian non fece nessuno sforzo per apparire etero, o di avere uno "spazio eterosessuale" o limiti fra di loro. Mise semplicemente la testa del ragazzo sulle sue gambe e gli spostò i capelli flosci dalla faccia. Quando Tate finalmente iniziò a parlare, non aveva niente a che fare con quello che era successo, con quello che non voleva permettere a sé stesso di ammettere che era successo.

"Sai, Brian, quando ti ho incontrato per la prima volta, avevo l'abitudine di andare a dormire ogni notte pregando che tu fossi gay. Pensavo, 'Per favore, fa che sia gay, così sarà il mio Principe Azzurro,' perché, amico, non ho mai amato un altro essere umano su questo pianeta come amo te."

Oddio. "Tate...."

"Non dirlo." La voce di Tate iniziò a spezzarsi, a frammentarsi, e Brian fece quello che faceva sempre: ascoltò. "Non dirlo. Perché la verità è che non sono mai stato così felice che tu non lo sia. Ragazzi... se dovessi guardarti e sapere che sei gay e che non ti posso avere...non penso che ce la farei."

"Chi dice che non potresti avermi?" Chiese Brian, implorando Tate silenziosamente, implorandolo di non menzionare questa cosa proprio ora, non quando

Tate era così spezzato. Dio, aveva solo bisogno di un po' di tempo per rimettersi insieme e riempire i buchi nelle cuciture con silicone e buoni propositi.

"Perché dovresti volere qualcuno conciato come me?" Chiese Tate, piangendo di nuovo silenziosamente, e Brian sbuffò.

"Tate Walker, se fossi gay, io… io sarei abbagliato da te. Ascolterei ogni parola che uscisse dalla tua bocca come se fosse un diamante creato dalle onde sonore. Imparerei a memoria il disegno dei nei sulla tua schiena e passerei mesi a prendere lezioni di cucina solo per trovare qualcosa che tu riesca a mangiare. Sei gentile, sei divertente, sei coraggioso e ogni uomo dovrebbe vedere queste cose, o non sarebbe degno nemmeno di allacciarti le stringhe degli stivali, hai capito?"

Il discorso più importante della sua vita, l'unica volta nella sua vita che aveva parlato con passione, potenza e amore, e l'aveva iniziato con "se".

Ma Tate era troppo distratto per notare quella vagonata di verità che Brian gli aveva appena riversato addosso con una piccola bugia. Era ancora perso nel suo cielo nero, un piccolo punto di luce tremolante soffocata dalla vastità dello spazio.

"Sono felice che tu non sia gay," mormorò.

Brian smise di picchiarsi mentalmente per dire, "Perché?"

"Perché pensavo di volere un amante, ma… alla fine è venuto fuori che quello che volevo veramente è essere al sicuro. Tu mi terrai al sicuro, Brian. Ti amo così tanto perché mi tieni al sicuro."

VEDIMI

LYNDSEY SOSPIRÒ mentre Brian finiva di raccontare; gli porse un fazzoletto in modo che potesse smettere di asciugarsi gli occhi con la manica, come faceva da bambino, quando si era stabilito da lei.

"Ti ama perché lo tieni al sicuro," ripetè molto lentamente.

"Già".

"E' un ruolo difficile quando mi qualcuno nel modo in cui tu ami lui."

"Già".

"Ha mai visto uno psicologo?" chiese, Brian la guardò con entrambi i sopraccigli alzati.

"Dovrebbe? Voglio dire, non è successo nulla, giusto? Nessuno si è fatto male, non è vero? Si è fatto fare un esame per l'HIV perché, sai, è stato lui quello abbastanza stupido da avere un rapporto senza protezione, ma no…perché mai dovrebbe voler vedere uno psicologo quando è stata tutta maledettamente colpa sua…." il sarcasmo di Brian gli morì in gola e lui usò di nuovo il dannato fazzoletto. Tate con Brian, Brian con la zia Lyndie – ma con chi piangeva la zia Lyndie?

Con qualcuno, pensò guardandosi intorno ancora una volta. Aveva sempre avuto qualcuno. C'erano due tazze da caffè nel lavandino e due enormi parka appesi alla porta, perché era Aprile e la sera faceva ancora parecchio freddo, fuori.

"Ti stai ancora vedendo con Craig Jeffries?" chiese all'improvviso, ricordandosi del nome del custode della scuola con cui Lyndie era uscita l'ultimo anno prima che Brian lasciasse la scuola.

"Si è trasferito qui a Gennaio, a dire il vero" disse Lyndie con un sorriso e Brian la guardò duramente.

"Perchè non hai detto niente? Natale, il tuo compleanno… perché mai non l'hai voluto qui?"

Lyndie fece spallucce: "Beh, per i primi due anni non ho detto nulla perché tu eri così maledettamente solo, tesoro. Non volevo che tu pensassi di non poter tornare qui".

Brian se lo ricordava. Il College per lui era stato orribile esattamente come aveva detto Virginia: si era sentito fuori posto e isolato dagli altri studenti, anche nel team di atletica. Oltre a Virginia, l'unica persona che lo aveva fatto sentire benvenuto, a Sac State, era stato Tate.

"Le cose andarono meglio," mormorò Brian, ricordandosi di quella prima, sperimentale offerta di raggiungerlo nel suo dormitorio per guardare un film. Tate era stata la prima persona, in due anni, a parlargli come se fosse qualcosa di più di un semplice compagno di squadra. La prima persona con la quale anche Brian aveva voglia di parlare, comunque. Brian sapeva comunque che non era stata solo la timidezza a tenerlo isolato, ma c'era anche una certa componente di snobismo. Non gli piacevano veramente le persone meschine. Comunque fosse successo, quando arrivò al punto di giocarsi la spalla, il pensiero di non vedere Tate ogni giorno l'aveva spaventato molto di più che non quello di non essere più nel team, o addirittura di non finire la sua laurea in scienze informatiche. Brian poteva sempre darsi da fare per vivere, ma vivere senza l'amico?

"Lo so" disse gentilmente Lyndie "Le cose sono andate meglio dal momento in cui hai incontrato Tate".

Brian annuì e sospirò, appoggiando il mento sulle sue braccia, incrociate sopra il tavolo. "Ha bisogno di stare meglio. Ha bisogno di stare meglio e ha bisogno di me… ogni parte di me, non solo l'amico, per riuscirci".

"Cos'hai intenzione di fare?" chiese lei e lui la guardò speranzoso.

"Beh, ho un piano. Ma ho bisogno di prendere in prestito qualcuno di quei tuoi vecchi vestiti che tu continui a prendere in prestito e che non usi mai" sapeva esattamente dove cercare, nell'armadio in sala. "Posso usarli?" chiese un po' nervosamente. Lyndie si era rabbuiata ed lui ebbe paura che lei se ne fosse sbarazzata quando il suo ragazzo era venuto ad abitare in quella casa.

Lei annuì sovrappensiero. "Certo piccolo, sono ancora lì. È tutto nel cassetto che sai".

"Allora cosa c'è che non va?"

"Quel ragazzo…quello che ha fatto del male a Tate. Non tornerà indietro, vero? Quei tipi… voglio dire, capisco perché non lo vuoi denunciare, ma sembra il tipo che voglia vantarsene davanti a Tate".

Brian percepì che il suo sguardo era diventato duro e inespressivo. "Non ti preoccupare, zia Lyndie. Non darà mai più fastidio a Tate".

BRIAN AVEVA iniziato ad accompagnare Tate al lavoro dopo quell'"appuntamento". Gatsby's Nick era a distanza di bicicletta, o di fermata d'autobus, e Tate aveva una macchina, ma era sembrato così... vulnerabile. Brian aveva iniziato a offrire il passaggio, poi prese a farsi puntigliosamente trovare fuori prima di Tate, in modo da essere nel parcheggio, pronto a portarlo a casa.

Tate ne era grato. Grato, distratto e... vuoto. Guardarlo andare al lavoro era come guardarlo inserire un programma su come Tate avrebbe dovuto essere in mezzo alla gente.

Quando Tate era a casa, spesso era così silenzioso che Brian piombava nella sua stanza solo per vedere se era ancora lì. Sinceramente, lo faceva anche per accettarsi che non se ne fosse andato in qualche altra maniera, oltre che dalla porta.

Brian non l'aveva ancora sentito cantare, da stonato o meno; e a partire dal quel famoso "peggior appuntamento di sempre" faceva scattare la testa quasi costantemente.

Circa due settimane dopo che Trevor Murray aveva fatto piangere Tate, Brian lo vide fermo in fila per entrare nel club, mentre se ne stava andando. Parcheggiò di nuovo la macchina e corse verso il tizio prima ancora di sapere il da farsi.

"Ehi, coinquilino etero!" Lo chiamò Trevor mentre Brian lo raggiungeva. Il sorriso scomparve quando Brian gli torse il braccio dietro la schiena e lo trascinò dietro al club. Erano a metà strada quando Brian si accorse che avevano compagnia.

"Ehm, Brian?" Jed, un nero di un metro e novantacinque, con la costituzione di un carro armato Panzer sotto steroidi, che lavorava come butta fuori al club. Era uno dei pochi uomini etero che lavorava al Nick, ma era molto protettivo dei suoi ragazzi.

"Ehi, Jed," ansimò Brian.

Trevor disse "Amico, mi devi aiutare... a questo qui gli è preso... ouuu!"

"Chiudi il becco!" Scattò Brian, dando un altro strappo al braccio di Trevor. Probabilmente per la prima volta nella sua vita, rovesciò quelle parole contro qualcuno intendendole davvero "Chiudi quel cazzo di becco!". Nel frattempo avevano raggiunto il retro del club e Brian sbatté Trevor contro il muro, dandogli una possibilità di aggrapparsi ad esso e riprendersi.

"Qualche possibilità che tu mi dica cosa stai facendo?" chiese Jed, passandosi la mano sulla nuca della sua testa rasata.

Brian vide che Trevor cercava di filarsela, così fece una finta in quella direzione. Trevor smise di cercare di scappare e si immobilizzò, ansando, aspettando anche lui una risposta. La sua acconciatura era un disastro e aveva una macchia di polvere sulla maglietta bianca, ma l'arroganza era ancora tutta lì.

"Ha fatto del male a Tate" Brian disse quello, poi gli lanciò uno sguardo furioso e si accovacciò. Nella sua vita non aveva mai desiderato fare del male a qualcuno, almeno non fino a quel momento.

"Male?" disse Jed in modo accuratamente neutro.

"Male" Brian enfatizzò la parola e fece in modo che il pezzo di merda responsabile per la rovina del ragazzo che amava lo guardasse negli occhi e capisse.

Un lato della bocca di Trevor si incurvò verso l'alto: "Quella dolce piccola puttana? Amici, gli è piaciuto…".

Il primo pugno di Brian sulla bella bocca di Trevor lo rispedì contro il muro del club e la testa face un udibile "thunk" contro il rivestimento di legno. Trevor rimbalzò, i pugni alzati, e Brian lo sopraffece con due pugni; poi lo seguì a terra, mettendosi a cavalcioni sul suo petto e procedendo nel lavoro come avrebbe fatto un pugile col suo sacco da boxe. Pensava di essere incredibilmente spassionato e ragionevole nell'intera faccenda, finchè Jed non gli circondò le spalle con braccia forti e spesse, e lo tirò su di peso da quel bastardo incosciente, che aveva perso tre denti e che quasi non riusciva più a lamentarsi.

"Fratello, stanno arrivando gli sbirri. Fai meglio ad andartene".

Cazzo. Gli sbirri? "Ha fatto del male a Tate!" Ringhiò Brian — e finchè non gustò il sale sulla sua lingua non fu consapevole delle sue stesse lacrime.

"Beh, l'hai ricompensato" disse con ragionevolezza Jed "Devo fare qualche chiacchierata veloce, e sparare ancora più velocemente qualche menzogna, okay? Infilati in macchina e vattene."

"Ha fatto del male a Tate…" la voce di Brian si spense e fece per asciugarsi le lacrime quando vide il sangue sulle sue mani. Era denso e una parte veniva dalle sue stesse nocche, che erano frastagliate e sanguinanti, ma la maggior parte veniva da quell'inutile sacco di merda che giaceva sul margine del vialetto che costeggiava il retro del club. "Oh Cielo" disse indistintamente, "Sto per vomitare".

Jed fece un grugnito esasperato — stava praticamene portando di peso Brian verso la sua macchina. "Se puoi andare a casa a farlo, te ne sarei grato. E se fossi in te non mi farei vedere da queste parti per un paio di giorni" Si lasciò sfuggire un "oomph" a quel punto, mentre pescava nelle tasche di Brian e ne tirò fuori le chiavi.

"Devo venire a prendere Tate" disse Brian. Era l'unica cosa a cui riusciva a pensare mentre Jed apriva la porta e lo spingeva dentro.

"Beh, che ne dici se te lo porto io stasera e tu lo riporti domani? Io posso darti una mano, ragazzo, ma tu te ne devi andare da qui in modo che possa coprire il tuo culo bianco, okay?".

Finalmente, il sacrificio di Jed penetrò nella nebbia di Brian. "Perché lo fai?" chiese confusamente, ricordandosi di girare la chiave nell'accensione e di tirare giù il finestrino mentre attendeva per una risposta. L'adrenalina di pompava nel sangue e non riusciva a smettere di far tremare mani e ginocchia.

41

"Tate è una brava persona" disse quietamente Jed dal finestrino. "Non posso nemmeno contare il numero di ragazzini isterici che è riuscito a convincere ad uscire dai bagni dopo la chiusura. Mi dispiace che qualcuno gli abbia fatto del male".

Brian tirò su col naso e cercò di darsi una calmata. Doveva lavorare quella sera, doveva essere lì per Tate quando rientrava in casa e non poteva fare la donicciola piagnucolante, perchè semplicemente non era nel suo stile.

"Grazie per l'aiuto" disse alla fine, mettendo accendendo il motore. Stava per inserire la prima quando Jed lo fermò con una domanda:

"Tate lo sa?".

Brian non riusciva a guardarlo "Sa cosa?".

"Quello che provi per lui?".

Brian scosse la testa e fece spallucce: "Non è che posso dirglielo adesso" In quel momento entrambi sentirono le sirene e Jed fece un passo indietro per permettergli di andare via.

Si fermò lungo la via di casa per vomitare.

Quella notte, quando Tate tornò a casa, Brian si era fasciato le nocche sanguinanti e aveva indossato una maglietta di seconda mano a maniche lunghe, tirate giù fino a coprire le dita. Era Gennaio inoltrato — era stato pronto a lamentarsi per il freddo.

Ma Tate era stordito, sotto shock, esausto dallo sforzo di resistere in mezzo alla pressa di corpi e di rumori del club. e non notò le sue nocche, nemmeno quando le bende sparirono e rimasero solo le cicatrici. E comunque, tutto quello che era in grado di fare in quei primi giorni era fare i compiti e sedersi al divano guardando la televisione.

Brian si sarebbe seduto con lui, compiti o non compiti, gli avrebbe messo del cibo in mano e l'avrebbe assillato fino a quando non l'avrebbe mangiato. Brian si sarebbe preoccupato di non spegnere la luce della sala alla sera e di andare nella camera di Tate prima di andare a dormire, per accertarsi che Tate stesse dormendo e che non avesse bisogno di parlare.

Molto spesso fu sicuro che Tate stesse solo fingendo di dormire, ma a volte capitava che dicesse qualche parola. A quanto pare, ormai chiacchierava profusamente solo al lavoro.

BRIAN ERA rimasto silenzioso alla domanda della zia riguardante le conseguenze per il coglione che aveva fatto del male a Tate. Alle sue sollecitazioni, balzò fuori dai suoi sogni ad occhi aperti.

"Non ti preoccupare, zia Lyndie: lui... lui non si avvicinerà più a Tate".

Lyndie allora alzò un sopracciglio: "Okay, piccolo. Buon per te".

Brian fece spallucce: "Non è stato di molto aiuto" brontolò. Lei lo raggiunse e gli coprì le mani – danneggiate da tutte quelle cicatrici, ma che non facevano più male – e disse: "Ha aiutato te?".

Un sorriso lentamente comparve sul viso di Brian, e dovette ammettere che l'aveva fatto.

"Okay" disse Lyndie dopo un momento. "quindi qual è il piano?".

Il sorriso di Brian sparì. Ne aveva uno, finalmente. Ma non ne era molto entusiasta. Lo spiegò a Lyndie a sommi capi e lei annuì.

"Dunque il grande gesto romantico, eh?"

Brian fece spallucce e deglutì, mostrando esattamente quanto fosse nervoso in realtà: "Non sono mai stato bravo in quello" ammise. Aveva provato una volta con Virginia, ma lei aveva finito per essere ammalata e aveva portato Tate al ristorante al suo posto. Lui e Tate si erano divertiti, e a Brian non era importato – anche allora – che la gente pensasse fossero una coppia; ma era stato un ben triste gesto romantico, sopratutto quando l'oggetto delle sue attenzioni rimaneva a casa con l'influenza e non si riusciva a realizzare che il sostituto era in realtà la persona giusta.

Lo sguardo che gli diede Lyendie da sopra il suo the freddo fu molto, molto serio: "Piccolo, penso che dovrai impegnarti completamente con lui. Non credo che il ragazzo abbia ancora molti tentativi dentro di sè".

Amore Risonante

BRIAN NON doveva guardarsi allo specchietto retrovisore sulla via di ritorno per Sacramento. Si distraeva troppo.

Lyndie l'aveva aiutato, addirittura usando le proprie riserve di trucco, di gel e anche della tinta all'henné che usava per tingersi i capelli neri. I risultato era qualcuno che non riconosceva allo specchio e sperò di non doversi dichiarare mai più nella vita. Era a posto con l'essere gay, grazie tante, ma non aveva mai firmato per essere dei un'imitazione di scarto dei Ramones.

Aveva i capelli tinti rossi alle punte e acconciati a punte lisce sopra la testa. Lyndie li aveva tagliati ulteriormente, così che le punte colorate si separassero come ciglia. Il risulato era così distante dal normale aspetto di Brian, che non si riconobbe allo specchio. Aveva altre cose di cui preoccuparsi.

I suoi occhi erano neri. Sua zia aveva usato un'intera matita di eyeliner, facendo sembrare che avesse chiuso gli occhi e qualcuno gli avesse spruzzato vernice spray a mo' di maschera da procione. Non aveva usato la cipria per renderlo più bianco – la sua pelle era già abbastanza pallida – ma gli aveva dato due pastiglie di ibuprofene, un cubetto di ghiaccio, e gli aveva forato le orecchie. Tre volte. E il naso. Una sola volta – ma era stata sufficiente.

Aveva pensato di metterci dentro delle spille da balia, ma poi invece aveva preso il suo vecchio scrigno delle gioie e ne aveva tirato fuori sei brillantini – due dei quali veri – e uno di onice per il suo naso. Fu felice anche di procurargli dell'olio di menta e dell'alcool per alleviare e disinfettare le ferite. Lui poi vi aveva appoggiato sopra una pacco di ghiaccio mentre lei gli sistemava i capelli e gli occhi.

La sua maglietta era accecante.

Poliestere rosa shocking. Non era sicuro dell'era da cui provenisse – anni settanta, ottanta, da qualche parte nel futuro, non ne aveva idea. Ma aveva uno scollo largo con risvolto e bottoni neri; stava veramente bene con i pantaloni da golf a quadretti neri, esatratti sempre dal cassetto dei vestiti di seconda mano dei vicini. E i pantaloni da golf apparivano ancora meglio stretti alla caviglia (grazie, zia Lyndie!) e stretti al cavallo, poi infilati in un paio di stivali da combattimento che (a differenza di quelli degli altri clienti del club) avevano veramente visto un campo di battaglia.

Come sto andando, Virginia? Sto convincendo il mondo?

Ma, cosa più importante, avrebbe convinto Tate?

Poteva solo sperarlo.

Era già buio quando arrivò a Sacramento e Gatsby's Nick era gremito – c'era abbastanza folla che Jed quasi non lo notò finché non fu per metà entrato.

"Brian?" C'era shock, dell'incredulità, ma non divertimento. Brian aveva messo Jed su quella breve lista di persone per la quelle avrebbe preso a botte qualcuno.

"Ehi, Jed" Brian sorrise debolmente e Jed inclinò la testa, vedendo dritto dentro di lui.

"Sei qui per fermare Tate, vero?".

Brian distolse lo sguardo e mise la mani nelle tasche dei pantaloni. Erano così stretti che Jed probabilmente poteva vedere che era stato circonciso, se guardava attentamente. Quindi fu felice del fatto che Jed fosse dell'altra sponda. "Qualcuno deve pur farlo" mormorò.

Jed annuì: "Hai ragione. Perderà il lavoro se non smette questa merda".

Brian guardò dentro il club – un sacco di corpi maschili che danzavano (e qualcuno femminile, qui con gli amici) – un sacco di avvicinamento e di strusciarsi addosso, un sacco di rumore e afa, di movimento e di luce. Non riuscì a fermarsi. Rabbrividì. Talker sarebbe stato a suo agio, ma non Brian.

"Non è che sapresti se ha già iniziato? Stasera, intendo".

Jed scosse la testa. "Finisce il turno circa un'ora prima della chiusura – è in quel momento che va a fare quella sua cosa del bagno".

Brian guardò l'orologio e rabbrividì. Oh Dio. Mancavano due ore. Doveva sedersi lì per due ore, con le mani che sudavano, una sana antipatia per la musica ibrida grunge-metal/techno-pop, mentre uomini sconosciuti cercavano di palpargli il sedere? (Non era vanitoso. Era già stato palpato due volte quando si era fermato a parlare con Jed).

"Posso aspettare in macchina" disse in modo deciso, voltandosi per andarsene e Jed lo fermò mettendogli una mano ferma sul braccio.

"Ma se lo fai, non posso offrirti la cena e dirti quando sta per andare nel bagno" disse Jed gentilmente e Brian deglutì.

"Non ho bisogno di cenare" mentì. Aveva lasciato Lyndie prima della cena (dopo aver salutato il suo ragazzo, ovviamente, e augurando a entrambi ogni bene), aveva forse cinque dollari in tasca. Con cinque dollari poteva permettersi un the freddo – se flirtava carinamente con il barista.

"Certo che ne hai bisogno. Ho qualche buono, prendine uno".

Brian deglutì un paio di volte, finalmente ingoiò il suo orgoglio. "Okay" mormorò "Grazie".

Jed fece segno all'altro buttafuori che sarebbe tornato in un minuto, poi scortò Brian attraverso quell'accozzaglia di corpi. Seguire Jed andava bene – era come la prua rompighiaccio di una grande nave, soltanto che il ghiaccio era caldo e sudaticcio, e danzava sullo stesso ritmo che sembrava scuotere via dalla realtà Tate su base regolare.

Brian si era parcheggiato in un angolo del bar, in ombra, e Jad ritornò in un minuto con un'insalata e un panino – e una caraffa di acqua tonica.

"Non lavora in questa sezione" urlò Jed nel suo orecchio per farsi sentire sopra la musica "Ci sono buone probabilità che non ti veda. Tu lascia soltanto che Trace"- annuì ad un bell'uomo con i capelli rossi che stava dietro al bancone – "si prenda cura di te e aspetta. Terrò gli occhi aperti per lui e ti farò sapere quando il suo turno è terminato".

Brian voleva soltanto stare zitto e rannicchiarsi nel suo angolino, ma doveva chiedere un altro grosso favore. "Jed…." guardò impotente il ragazzo "Jed, *devo* essere il primo là dentro. 'kay?".

Jed annuì comprensivo, mettendogli una mano pesante sulla spalla prima di andarsene. Brian avrebbe avuto abbastanza difficoltà a fare quello di cui aveva bisogno senza anche dover annusare l'odore dello sperma di un altro uomo in quel dannato scompartimento del bagno.

Guardò le persone per un po', domandandosi cos'aveva che non andava per non riuscire a partecipare alle danze anche lui. A lui piacevano le cose semplici, pensò, occhieggiando la folla in maniera spassionata. Gli piaceva il suo semplice appartamento (anche se non gli sarebbe dispiaciuto avere una qualità leggermente migliore di semplice). Gli piaceva la routine di andare a scuola e lavorare. Gli piaceva che le sue passioni fossero cose che lo tenessero da solo o con quell'una o due persone che importavano. In fatti, l'unica cosa complicata nella sua vita era Tate Walker e gli piaceva che quella semplicità gli desse la forza di essere esattamente quello di cui aveva bisogno Tate.

Con un sospiro, spostò la sua attenzione dalla folla alla sua cena. Quando ebbe finito, diede i piatti al barista e prese in prestito una penna, per poi concentrare la sua attenzione sulla pila di tovaglioli di fronte a lui. Passò un'ora cercando di scrivere quello che voleva dire, ma non era mai stato bravo con le parole. Tutto quello che riusciva a scarabocchiare era *Ti amo* ed era abbastanza sicuro che aveva già provato che quella semplice verità non era stata sufficiente.

Aveva intravisto stralci di Tate, che trottava attraverso la folla. Ad un certo punto era passato senza l'onnipresente vassoio di bicchieri o pila di piatti fra le mani e diverse persone praticamente lo costrinsero ad andare a ballare. Tate passò così alcuni secondi, perso nei Neutral Milk Hotel e in "Song Against Sex". Per un momento si lasciò svanire, permettendo al suo corpo di muoversi con i loro, circondato da altre persone che si strusciavano contro di lui, cosa che sarebbe piaciuta anche a Brain prima dell'"appuntamento", pensò. Aveva un'espressione forzata quando finalmente riuscì a liberarsi.

Oh, Talker – adesso capisco perché sei sempre così esausto.

Brian aveva pensato che il suo amico fosse senza paura da quel primo momento in cui si era seduto accanto a lui sul bus ed aveva iniziato a parlare dei Placebo, di Rufus Wainwright e The Doves. Ora la sua stessa vigliaccheria gli affondava gli artigli nel petto e strillava.

Mi dispiace, Tate. Avrei dovuto essere più simile a te.

Ma stava per rifarsi, quella sera.

Lavorava in un ristorante: sapeva riconoscere cambio di ritmo che denotava la fine di un turno. Consisteva nel riempire i propri barattoli dei condimenti e nel pulire tutti quegli angoli e recessi, tutte cose che marcavano la possessività dell'impiegato X sul posto Y. Brian smise di scrivere le sue bozze infruttuose e guardò Tate compiere i suoi doveri di chiusura con l'efficienza di un robot. Camminava da un posto all'altro come uno zombie, pulendo quello che doveva pulire, ma… mancava la musica, pensò Brian con un dolore al petto. Tate, che di solito udiva la musica nella sua testa nel

47

silenzio della doccia, ora non poteva udirla pulsare attraverso il pavimento in un club dedicato alla musica.

Osservò Tate mentre spariva dietro al bar, lo guardò ritornare indietro senza il grembiule, lo vide andare nei bagni. Non aveva bisogno di scorgere Jed mentre raggiungeva la porta dondolante con un cartello "Chiuso per pulizia" per sapere che quello era il suo segnale.

Nessuno l'aveva notato, seduto nell'angolo, e lui non notò nessuno mentre attraversava la pista da ballo per raggiungere i bagni, come una freccia dall'impennaggio rosa. Ma *doveva* esserci qualcuno, perché quando arrivò ai bagni, Jed stava lanciando occhiatacce ai fantasmi dietro alle sue spalle, scuotendo la testa.

"Amico," mormorò Jed camminando "dobbiamo farti uscire da qui, ragazzo etero. Stasera tutti vogliono assaggiarti".

"Jed?" disse Brian, con le labbra leggermente incurvate.

"Sì?"

"Sai benissimo che non sono etero".

Jed annuì. "Adesso vai e dimostralo," disse, inchinandosi verso Brian all'entrata del bagno, come se fosse la sala da ballo del Favoloso Regno dei Gay.

Era un bagno. Le luci chiare gli facevano male agli occhi, dopo i colori scuri delle luci stroboscopiche del club, ma oltre a quello? Piastrelline beige, quattro scomparti e una lunga fila di orinatoi: erano uomini, avevano già visto i gioielli, era inutile nasconderli – e rendevano certi aspetti del corteggiamento un po' più difficili.

Brian abbassò lo sguardo e vide gli stivali da combattimento di Tate nello scomparto più lontano, quello vicino a quello adibito ai portatori di handicap. Si parcheggiò nello scompartimento vicino e aspettò che la farsa iniziasse.

"Ehi, fratello" disse Tate, di fianco a lui. La sua voce, senza il makeup, i tatuaggi e l'attitudine, suonava sorprendentemente nuda.

Brian grugnì. La sua voce era abbastanza profonda: aveva immaginato che se continuava a grugnire e a tenere la conversazione al minimo, Tate non l'avrebbe riconosciuto. O almeno lo sperava.

"Vuoi avere un orgasmo?" La voce di Tate tremò. Oh merda. La sua cazzo di voce tremò. Brian stava per mettere fine alla cosa. *No. No non voglio un orgasmo. Non voglio essere uno sconosciuto senza un volto, per te! Voglio che tu sappia che sei amato!*

Ma in quel momento Tate iniziò a parlare: la vulnerabilità e la tristezza sparirono dalla voce. Ciò che rimase fu il ragazzo che Brian aveva conosciuto: quello sexy e che amava flirtare, quello che desiderava il tocco della pelle contro la pelle.

"Allora, sei un insertivo? Io invece un ricettivo. Ho questa fantasia… la vuoi sentire?".

Sì. Oh che Cristo mi perdoni, ma sì. Il suo grugnito doveva aver fatto capire l'idea, o almeno lo sperava: era stato involontario.

"Adesso, vedi, la cosa è" – in quel momento, Tate diventò Talker, e Talker diventò sognante – "la cosa è, mi piace… e farei qualsiasi cosa per averla. Puoi immaginare il ragazzo dei tuoi sogni, inginocchiato di fronte a te, le mani dietro alla schiena, mentre prende il tuo cazzo in bocca fino in fondo alla gola? Quello sono io. Non ho bisogno di molti preliminari… ma amo giocare con il *tuo* corpo. Adesso posso muovere le mani?".

Brian fece un altro suono involontario. Si chiese com'era stato per gli altri – aveva lo stesso effetto su qualcuno che non sapeva che il ragazzo dei suoi sogni era attaccato a quella voce sognante, gutturale, dall'altro lato del divisorio?

"Bene… sto per prendere in mano le tue palle. Mi piace la loro sensazione. Sono soffici e pelose…" incertezza subitanea "A meno che… non ti fai la ceretta, vero?".

"No" la sua prima parola completa – ed era così rauca che Tate non l'avrebbe riconosciuto nemmeno se fossero stati a casa insieme.

"Bene" Talker sembrava onesto "Mi piaci naturale, sai? Almeno, dove posso toccare. Le gingillerò un attimo, finchè non saranno belle dure e rotonde, poi aprirò la bocca e le metterò dentro. Come ti suona?".

"Mmmm" Brian tentò di non far colpire troppo forte la testa contro il divisorio.

"Sono felice che ti piaccia," disse sarcasticamente Tate e Brian sapeva che Talker stava ridendo di lui. Ma quello andava bene. Non era un idiota. Aveva bisogno di una bella risata a sue spese. "Perché quando saranno belle dure, prenderò il tuo membro fino in fondo alla gola. Ho fatto pratica con delle banane, sai" Brian lo sapeva – non aveva più mangiato una banana o un cetriolo da quando erano andati a vivere insieme, o almeno non senza

49

sospetto "e posso prendere il cazzo più grosso fin giù nella gola. Tu quanto sei grosso?".

Brian non ne aveva idea. "Grosso abbastanza," ringhiò. Sicuramente si sentiva abbastanza grosso, duro, dolorante e intrappolato nei maledetti pantaloni da golf. Con una punta di disperazione sbottonò il gancio alla vita dei pantaloni e abbassò la cerniera, lasciando uscire un sospiro sensuale quando finalmente ebbe un po' più spazio.

"Beh, sembri bello grosso al ragazzo dei tuoi sogni," disse Talker come incoraggiamento e Brian fece girare gli occhi. Gesù, il ragazzo poteva non essere dolce con lo sconosciuto che si stava beccando il sesso-telefonico-non-telefonico nello scompartimento accanto? "Ti sento così grosso che avrò bisogno di due mani per masturbarti, cosa ne pensi? O preferisci forse che io ne faccia passare una in mezzo alle tue gambe, fino al buco del culo – ti piacerebbe?".

Brian piagnucolò. Un vero piagnucolio.

La voce di Tate diventò ancora più dolce "Oh si, ti piace, non è vero? Allora farò quello. Un sacco di saliva, una cosa buona per te, okay? Ti prenderò così a fondo nella gola e ti massaggerò così bene, ed entrerò dentro di te, e ti allargherò fino a farti bruciare… ti piace quando brucia, vero?".

Brian non aveva idea se gli piacesse o meno, ma doveva aver emesso un altro suono affermativo perché non esisteva forza sul pianeta che ora potesse far fermare Tate.

"Quindi sono lì, sulle mie ginocchia di fronte a te, il tuo cazzo così a fondo nella gola che è meglio se imparo a deglutire o starnutirò, e le mie dita ti stanno lavorando il culo, e la mia mano ti sta pompando forte e velocemente, e ancora più veloce, e ancora di più…".

Oh cazzo. Cazzo cazzo cazzo cazzo… Brian emise un gemito e cercò di controllarsi, perché Talker stava per farlo venire.

"Lasciati andare, fratello" disse Tate, con la voce così bassa e liscia come whiskey, che fece scorrere altri brividi lungo la schiena di Brian. "Prenditelo in mano e pompatelo, e immaginami: il ragazzo dei tuoi sogni, la mia faccia tutta bagnata dal tuo seme, la presa sul tuo cazzo forte e bagnata. Stai per venire? Perche se è così, avvisami… voglio inghiottire…".

"Non ancora…" disse con voce stridula Brian, gli occhi chiusi. Stava sfregando il cavallo, ancora coperto dai pantaloni e dalla biancheria, contro la mano e cercava di tenere per sé i suoi aspri respiri.

50

"Cosa stai aspettando, amico?" Tate sembrava sorpreso. "Ragazzo, sono proprio qui... inghiottendo con il fondo della gola per tenere giù il tuo mostro, aggiungendo un altro dito a quello già nel tuo culo, stringendo la base del tuo cazzo abbastanza forte da farmi venire un crampo alla mano...".

"Gwaaaaahhhh...." Brian non aveva voluto. Davvero. Aveva tutto un altro programma in mente, ma Talker l'aveva fatto deragliare con i suoi sogni segreti, sparsi nell'aria fra di loro come Brian aveva sparso il suo seme nei pantaloni.

Dall'altra parte del divisorio, Tate fece un verso soddisfatto. Non era venuto, ma sospirò e sembrava un suono felice. Un piccola parte di lui era ovviamente rimasta soddisfatta nel rendere un anonimo estraneo felice, in un modo che nessuno aveva mai fatto con lui.

"Come stiamo andando, fratello?" chiese Tate "Perché, non per farti fretta, ma penso che qualcun altro voglia usare il bagno".

"Non abbiamo ancora finito," riuscì finalmente a dire Brian, con la vista ancora nera a causa dell'orgasmo. Tirò giù inutilmente la maglietta: poteva coprirgli il davanti dei pantaloni, ma non sarebbe andato da nessuna parte se non nella sua macchina.

"Non ho bisogno...".

"No" Scoprì che una parte di lui era arrabbiata ed era un'ottima cosa: gli manteneva la voce roca e Tate non l'aveva ancora riconosciuto.

"Ma non voglio...".

"E' il mio turno, dannazione!" scattò Brian. "Io ti ho ascoltato, ora tu devi ascoltare me!".

"Brian?".

Merda. "Quindi il ragazzo dei miei sogni mi ha appena fatto venire nella sua bocca e io sono al settimo cielo, giusto?".

"Seriamente, amico: sei davvero tu?".

"Ma nessuno si è ancora preso cura di lui, e quello è il mio lavoro."

"Gesù, Brian, che cazzo stai facendo qui?".

"Perché è il ragazzo dei miei sogni e io lo tengo al sicuro. Mi ha detto così, giusto? Beh, come farò a tenerlo al sicuro se lo lascio inginocchiato a quel modo? Così lo tiro in piedi, gli pulisco la bocca sulla mia manica e lo bacio".

La voce di Tate improvvisamente si ruppe, come se Brian avesse appena polverizzato l'ultima parte di lui che era rimasta forte. "Brian, non è divertente… per niente".

"No, Tate: hai ragione. Sono maledettamente serio. Ora, sto cercando di dirtelo da mesi e non hai voluto ascoltarmi, ma dannazione, ora mi devi ascoltare, okay? Ero seduto qui e ti ho sentito…" e ora fu la voce di Brian a spezzarsi "Ti ho sentito dire queste cose ad qualcuno che tu pensavi fosse un perfetto sconosciuto ed erano cazzate che sarei morto per far sì che tu le dicessi a me… per far sì che tu le *facessi* a me! E ora le stai per ricevere anche tu, ci siamo capiti?".

"Brian…." .

Oddio. Sembrava così perso, così triste. Brian doveva fare le cose per bene. Se non aveva mai avuto le parole giuste nella sua vita, doveva tirarle fuori adesso.

"Dunque, lo stavo baciando" disse Brian, ricordandosi dove si era fermato. "Lo stavo baciando e i suoi occhi erano aperti, perché non riusciva a credere quanto sono tenero, quanta voglia ho di baciarlo. Le mie mani tremano quando le metto sulle sue guance, per prendergli il viso e farlo stare fermo, per fargli sentire la mia bocca e la mia lingua, e quando chiude gli occhi… allora ho capito di avere la sua maledetta attenzione".

Fece una pausa e prese un respiro. "Hai gli occhi chiusi, Tate?".

"Vattene via…".

"Fottiti. No. Rimango. Perché gli occhi del ragazzo dei miei sogni sono chiusi, e finalmente mi sta ascoltando, cazzo. E, oddio… è tutto quello che ho sempre sognato. Ho baciato altri ragazzi, cercando di vedere se li desideravo quanto il ragazzo dei miei sogni, ed erano carini e tutto il resto, ma non erano lui. Voglio solo lui".

"Altri ragazzi?" Tate sembrava vagamente indignato, e Brian si rincuorò: non potevi essere totalmente senza speranza se eri anche solo un po' geloso, giusto?

"Ma tutto quello che ho fatto è stato baciarli" lo rassicurò Brian. "Non sono mai andato così in là come sto per fare con il ragazzo dei miei sogni. Sai cosa sto per fare con il ragazzo dei miei sogni?".

"Non ne ho proprio idea" ed era vero. Tate era completamente nel buio; Brian poteva dirlo dalla sua voce. Beh, magari si era accesa un lucina nel suo cervello. Sarebbe stato carino dopo tutto quella messinscena, no?

"Sto per tirarmi indietro e baciare l'angolo della sua bocca, dove il tatuaggio incontra la pelle, e sto per continuare a baciarlo. Lo bacerò lungo la linea della mascella e giù per il collo, la spalla, il petto, giù fino alla giuntura della coscia, e se non fosse così maledettamente scomodo, lo bacerei di nuovo fin sull'altro lato. Come stanno le cose, sto semplicemente per farlo sdraiare e farlo rotolare sull'altro lato e baciarlo ovunque. Sto per prendere quel segno, dove ha marcato i posti di sé stesso che lui non vuole che nessuno veda, e sto per cancellarlo completamente. Sai perché?".

"Non lo so minimamente" ora sembrava semplicemente esausto. Oh Dio. *Dai, Tate, mostrati a me. Lascia che io ti abbracci. Lascia che io porti il tuo peso quando non riesci più a sopportarlo.*

"Perché non c'è nessun posto che io non voglia vedere del ragazzo dei miei sogni. L'ho visto distrutto... l'ho visto forte. L'ho visto andare in cerca dell'amore ancora e ancora, e tutte le volte tornare indietro con così tanto... così tanto ottimismo.. Così tanto sentimento. Anche questa..." Brian cercò di tener fuori l'irritazione dalla sua voce, ma fallì "Anche questa porcheria, è comunque ottimismo. E' dare. Il ragazzo dei miei sogni... lui dà ogni cosa. Ascolta la musica che lo commuove e cerca di condividerla con il resto mondo. Guarda i film che lo commuovono, lui li adora, e vuole che anche il resto di noi si senta in quel modo. Va alla mensa dei poveri con me perché è un bravo ragazzo e le persone lo amano quando è lì, perché dare... parlare... è così naturale per lui, che lo possono percepire... che è pieno di bontà. Vogliono stargli vicino solo per sentirla emanare dalla sua pelle.

"Ma è il *mio* ragazzo dei sogni. Mio. E voglio essere l'unico a stargli vicino. Così, quando avrò finito di baciare via quella linea, metterò le mie braccia sotto le sue e lo tirerò vicino, baciandogli il retro del collo, baciandogli colonna vertebrale, baciandolo fino in fondo alla schiena... fino a quel posto che lui non vuole che nessuno tocchi e sto morendo dalla voglia di baciare anche quello. Lo leccherò fino a laggiù, succhierò tutto quello che vorrà nella mia bocca e ne farò un oggetto d'adorazione, dannazione. Lo terrò al sicuro. Lo prometto. Quindi sta per essere al sicuro. Sta per essere al sicuro nelle mie mani e nella mia bocca... e sta per venire, in ogni modo che lui voglia, e glielo farò fare io, in ogni modo che lui voglia che io lo faccia. E quando avremo finito, e saremo sudati e affannati, lo bacerò ancora. E gli dirò che lo am...".

"Non dirlo" la voce di Tate diventò ferma, diventò arrabbiata, e Brian ne ebbe abbastanza. Aprì la porta di quel cubicolo dalle pareti blu, diventato improvvisamente claustrofobico e parlò alla fessura della porta di Tate, cercando con la sua mente di ricreare i lineamenti di Tate. Era accucciato dietro al gabinetto con le braccia strette intorno a sé.

Anche da dietro alla porta, Brian poteva dire che stava tremando. "Io ti am-".

"Non dirlo!" urlò Tate e Brian gli gridò dietro.

"Se non vuoi che lo dica, esci fuori e fermami, dannazione!".

Ci era riuscito. Aveva reso Tate abbastanza arrabbiato da tirare indietro la serratura della porta.

"Non dir-".

Eh già. Tate era di certo sorpreso "Gesù, Brian, cosa cavolo è successo ai tuoi capelli?".

"Li ho tagliati," gli disse brevemente Brian. Le braccia di Tate gli ricaddero sui fianchi e osservò Brian con assoluto stupore. L'eye-liner gli era colato su tutta la faccia e Brian lo strofinò via coi suoi pollici. Le lacrime di Tate lo sostituirono, così Brian pulì le mani sui pantaloni e pulì via anche quelle.

"Perché?" chiese Tate, con la voce soffocata.

"Perché ti amo, Talker. Cerco di dirtelo da sempre. Ti amo nell'esatto modo di cui hai bisogno... ma sono troppo stupido per essere il Principe Azzurro. Dovrai accontentarti di me".

E ora Brian si sentiva nudo. Esposto e vulnerabile. Quello che è giusto è giusto, pensò dolorosamente. Quello era il modo in cui affrontava la vita Tate. Se doveva meritarsi Tate Walker, allora doveva essere abbastanza coraggioso da rischiare di essere nudo, sciocco e ferito.

Tate tirò su con il naso "Non sei stupido" sussurrò e il cuore di Brian ricominciò a battere per la prima volta da quando era entrato in quell'orribile bagno pubblico.

"Allora lascia che io sia il Principe Azzurro" gli sussurrò Brian di rimando. Era due, forse tre centimetri più alto di Tate: il giusto che bastava per inclinare la testa di Tate, quella testa decorata e artificiosa, per un bacio.

La bocca di Tate si aprì sotto la sua, e fu... così dolce. Le sue labbra erano solide, e maschili, e Brian poteva avvertire sotto le sue mani il ruvido della barba e i lineamenti del mento di Tate. E Tate aprì quella bocca calda, amara per il sapore delle lacrime e del make-up, e fece entrare Brian. Brian lo invase e fu saldo, forte, gentile e tutto ciò che voleva che Tate sapesse ci fosse nel suo cuore, era proprio lì, come diceva la canzone, in un bacio.

Lo baciò più duramente e più a fondo, Tate mugolò e si staccò dalla porta del bagno. Fu allora che la testa di Jed fece capolino dalla porta, dicendo "Avete finito là dentro? C'è una fila di un bilione di persone che devono pisciare!".

Tate alzò la testa e disse, "Merda!" e Brian arrossì.

"Andiamo a casa, ok? Abbiamo cose di cui parlare e…".

Tate annuì "E dobbiamo sistemare i tuoi capelli" disse tristemente, facendo passare le mani sui lati rasati, avvertendo quella sensazione di ruvidità dalla punta delle dita.

"Ricresceranno" disse gentilmente Brian "Mi sarei rasato calvo, se fosse servito per farmi notare da te".

"Ti sto vedendo" disse Tate, i loro petti si stavano toccando e Brian sentì una tale ondata di desiderio percorrere il suo corpo che ci volle tutta la sua forza di volontà per non prendere Tate, riportarlo nel bagno e fare tutto ciò di cui aveva fantasticato proprio lì.

Ma Jed si schiarì la voce e Brian si ricordò che andava bene per Talker perché era *sicuro*, e ripulì di nuovo le guancie di Tate con il police.

"Andiamo, baby. Andiamo a casa".

Ogni Battito del Mio Cuore
Urla il Tuo Nome

CASA ERA un posto così normale, che riecheggiava del suono delle chiavi e dei passi pesanti sotto le luci gialle e le pareti ingiallite. L'unica cosa differente era la mano di Brian sul fondo schiena di Tate mentre entravano.

"Mi tolgo gli stivali e faccio una doccia" grugnì Brian: era quasi certo di avere le vesciche "Ci incontriamo sul divano o in camera tua?".

"Ci incontriamo nella doccia" gli disse Tate, ruotando gli occhi "Ho bisogno di toglierti quella roba dai capelli, *subito*".

"La roba dai capelli?" Brian si accigliò "Tu fai questa merda ai capelli tutto il tempo".

Tate fece spallucce. "Sì, ma quello sono io, non tu".

"Beh, grazie al cielo. Piuttosto che farlo tutti i giorni, preferirei davvero rasarmi calvo" Avrebbe voluto usare un'iperbole e dire che avrebbe preferito guidare la macchina giù da un dirupo, ma Tate era ancora troppo fragile per le iperbole. Meglio non esagerare fino a che le piccole cose non avessero cessato di urtarlo.

Dopo essersi lavato (grazie al cielo: l'orgasmo gli aveva appiccicato la biancheria alla pelle) si mise un asciugamano in vita, e Tate gli lavò via il gel, l'hennè e la lacca con la doccia telefono.

Fu curiosamente normale farlo: non era affatto differente da una di quelle volte in cui avevano condiviso il bagno: uno faceva pipì mentre l'altro era sotto la doccia, o Tate si pettinava mentre Brian faceva una cosa o l'altra. Era come se nulla fosse successo: nè le parole, nè il bacio, e nemmeno quell'apertura emotiva.

Brian ebbe questo pensiero, poi si spostò dagli occhi la sua striscia di capelli, ora condizionati dalla forza di gravità. Prese il polso di Tate mentre questi chiudeva l'acqua della doccia. "Grazie" sussurrò e Tate guardò quella mano sul suo polso tatuato, e poi di nuovo Brian.

"E' stato un piacere" disse con un piccolo sorriso.

Brian gli sorrise di rimando "Lo sarà".

"Vuoi che ti aiuti con gli orecchini?".

Brian fece una smorfia, poi arrossì: "Soltanto qualcuno. Mi... ehm, piace l'idea di averne due, sai?" Inoltre, quelli alla base delle orecchie erano veri e Lyndie aveva insistito perchè lui li tenesse. Era sembrata come una benedizione.

"Mi piace quello nel naso" confessò Tate e Brian gli sorrise ancora.

"Davvero?".

"Davvero".

"Allora lo tengo, va bene?".

E Tate sorrise timidamente "Per me?".

"Farei qualsiasi cosa per te" i loro sguardi si incontrarono e quel momento diventò intimo. La mano di Brian non aveva mai lasciato il polso di Tate. Passò il pollice sulla sua grossa vena pulsante. Visto che *era* il suo pollice, non riusciva a distinguere di chi fosse il cuore che batteva più velocemente.

Deglutì con difficoltà, quasi completamente perso negli occhi scuri, color galla di quercia, di Tate. Lui sbatté gli occhi, così Brian notò i resti del trucco, ancora spalmati sulle sue guance, e cercò di essere pratico.

"Ma prima ti fai una doccia" disse affannosamente. "Faccio qualcosa da mangiare. Lyndie ci ha dato del cibo".

"Lyndie?" Con evidente riluttanza Tate si alzò e ruppe il contatto fisico.

"Chi pensavi avesse fatto i capelli e i piercing?".

Sentendo quel nome Tate sbatté gli occhi e Brian uscì dalla doccia. Aveva l'asciugamano decisamente bagnato così, arrossendo e lanciando un'occhiata a Tate, lo appese all'asta della tenda e ne prese uno asciutto dalla pila degli asciugamani.

"Perché?" chiese Tate e Brian fu grato al fatto che fosse ancora girato mentre si arrotolava intorno alla vita l'asciugamano.

"Perché le ho detto che ti amo e che ero preoccupato, che te l'avevo detto ripetutamente, ma che non mi stavi vedendo. Dovevo trovare un modo per far sì che tu mi vedessi".

Si girò e scoprì che Tate si era avvicinato "Adesso ti vedo" disse.

"Amarti è l'unica cosa che ho di interessante" gli disse Brian. Sicuramente vivere con lui per quasi un anno, suo coinquilino doveva aver capito quanto lui fosse noioso, no?

Tate annuì, senza distogliere gli occhi dai suoi, e mise una mano esitante al centro del petto di Brian. La pelle di Brian sembrò incresparsi, rabbrividendo, il suo inguine e i suoi capezzoli formicolarono. Fu costretto a chiudere gli occhi.

"Ti faccio quest'effetto?" chiese Tate, mantenendosi immobile, come se dubitasse della risposta.

"Oddio, sì" borbottò Brian e poi riuscì a spostarsi "Doccia," implorò. "Doccia. Levati quella schifezza dai capelli. Lascia che ti faccia da mangiare. Lascia che io mi prenda cura di te. Per favore, Tate…" il suo pene pulsò insidiosamente e si ricordò di quel suono piagnucolante che aveva fatto nei bagni, meditando di ripeterlo.

"Ti voglio così tanto… ma voglio anche parlare e voglio… Oh cielo" Tate stava muovendo la mano in piccoli cerchi, e quando il palmo sfiorò il capezzolo di Brian, lui mise una mano sulla spalla di Tate per mantenersi stabile.

Tate rise, senza fiato. Era una risate felice e Brian riusciva a capire che era impressionato dal proprio potere su di lui. Bene. La mano continuò a muoversi e diventò coraggiosa, muovendo il pollice intorno al capezzolo di Brian e in quel momento anche lui fu impressionato dal potere di Tate.

E quello fu il motivo per cui prese gentilmente il polso di Tate e si portò il palmo della mano sfregiata alla bocca (Tate si era tolto il guanto per togliergli il gel dai capelli) e gli baciò gentilmente il palmo. Tate mugolò, esattamente come aveva fatto Brian.

"Tate?".

"Sì?"

"Hai presente tutta quella roba che ho detto al club? Sul prendermi cura di te?".

"Sì".

"Intendevo ogni parola. Fatti una doccia, intanto ti faccio qualcosa da mangiare, poi ti toccherò con tutto il corpo. Ma non lo farò adesso, ok?".

Tate annuì, con una sorta di meraviglia, e Brian abbasso il viso, pensando ancora una volta che le labbra di Tate erano incredibilmente morbide "Lo prometto. Mi prenderò incredibilmente cura di te".

Il bacio fu breve e Brian si costrinse a infilarsi un paio di pantaloncini e una maglietta. Mentre usciva dal bagno sentì Tate che iniziava a canticchiare: "And our love would have soared, over treetops over rooftops….". Brian voleva tornare indietro e abbracciarlo solo per quello.

Dio, gli era mancato sentir cantare Talker.

Si controllò e andò a prendere il cibo dal bagagliaio dell'auto, poi fece delle omelette, la sua specialità, e quando Tate percorse la sala, indossando boxer di Iron Man vividamente colorati (ne aveva un'intera collezione: sembrava preferire i supereroi e Scooby Doo) e nient'altro, c'era in tavola cibo, il resto del loro latte in due bicchieri e un mazzo di garofani, narcisi e ranuncoli, che erano cresciuti intorno al cottage di Lyndie e che lei aveva raccolto e mandato a casa con Brian in un giornale bagnato.

Brian li aveva messi nel bicchiere da coca cola maxi, perché non avevano vasi, ma almeno spandevano nella cucina un buon odore e facevano sorridere Tate. Brian gli sorrise di rimando e abbassò la testa timidamente, per poi girarsi ad asciugare le mani su uno strofinaccio, che una volta era stato un calendario da parete. Senza preavviso le braccia di Tate gli circondarono la vita e il suo petto nudo gli aderì alla schiena.

Brian mise le mani sopra quelle di Tate e lui sussurrò: "Dimmi che non me lo sono immaginato".

"Non l'hai immaginato".

"Dimmi che sarà ancora domani mattina".

"E' stato vero per gli ultimi nove mesi, dannazione, per gli ultimi due anni e mezzo… non avrebbe senso se cambiasse adesso".

Talker annuì e appoggiò la guancia sulla spalla di Brian "Okay. Adesso posso mangiare".

"Bene" disse rocamente Brian. "Sei troppo magro".

Si sedettero e mangiarono come d'abitudine; Talker parlò del lavoro e del nuovo DJ, dei cuochi che continuavano a provare nuove schifezze che sapevano *esattamente* di schifezze, e poi si fermò.

"E' così che è successo" disse, guardando Brian. Lui si fermò e lo guardò di rimando.

"E' così che è successo cosa?".

"E' per questo che non l'ho mai saputo. Tu…tu ti siedi lì e ascolti. Non parli mai."

"Parlo quando c'è qualcosa da dire" disse logicamente Brian, incerto su come sistemare la cosa. Stava parlando quanto poteva ora: doveva essere abbastanza, giusto?

Talker annuì e prese un pezzo dell'omelette di Brian. Lui aveva già ripulito il piatto, mentre Brian aveva ancora le farfalle nello stomaco. "Sai, stavo pensando a Natale".

Brian arrossì: "Il mio regalo è stato abbastanza stupido" si scusò.

Quando si erano trasferiti non si erano potuti permettere gli anticipi di gas ed energia elettrica. Come risultato avevano dovuto scegliere fra luce e riscaldamento. Avevano scelto la luce e passato la gran parte dell'inverno avvolti nelle coperte. Brian aveva preso in prestito la macchina da cucito di Lyndie e un pacco di sue vecchie lenzuola. Aveva messo insieme tre strati di vecchie lenzuola e vecchie coperte spelacchiate di un negozio di seconda mano, e cucito il tutto in una sorta di piumone dei poveri, visto che lui e Tate sembravano non riuscire mai stare abbastanza al caldo.

"Era perfetto" disse Tate ma Brian ne dubitava fortemente "Mi è piaciuto in particolare la lista musicale che hai scritto sul biglietto, le cose che mi avresti comprato quando ne avresti avuto i soldi. Quello…Gesù. Ma non era quello a cui stavo pensando".

"Allora a cosa?".

"L'albero".

"Cosa c'entra l'albero?"

"Ti avrò detto una sola volta in due anni, si e no, che non ero mai stato in una casa mia con un albero di Natale mio. Una sera torno a casa dal lavoro e tu eri andato da tua zia e avevi abbattuto un albero. E poi l'hai decorato con i volantini del club e catene di carta, popcorn e i boa di piume che avevi preso al negozia Tutto un euro…".

Brian arrossì di nuovo, Tate scosse la testa e si asciugò gli occhi con il dorso della mano.

"Sono così stupido" disse Tate e Brian rispose in stereo: "Non è vero!".

"No, lo sono…tu stai sempre a dire quanto sei stupido, ma…" si pulì la faccia con il palmo "Come ho potuto guardare quell'albero, la coperta che hai fatto, tutte le volte che hai cucinato per me… come ho potuto osservare queste cose e non capire che mi amavi? Come ho potuto…" la sua voce si incrinò "Oddio, Brian… me *l'hai* detto quella notte e c'era così tanto rumore nella mia testa che non ti ho nemmeno ascoltato!".

Brian non riusciva a guardarlo: "Non stavo parlando abbastanza" disse, vergognandosi, con la voce roca "Io…io ero così abituato ad essere invisibile, a piacermi così. Non sapevo come fare per farmi vedere da te. È colpa mia…".

"Stai zitto…".

"No, è colpa mia!" Brian alzò lo sguardo: ora stava piangendo anche lui. Sapeva che sarebbe successo "E' colpa mia…".

"Stai zitto!".

"…se fossi stato più coraggioso, come te…".

"Sono serio!".

E Brian scoprì di poter urlare quando ce n'era bisogno "Anche io, dannazione!".

"Sono stato un idiota!".

"Ed io un codardo!".

"Non è vero!".

Brian perse il controllo. Si ritrovò sulle ginocchia davanti a Talker, prendendogli le mani, quella buona e quella sfigurata, e se le mise sulle guance.

"Lo è, Tate. Sono stato un codardo. Avevo così paura di sbagliare, così paura che ti avrei fatto più male se te lo avessi detto… Continuavo a pensare ma potevo salvarti… Giuro: se avessi potuto urlarlo o…fare qualsiasi altra cosa, oltre che guardarti usvire da quella porta con quel ragazzo e sperare che tutto andasse bene!".

L'ondata di preoccupazione che si era gonfiata nel suo petto, era resa violenta dal silenzio e da quelle settimane orribili, spese ad osservare Tate mentre diventata silenzioso, alieno e distante. Quella terribile burrasca di dolore li sommerse entrambi. Brian si ritrovò a piangere nell'abbraccio di Tate, cercando conforto come non aveva mai fatto nella sua vita, nemmeno quando era un bambino ed erano morti i suoi genitori, lasciandolo dolorante e spaventato nel retro di una macchina.

Talker era lì per lui. Le braccia di Tate gli circondarono le spalle e si ritrovarono così, appallottolati sulla sedia economica della cucina, piangendo insieme per quello che entrambi avevano perso e trovato, nel reciproco abbraccio.

Tate circondò la faccia di Brian con le mani, e lui fu impaziente di udire la parole di Tate, perché ci fu un attimo di silenzio assoluto fra di loro, di respiro trattenuto e di tempo che si fermava, mentre si guardavano negli occhi in onestà e assoluzione. Poi quel momento esplose in un bacio.

Lasciarono i piatti sul tavolo (una cosa che non succedeva spesso, visti i ratti grandi come opossum che abitavano il bidone della spazzatura sotto il loro appartamento) e si baciarono, barcollarono, incespicarono e si baciarono ancora. Finirono nel letto di Brian, perché era quello più vicino (e quello più pulito, ma nessuno dei due ci pensò) e la mani di Tate furono sotto la maglietta di Brian, poi nei suoi pantaloncini. Quelli di Tate erano stati calciati via sul pavimento, le loro bocche si fusero, frenetiche, e poi...

Tate emise un suono terribile e meraviglioso, che riecheggiò all'interno della bocca di Brian.

Erano completamente nudi e Brian copriva completamente il corpo di Tate con il il suo, più massiccio, usando la sua pelle per toccare, semplicemente, umanamente, teneramente, l'uomo che amava.

Brian pensò che il suo cuore stesse per scoppiare. *Dammi dammi dammi dammi! Devo averlo, devo averlo ne ho bisogno, ne ho bisogno ho bisogno di te ho bisogno di te ho bisogno di te, ho bisogno di te, ho bisogno di te, ho bisogno di te...*

"*Oddio, Tate, ho bisogno di te!*".

Tate allora cercò di baciarlo giù verso la mandibola e oltre, cercando di essere il "ragazzo dei suoi sogni" della fantasia del bagno; ma non era quello che voleva Brian. Intrappolò Tate con un braccio sotto la sua ascella e lo tenne al suo stesso livello, faccia a faccia.

"Non lasciarmi" mormorò, pompando contro di lui. Tate gli passò una gamba sopra il bacino e si fusero insieme, sfregandosi a vicenda, toccandosi pelle contro pelle il più possibile.

"No lasciarmi" ripetè Brian, baciando il mento di Tate, la sua mascella, l'angolo della bocca, il collo "Non lasciarmi, Tate... Dio, ti amo... non lasciarmi...".

Brian sapeva che Tate era perplesso, ma non poteva farci niente. Quella paura... quella terribile paura. Tutte quelle notti a controllare la sua camera, immaginando il peggio, vedendo Tate ritirarsi dentro se stesso, il Chiacchierone dentro di lui zittito dal dolore...

"Sono qui...".

"Resta…".

Si baciarono ancora e si sfregarono ancora, quasi dolorosamente, ma era così bello. Nessuna donna avviluppata intorno al cazzo di Brian gli era mai piaciuta come la sensazione della pelle e dei peli pubici di Tate, che strofinavano, premevano, sfregavano….

Brian era già venuto quella sera ma Tate… non l'aveva fatto, nemmeno nell'intimità della propria camera, probabilmente da molti mesi.

Era duro…duro, pulsante. Perfino Brian poteva sentire il dolore, il desiderio in lui.

La mano di Brian non era esperta, ma la fece passare in mezzo a loro e afferrò fermamente Tate. Lo sentiva… molto simile a come sentiva in mano il suo stesso pene, tranne che per la ruvidità su un lato, e c'era sempre… sempre…

"Aaaaaaaahh…." la testa di Tate ricadde indietro e afferrò così fortemente le spalle di Brian da lasciargli dei lividi. A Brian non importò.

"Va bene?" chiese, massaggiandolo ancora. La sua pelle era così dannatamente soffice che quel calore e quella durezza spararono desiderio su per la colonna vertebrale di Brian. Tate fece ancora quel suono e finì con un: *"Per favore per favore per favore… oh Dio, ancora…".*

Il suono delle implorazioni di Tate fu quasi sufficiente per far venire Brian, ma aveva qualcosa da fare prima. Voleva veramente *assaggiarlo*, prenderlo in bocca e *succhiarlo*, ma Tate era troppo esposto, troppo vicino ora, e si stava aggrappando alle spalle di Brian come se non volesse lasciarle andare. Brian doveva accontentarsi di accarezzarlo e ogni volta che Tate gli bagnava la mano con il suo seme Brian rabbrividiva. Iniziò a passargli il pollice sulla testa e amò quei versi appassionati che faceva Tate durante il processo, così continuò a farlo; dopodiché sentì il pene di Tate pulsare nella sua mano. Anche Brian emise uno di quei suoni. Non ci volle molto dopo di quello, qualche goffa pompata, qualche carezza frenetica sulla testa del pene e, prima che se ne rendesse conto, Tate aveva gettato di nuovo indietro la testa e stava rabbrividendo. Il pene pulsò violentemente nel palmo della mano di Brian (oh, che potere!) e lo spazio fra di loro fu schizzato, caldo e appiccicoso.

Brian ignorò quella calda vischiosità e riportò Tate sul suo petto, così da poter abbracciare il ragazzo dei suoi sogni mentre si scuoteva via l'ultimo residuo dell'orgasmo.

"Oh" mormorò Tate, quando fu in grado di parlare di nuovo. "Questo è sesso".

"Questo non è sesso" ansimò Brian, con il suo respiro che faceva fluttuare una ciocca di capelli sopra l'orecchio perfetto di Tate. Era ancora eretto e ogni muscolo della sua schiena era teso dal bisogno di venire. "Questo è moooolto meglio del sesso".

Tate si distanziò per un istante: una versione sognante e luminosa del suo caldo sorriso stava brillando per Brian.

"Non sei ancora venuto".

Brian gli sorrise: "E non sto per farlo. Devo fare un'altra cosa prima".

Prima doveva trovare un asciugamano e pulire entrambi; anche se doveva ammettere di avere uno strano desiderio di ripulire Tate con la sua lingua. Il pensiero fece sì che il suo pene (che già ballonzolava egregiamente mentre camminava verso il bagno) sobbalzò e pulsò. Forse un giorno, quando entrambi sapevano quello che stavano facendo, potevano diventare sdolcinati in quel modo, ma ora aveva una promessa da mantenere.

Ripulì Tate, mentre lui rimase sdraiato a guardarlo coi suoi occhi neri come l'inchiostro. Quando ebbe finito mise l'asciugamano sul comodino e, chinata la testa, baciò il punto esatto sul stomaco di Tate dove le vecchie cicatrici incontravano la pelle liscia, facendo uscire un poco la lingua. Fece correre la mano verso il basso, verso la giuntura delle gambe di Tate, guardandosi intorno con curiosità e senza vergogna, nella luce gialla dei lampioni che filtrava dalla loro finestra.

L'anca, il fianco e la coscia di Tate erano stati bruciati. Le cicatrici si estendevano fino ad uno dei testicoli, che era rinsecchito, spelacchiato e fiacco; ma il resto dei gioielli di Tate sembrava essere sano e perfettamente funzionante e Brian ne fu lieto. Fece scorrere la mano per il delicato declino dello stomaco di Tate, strofinando il pollice sulla linea di demarcazione fra la pelle intonsa e la prova della sopravvivenza di Tate, più giù, giù dal ventre e, gentilmente, fino alla carne più tenera.

"Non…è perfetto" sussurrò Tate.

"E' un'idiozia" rispose riverentemente Brian e baciò la una scia giù per l'anca di Tate, leccando con attenzione.

"Brian" obiettò Tate, voltandosi in modo tale che Brian non potesse raggiungerlo "Per favore. Non stasera. Per favore, non toccarmi lì. Non quando puoi vedermi".

Brian sospirò e lasciò il mento sull'anca di Tate "Voglio baciarti ovunque," disse piano.

Tate si contrasse, restando steso sul letto "Non potrei sopportare se tu voltassi lo sguardo" disse. "Non adesso. È…voglio dire, sei tu. Non potrei sopportare se tu pensassi… se tu rimanessi disgustato, e…".

Si stava agitando, cosa che Brian non aveva affatto inteso. Baciò di nuovo una strada su per lo stomaco di Tate, vi strofinò contro il naso, orgoglioso quando provocò una risatina: "Okay. Allora: ti amo, e penso che tu sia bellissimo, ma ci prendiamo un po' di tempo con quello, okay?". Era rimasto vulnerabile e nudo di fronte a persone che non lo conoscevano, non lo amavano, e riusciva a percepirlo dalla voce di Talker: quelle esperienze lo avevano riempito di cicatrici. Ma adesso si sarebbero presi il loro tempo. Che era qualcosa che Tate non si era preso con gli altri tentativi, pensò Brian con un sospiro. Tate grugnì e fece scorrere le mani attraverso quello che era rimasto dei capelli di Brian, e lui lo baciò di nuovo, usando gentilmente la lingua sulla pelle ruvida "Grazie," sussurrò. "Grazie".

"Allora cosa vuoi che faccia?" chiese Brian, mantenendo la voce piacevole e dando a Talker una sorta di controllo.

"Cosa?" Tate mise una mano sul fianco di Brian e lo accarezzò.

"Stavo per baciar giù la mia via per introdurmi al tuo 'amico'…ma non è più un'opzione. Quindi, sai, ho bisogno di un piano" lo baciò ancora, gratificato dal dimenarsi di Talker. "Tu sei sempre bravo con i piani".

"Baciami fino a quassù" disse Tate con voce rauca "Così ti posso baciare, e poi *io* posso baciare il *tuo*… 'amico'".

Brian gli sorrise dolcemente e il suo membro gli diede una violenta, dolorosa pulsazione. "Andata."

Baciò la linea di cicatrici di Tate ancora e ancora, poi su per le sue spalle, dove iniziava il tatuaggio, poi su per il collo e il mento. Sentì i posti dove la pelle era così sottile che non riusciva a immaginare come fosse stato possibile mettere aghi e inchiostro lì, o il dolore che dovesse comportare. Sentì le parti ruvide e raggrinzite, le parti contorte, dove pelle e carne avevano lottato per guarire. Quando arrivò al mento, lui stava piagnucolando. Brian baciò la cicatrice, dov'era stato il piercing labiale, prima che si infettasse, poi passò la lingua sulle labbra di Talker per provocarlo.

Prima che Brian si appropriasse della sua bocca gli disse "Ogni parte di te è bella, Tate Walker. Mi hai capito?".

Tate annuì e aprì la sua bocca sotto quella di Brian. Il baciò durò a lungo e tutta l'urgenza di Brian, tutto quel glorioso *dammi dammi dammi; ne ho bisogno, ne ho bisogno, ne ho bisogno, oh mio dio devo devo averlo etc* era ritornato quando la bocca di Tate si staccò dalla sua.

Tate non cercò di essere gentile: non ci fu nessun bacio giù per il corpo di Brian. Un minuto si stavano baciando e quello dopo la sua bocca stava ingoiando il pene ingrossato di Brian. Brian quasi cascò dal letto tanto fu subitanea la cosa, poi la bocca di Tate si contrasse e si succhiò le guance; alternò la testa su e giù, così che le labbra massaggiassero la linea della testa circoncisa del pene di Brian. La sua mano si richiuse a pugno alla base e nel giro di secondi Brian vide le stelle. Come sesso orale, non era fra quelli più magistrali (niente preliminari, assaggi, leccate o provocazioni) era solo Tate che bramava avere la carne di Brian giù per la sua gola.

Brian poteva accettarlo.

Ci volle un minuto, forse due, prima che Brian spingesse *duramente* nella bocca di Tate, gemendo: "Sto venendo…." per dargli giusto un po' di preavviso, per poi iniziare a tremare per il "*dammi dammi dammi, devo averlo etc*", prima di emettere un gemito e venire. Il suo intero corpo sobbalzò dal letto e strinse Tate alle parti basse, gemendo ancora un po', per poi appallottolarsi intorno al ragazzo dei suoi sogni mentre spruzzava il suo seme dentro la sua bocca.

Il ragazzo dei suoi sogni lo ingoiò, come se fosse qualcosa che avesse sempre sognato di fare.

Qualdo le convulsioni dell'orgasmo cessarono, Tate si tirò indietro e si portò all'altezza del viso di Brian, si pulì la bocca con il dorso della mano e sorrise.

"Nessuno me l'aveva mai lasciato fare prima".

Brian annuì "Posso capire perché" ansimò, ancora tremante.

"La tua tecnica è quasi pericolosa. Se mi avessi succhiato ancora più forte ti saresti strozzato con i miei bulbi oculari".

Il sorriso di Tate si allargò e ridacchiò sommessamente, Brian dovette baciarlo.

Si addormentarono, praticamente nel bel mezzo del bacio. Brian si svegliò poco dopo e mise a posto le coperte in modo che coprissero entrambi. Mentre lo stava facendo, Tate mormorò qualcosa su un cucchiaio e si girò su un lato. Brian fece quello che l'altro voleva e si riaddormentarono così, il davanti di Brian contro la schiena di Tate, in modo che Brian potesse inglobarlo nelle sue braccia e nelle sue spalle larghe e tenere così al sicuro il suo ragazzo.

Non funzionò. Tate si contorceva nel sonno. Non continuamente, ma occasionalmente. E quasi si svegliò, due volte, a causa degli incubi. Ogni volta Brian pensava a tutti quei momenti in cui nessuno era stato lì per Talker quando aveva gli incubi. Il suo petto si strinse.

Faceva abbastanza male doverlo svegliare circa mezz'ora prima della sveglia. Rimase lì, stretto al corpo di Talker e osservando pensosamente la sua spalla tatuata nella luce grigia che filtrava dalla finestra, pensando attentamente a quello che voleva per se stesso e a quello che voleva per Talker.

Era lento ad arrivarci a volte, ma riusciva a mettere insieme due più due ogni tanto, se riusciva ad avere della quiete nel cranio per pensarci su.

"A cosa stai pensando?" la voce di Talker era assonnata e Brian gli baciò la pelle della spalla con un sorrisino.

"Come sapevi che stavo pensando?".

"Lo so e basta. È come se il silenzio cambiasse".

Anche quello fece sorridere Brian e fece passare la guancia su quella superficie colorata, ruvida e poi liscia. Gli piaceva la sensazione; soprattutto perché era la pelle di Tate.

"Sto pensando che non sono abbastanza" disse dopo un istante. "Posso cercare di esserlo: morirò cercando di essere abbastanza. Ma stavo pensando che così tante persone ti hanno deluso, che hai bisogno di più di molto più di me".

Tate grugnì un diniego: "Sei tutto quello di cui ho bisogno" disse con confidenza, ma Brian pensò che fosse lo stesso tipo di confidenza con cui aveva lasciato la soglia con Trevor e Blaze, senza pensare che qualcosa potesse andare storto.

Lo pensò in particolare quando Tate disse: "Sei il mio Principe Azzurro, venuto a salvarmi da me stesso".

Brian grugnì, ma non aggiunse: "Sì, ma non abbastanza presto" perché quello sarebbe stato il suo peso da portare. Non disse nemmeno "E se morissi?" anche se proprio lui, fra tutti, sapeva quanto fosse reale la possibilità di perdere le persone che si amano. Era un pensiero macabro ed era l'ultima cosa che Tate aveva bisogno di sentirsi dire o di pensare.

Quello che disse, comunque, fu forse una delle cose più sagge che avesse mai pensato:

"Sì, Talker, ma hai idea di quante persone ci sono volute per farmi arrivare dentro quel bagno?".

"Cosa vuoi dire?".

Sospirò: "Voglio dire che ci è volute: Virginia per farmi accettare per quello che sono, zia Lyndie per aiutarmi a vestirmi e per volermi bene per quello che sono, ci è volute quel ragazzo che conosco del lavoro per cambiare il turno con me, infine Jed, per mettere quel grande segnale giallo in modo che nessuno ci interrompesse un miliardo di volte... e quello soltanto per far sì che *io* fossi in quel bagno. Talker, tutto quello che tu hai sono io. E zia Lyndia: lo sai, vero? Vuole bene anche a te".

"Uhm..." Tate prese una delle mani di Brian e ci strofinò contro la guancia "Anche lei mi piace".

"Bene" disse Brian. Il collo di Talker era lì, esposto, e doveva baciarlo prima di andare avanti "Ma hai bisogno di qualcun altro per aiutarti a sistemare il tuo cuore".

Tate era brillante, molto più di Brian, e lui seppe il momento esatto in cui l'altro si era veramente svegliato quando capì che stava seguendo la conversazione. "Oh cavolo... Brian... non voglio".

"Verrò con te" disse fermamente Brian "Nemmeno io voglio. Voglio solo che tu sia felice. Tu non mi hai visto. Voglio dire... mi hai visto, ma non mi *vedevi*. Avevi un bisogno così disperato che qualcuno ti tenesse al sicuro che non riuscivi a vedere che anche io ti amavo. Ora che sai che ti amo, penso che tu abbia bisogno di qualcun altro che sia sicuro".

Talker sospirò, abbassò le spalle e tremò. Brian coprì quelle spalle sottili con le sue "Non ce lo possiamo permettere e anche se potessimo, non saprei nemmeno dove andare".

"È gratis a scuola" Aveva cercato il supporto psicologico il giorno stesso in cui Tate aveva fatto esplodere il bucato.

Tate emise un suono negativo e Brian perseverò: "Prendo l'appuntamento per te" sussurrò "Possiamo andare nella pausa fra una classe e l'altra. Per favore, Talker. Per favore".

Ci fu un silenzio teso. Finalmente le spalle di Tate si rilassarono e Brian seppe di aver vinto.

"Va bene, sì. Ma devo proprio dirtelo: ti riesce proprio bene rovinare l'umore, sai?".

Il corpo nudo di Brian era appoggiato lungo tutta la schiena nuda di Tate e il sollievo di Brian fu così acuto che tutto quel glorioso contatto, pelle contro pelle, gli diede un grosso brivido felice. Contorse provocatoriamente i fianchi e fece scorrere la mano giù dallo stomaco di Tate, verso sud.

"Scusa, baby" lo placò, prendendo in mano il pene semi-rigido di Tate e giocandoci per vedere cosa lo faceva diventare più duro "Vediamo se riesco a farmi perdonare".

EPILOGO

NON AVEVA avvisato Talker. Lo aveva preso e, una settimana dopo, quando si incontrarono durante la pausa fra le lezioni, Brian aveva afferrato la mano di Tate e gli aveva detto "Vieni con me." (Avevano programmato lo stesso intervallo fra le lezioni da quando erano andati a vivere insieme. Ripensando a quella decisione, Brian si meravigliava della sua stessa stupidità. Quale ragazzo fa una cosa simile per qualcuno con cui non voglia dormirci insieme?)

La delusione di Talker quando raggiunsero il centro di psicologia della scuola fu evidente.

"Brian…." disse, pericolosamente vicino a lamentarsi.

"Talker…." lo avvisò Brian.

Tate sospirò, le sue spalle si abbassarono, sconfitto. "Vieni con me, vero? Me l'hai promesso."

Nell'ultima settimana Brian si era abituato a tenere per mano Tate in pubblico, baciarlo brevemente nell'atrio e a fregarsene di quello che pensava la gente di loro due. Aveva lasciato che Tate gli tagliasse il moicano in un crestino e poi se ne era sentite dire di tutti i colori per i suoi capelli e ne aveva riso (anche se era veramente grato che stessero ricrescendo), e aveva accettato i complimenti per I brillantini alle orecchie e quello al naso. Era ritornato nel club per aspettare Tate e, anche se ancora non riusciva a ballare, aveva imparato almeno ad apprezzare la gioia insita nel ballo; e che gli uomini in quel club erano felici (così felici) di essere in un posto dove ballare con altri uomini era sicuro. Aveva ringraziato il suo amico al lavoro per averlo aiutato e quando Ray gli aveva chiesto come stava il suo ragazzo aveva risposto "Meglio. Ma sono ancora preoccupato." Quando una ragazza aveva sentito la conversazione e detto, "Cavolo, amico, che peccato," alzando gli occhi al cielo, era riuscito a sorriderle, come se avesse sempre saputo di essere gay.

Grazie a tutto quello, fu molto semplice (molto più di quello che avrebbe mai immaginato in quel doloroso pomeriggio passato con la sua ex-ragazza) riempire la distanza fra lui e il ragazzo dei suoi sogni e baciarlo gentilmente, per poi toccargli la fronte con la sua, proprio lì all'aperto, di fronte alla struttura della sanità all'interno della scuola.

"L'ho promesso," disse seriamente. "Adesso andiamo, Talker. Ti amo. Andiamo a tener fede al tuo nome."

Avevano fatto l'amore quasi ogni notte; ma Tate era ancora insicuro e Brian doveva andare per gradi per quanto riguardava l'essere toccati e guardati.

Cosa ci avresti fatto, Talker? Gli avresti messo un piercing? Lo avresti tatuato? È tuo. Lo amo. Lascia che io lo tocchi.

Il tuo corpo è così bello, Brian. Non dirmi che non vedi la differenza.

La differenza è che tu sei il ragazzo dei miei sogni. Se io fossi il ragazzo dei miei sogni sarei un idiota. E probabilmente molto annoiato. Mentre qui... (bacio, leccata, succhiata) questo non è bello?

Ahhhh... è... no... oddio, non smettere....

Brian voleva così violentemente che Talker si convincesse di essere degno di essere amato, fino alla sua forma più elementare: il tatto. Guardò ansiosamente Tate, studiando la sua faccia mascherata e quel cuore che traspariva così evidente sotto di essa, sperando di leggervi sopra un certo livello di cooperazione.

Talker annuì, finalmente, e Brian sospirò di sollievo. Stringendogli la mano abbastanza forte da far diventare blu le dita di Brian, si incamminarono verso l'ufficio di psicologia.

"Brian?" chiese Talker quando raggiunsero la porta. "Ti siedi alla mia destra, ok?"

Il cuore di Brian sanguinò, ma chiuse gli occhi ed ebbe un po' di fede: tutto ciò li avrebbe aiutati entrambi a stare meglio.

"Per sempre, Talker. Te lo prometto." Apparentemente era la risposta giusta. Le loro mani si strinsero in fede e camminarono insieme verso un futuro da passare l'uno con l'altro.

La guargione di Talker

Per tutti i Talker del mondo, che si sono ripetutamente frantumati in mille pezzi, ma che sono riusciti ogni volta a rimettersi insieme, per amore delle persone al loro fianco. Siete la vera definizione di forza.

TENEBRE

LO PSICOLOGO della scuola da cui lo trascinava Brian era veramente una persona a posto. Sulla cinquantina, con i capelli ingrigiti, panciuto, calvo sulla sommità del capo e con una coda di cavallo che spuntava sempre dietro alla testa, il dottor Sutherland sembrava essersi fumato la sua bella dose di marijuana in gioventù e aver mantenuto quella sensazione pacifica e felice per i successivi trent'anni.

Tate si ritrovò a detestarlo. Detestava la sua voce profonda. Detestava i suoi cardigan di colore neutro, che portava sopra magliette piene di slogan. Odiava tutti gli ornamenti scintillanti che al momento decoravano il suo ufficio in occasione delle feste. In quell'istante, più di ogni altra cosa al mondo a parte la propria stessa pelle, odiava gli occhi nocciola di quel tizio: sembravano percepire ogni cosa.

"Allora, Tate..."

"Non mi può chiamare Talker, Doc? Mi piace Talker. Sa, non è solo un nome, è come una funzione, come un pronome e un aggettivo e un nome e un..."

La mano di Brian, che durante quelle sessioni era sempre ferma e appoggiata da qualche parte sul suo corpo, gli si strinse sul ginocchio. Talker si fermò. Stava parlando troppo. Parlando a vanvera. E continuava a farlo perché era a disagio. Brian lo sapeva, perché lo amava e si prendeva cura di lui, lo ascoltava e conosceva i segreti più dolorosi della sua vita; quando Brian gli diceva di concentrarsi, Tate lo faceva.

Che lo volesse coscientemente o no.

"Ok," si intromise, gentilmente, il dottor Sutherland, ignorando il fatto che chiamava Tate con il suo nome di battesimo ormai da sei mesi, ovvero da quando Brian aveva iniziato a trascinarlo lì, estremamente e disperatamente preoccupato. "Talker, questa è la prima volta che hai menzionato lo stupro..."

"L'appuntamento," lo corresse Talker, teso. "Era un appuntamento. Uno veramente andato di merda. Non faccia il melodrammatico, Doc." Tate si voltò verso l'amante e Brian scosse la testa per togliersi dagli occhi le ciocche di capelli biondo sabbia, così che Talker potesse ricevere un po' di conforto dal suo sguardo. "Diglielo, Brian. Diglielo che sta diventando melodrammatico."

Con sua sorpresa, Brian chiuse gli occhi, come se fosse lui stesso in preda al dolore. "Ti ha fatto del male," disse piano. "Ti ha fatto così tanto male..."

"*Ma ormai ci sono passato sopra!*" Tate lo percepì prima che accadesse, quel senso di dislocazione fra il luogo in cui era e quello in cui voleva essere. Era successo sempre meno da quando lui e Brian si erano messi assieme, ma parlare di quell'argomento – *Il Peggior Appuntamento Della Storia* – gli faceva sempre fremere le spalle e i muscoli dell'addome.

E quando il suo corpo si mise a tremare, Brian aprì i suoi occhi azzurri come il cielo, facendo a sua volta sobbalzare convulsamente il pomo d'Adamo. "*Certo,*" gli rispose, rauco. "*Ci sei passato sopra. Lo vedo. Tutto finito.*"

Talker fece una smorfia, sentendo l'amarezza contenuta nel tono del compagno. "*Brian,*" gli disse per placarlo, sapendo che l'altro avrebbe percepito il dolore nella sua voce, ma non riuscendo a fermarsi. Non era mai riuscito a tenerlo solo per se stesso: il suo cuore, il suo dolore, niente. Finché Brian non era diventato suo amico, era stato un unico nervo scoperto, senza che nulla gli impedisse di buttarsi a capofitto nei guai più disparati. E quando Brian si era confessato ed era finito fra le braccia di Tate, era stato come essere improvvisamente rivestiti di un'armatura ricoperta di velluto. Era al caldo e al sicuro e niente poteva più fargli del male.

Ad eccezione dei ricordi.

Brian scosse la testa e distolse lo sguardo. "*Non ti preoccupare, Tate,*" gli rispose, con tono teso e stanco. "*Mi dispiace per prima. È solo…*" Lanciò uno sguardo tormentato a Tate per poi voltarsi verso lo psicologo come se questi fosse la sua ultima speranza, come se quel tipo l'avesse salvato dal tetto di un edificio di dieci piani. Per un istante, Talker temette che Brian se ne sarebbe andato da quella stanza; essere rinchiuso là dentro, senza nessun'altro a parte lo psicologo, era una delle sue peggiori paure e Brian lo sapeva.

Brian non se ne andò, perché era una brava persona. Si sforzò di chiudere gli occhi e, quando li riaprì, erano ormai lucidi e rossi. "*Eri ferito. E… ti tenevi così stretto al tuo dolore che c'era così tanta merda che non riuscivi a vedere. Mentre io, invece, la vedevo tutta. E mi faceva male. E non smetterà di farmi male finché tu non sarai onesto con te stesso, cosa che adesso non sei.*"

Talker aggrottò le sopracciglia e accarezzò il dorso della mano di Brian. Era una mano grande e abile, esattamente come Brian. Brian non era agile di pensiero, ma di solito era sempre nel giusto e Tate aveva sempre avuto bisogno di una persona con la testa sulle spalle, una persona che gli impedisse di lanciarsi impulsivamente in qualche nuova stupida e pericolosa impresa.

"*Non voglio farti del male.*" Talker era devastato dal solo pensiero. Voleva che Brian non dovesse mai più affrontare le conseguenze di qualcosa che lui stesso aveva *invece fatto e causato. Brian si era preso così tanta cura di lui. Talker non gli avrebbe fatto del male per nulla al mondo.*

E Brian ora fece spallucce, cosa che ovviamente gli costò. "Non ti preoccupare. Solo... ecco, parla. Parla con lo psicologo, ok?"

Tate si voltò verso il dottor Sutherland, con occhi tormentati. "Va bene. Voleva sapere del Peggior Appuntamento Della Storia? Ha fatto schifo, ok?"

"Tate?" La voce di Brian lo riscosse dalle sue fantasticherie. "Tate? Tate... tesoro... *Talker!*"

Le spalle di Talker tremavano così violentemente che i tendini lungo il collo schioccarono per lo sforzo e il ragazzo dovette nascondere una smorfia di dolore.

"Scusami, Brian, stavo pensando."

Il braccio di Brian gli avvolse la vita e Talker si rese conto che era rimasto immobile, perso nei propri pensieri, di fronte al guardaroba del posto dove lavorava; appoggiò la testa contro quella di Brian, avvertendo il calore del suo corpo, per calmare un po' del suo imbarazzo. Brian si scansò abilmente, evitando con maestria le punte gellate della cresta alla moicana di Tate; per un istante Tate desiderò essersi fatto ricrescere i capelli. Brian si lamentava sempre che quella cresta prima o poi gli avrebbe cavato un occhio.

"Lo so, tesoro," rispose Brian, riportando l'attenzione di Talker al presente. "A cosa stavi pensando?"

Tate riuscì a sorridergli debolmente. "Alla seduta della settimana scorsa."

Brian chiuse gli occhi e Talker si voltò verso di lui per contemplare per un istante le punte bionde delle ciglia dell'amante.

"È stata difficile," disse piano Brian, "e continuerà a essere difficile fino a quando non avremo fatto uscire tutto; poi andrà meglio, ok?"

Talker annuì di scatto, sentendosi la gola costretta. "Sto aspetto che arrivi il 'meglio'."

Brian cosparse il viso di Talker di baci leggeri. Lungo il lato con le cicatrici. Talker aveva coperto quei segni da tatuaggi, un processo che era stato atrocemente doloroso, ma non gli era importato. In ogni istante di dolore, Tate si era detto che in quel modo il mondo l'avrebbe visto solo nel modo in cui *lui* voleva essere visto e non come quel vecchio crudele o quella ubriaca avevano fatto in modo che lui fosse. C'era solo una persona al mondo di cui Tate si fidava abbastanza da permettergli di toccare il lato destro del suo viso e del suo corpo, e quello era Brian. Ad eccezione del... del... Peggior Appuntamento Della Storia, vero? Perché a Trevor non era stato "permesso", vero? Tate gli aveva detto che la serata era finita, vero? *Vero?*

Ma Talker non era stato in grado di dirlo a Brian o al dottor Sutherland, non subito almeno, e forse era quello il motivo per cui la sua mente continuava a tornare a quella sessione, come se ci fosse una specie di aggancio neurale in grado di viaggiare nel tempo, che continuava a riportarlo nel punto e nel momento preciso in cui aveva sputato sangue.

"Andrà meglio," mormorò Brian. "Lo prometto, tesoro. Sono qui per questo, per fare in modo che tutto vada meglio."

Oh, Brian, ed è così. Ci riesci davvero. Fai andare meglio le cose ogni volta che mi tocchi.

Talker appoggiò la mano sopra quella ruvida dell'altro, che a sua volta era ferma sulla sua spalla sfigurata, e rabbrividì. "È solo che non vedo...," mormorò, cercando di concentrarsi sulla canzone che aveva avuto in testa tutto il giorno. Non riuscì più a ricordarla e tremò un poco.

"Non vedi cosa?" *Ommioddio*, le braccia di Brian avvolsero il petto di Talker e lo strinsero. Si sentiva così bene lì. Le sue spalle erano così larghe che Tate semplicemente non riusciva a immaginare come qualcuno potesse fargli del male quando Brian era con lui, a difenderlo dal mondo intero.

"Perché non possiamo essere solo noi due. Perché devo vomitare sangue davanti a uno psicologo da strapazzo vecchia scuola hippie..."

"Non è una cosa carina da dire." A Brian, Sutherland lo psicologo doveva veramente piacere, perché non difendeva spesso altri membri della razza umana.

"Certo, come no. Perché devo vomitare sangue per il dottor Sutherland? Tu sai la verità. Tu puoi aiutarmi... Perché non è abbastanza?"

Ci fu un sospiro di fianco al suo orecchio e quelle braccia forti e magnifiche si strinsero ancora fino quasi al punto da rendergli difficile respirare, prima di tornare a rilassarsi.

"Non sono abbastanza, Talker," rispose Brian, infine. "Non ti meriti di più, oltre a me?"

Talker tirò su col naso, sconvolto da quel pensiero. "Tu sei più di quello che mi merito, punto," replicò, credendoci fermamente.

"Intendi dire che una fila di modelli strafichi pronti a esaudire ogni tuo desiderio non è fra le cose che ti sei guadagnato?" scherzò Brian e Tate si ritrovò a sorridergli.

"Beh, sai, a parte quello."

"Purtroppo temo che ti dovrai accontentare solo di un paio di persone che ti vogliono bene," gli disse Brian, di nuovo completamente serio, ma Tate non se la sentiva di tornare all'umore uggioso di prima.

"Preferirei gli uomini nudi," rispose, cercando di alleggerire l'atmosfera.

Brian non era uno stupido. Gli diede un altro bacio sulla fronte e propose: "Avanti, prendi la giacca. Ti riporto a casa e ti preparo la cena."

Tate aveva recuperato un po' della sua "falcata felina" – come la chiamava Brian – quando si mise la giacca di jeans e la sua sciarpa rossa, prendendo Brian per mano mentre uscivano. Erano le due di notte e Gatsby's Nick era chiuso. Era il momento per tutti i bravi baristi di tornare a casa con i loro fidanzati dalla pazienza infinita e fare l'amore con loro. O almeno lo era per *questo* bravo barista, pensò Tate con un sorriso. Aveva bisogno che la pelle di Brian e le sue spalle larghe lo difendessero contro i pensieri cattivi e il dolore.

"Notte, Jed!" gridò al buttafuori che era ancora fermo davanti alla porta a controllare che anche gli ultimi clienti se ne fossero andati pacificamente.

"Notte, Talker, Brian." Jed fece un breve cenno con il capo e Brian lo salutò con il suo solito sorriso quieto. "State attenti sulla via del ritorno, la strada è ghiacciata!"

"Sono sempre attento," gli rispose Brian. "Quella dannata Toyota non va abbastanza veloce per fare altro!"

Il sorriso di un bianco smagliante di Jed fu una sorpresa in quella faccia nera come la notte, ma una sorpresa piacevole, e la sua risata li seguì in quella cristallina aria di dicembre.

Jed e Brian si erano avvicinati molto ultimamente e Brian non era vicino a *nessuno* con l'eccezione di Tate e, forse, della sua ex-ragazza, Virginia. Forse c'era qualche collega con cui parlava, ma il principe azzurro di Tate era, probabilmente, la persona più tranquilla e riservata che avesse mai incontrato. Ma Jed aveva aiutato Brian a far superare a Tate un atteggiamento mentale piuttosto pericoloso, quando ancora loro due non stavano assieme; di tutto il personale del Gatsby's Nick, sembrava essere l'unica persona che Brian si fosse preso il tempo di conoscere meglio.

Se Jed non fosse stato etero, con moglie e due figli, Talker avrebbe anche potuto esserne geloso, ma non sarebbe stato giusto, perché se c'era qualcuno che meritava davvero una camionata di amici, quello era Brian. Brian aveva qualche collega, sua zia, e… e…

E Talker.

E Talker aveva lui. Era l'unica verità che conosceva.

Il parcheggio era all'ombra, scarsamente illuminato. Talker aveva sempre pensato che se anche delle donne avessero frequentato il Gatsby's Nick, forse avrebbero fatto richiesta che le lampade a led fossero sostituite; ma agli uomini non piaceva piagnucolare sulla possibilità di essere assaliti e derubati o sulla paura del buio, nemmeno agli uomini gay, quelle lampadine continuavano quindi a rimanere perpetuamente non funzionanti. Prima del Peggior Appuntamento Della Storia, nemmeno a Talker era importato molto delle luci, ma quei mesi l'avevano lasciato più suscettibile che non undici anni passati in affidamento. Ogni notte, quando Brian o Jed lo accompagnavano fuori, si ripeteva che non gli sarebbe successo niente, che nessuno gli avrebbe fatto del male, che era al sicuro, che era…

"Che cazzo?" balbettò.

Erano in tre e uno di loro assomigliava a Trev, solo che l'ultima volta che l'aveva visto aveva avuto un naso perfettamente dritto e nessuna capsula d'oro per i denti. E di sicuro non aveva avuto bisogno di una catena, oggetto che invece ora gli penzolava nefasto dalla mano, a farlo sembrare ancora più minaccioso.

Brian fece un respiro profondo e gli afferrò la mano tremante. "Non farti prendere dal panico," Brian gli disse seccamente. "Non sono qui per te. Vai a chiamare Jed."

"Brian?" Perché non erano lì per Talker? Trevor gli aveva fatto del male. Dio, non voleva ricordarlo, l'aveva ferito e condannato a un senso di tradimento e di impotenza. Tate sognava ancora di Trevor, sognava di vederlo entrare di nascosto nella sua camera a squarciarlo, aprirlo, sussurrando: *Lo vuoi, puttanella, lo sai che lo vuoi…*

"Talker, va' via!" gli ordinò Brian seccamente. Tate vide che quelle tre figure nell'oscurità stavano avanzando verso di loro. Ad eccezione di Trev, gli altri due avevano dei passamontagna sul viso, maschere di stoffa con i buchi solo per gli occhi, il naso e la bocca, e dei vestiti comuni, banali quanto i loro piumini neri per combattere il freddo dicembrino.

Talker sarebbe rimasto lì, congelato, in preda al terrore finché il suo cervello non si fosse completamente spento, ma Brian gli afferrò le spalle, lo voltò verso la porta del club e gli urlò *Corri, dannazione! Vai a chiamare Jed, subito!*, qualche secondo prima che uno degli incappucciati si lanciasse contro di lui, colpendo la spalla malata di Brian con un tubo di metallo. Brian ululò di dolore, ma, mentre Talker correva a cercare aiuto, riuscì a girarsi e a tirare al tipo un solido pugno sul naso, giusto prima che Trevor gli afferrasse il collo con la catena.

Talker iniziò a urlare, ancora correndo, e quando arrivò alla porta del club e vi si precipitò dentro, si rese conto che stava urlando il nome di Jed.

Jed era seduto al primo tavolo e stava mangiando un panino con una mano e contando le ricevute del bar con l'altra. Quando Talker lo raggiunse e riuscì ad ansimare "Aiuto, Jed, è Trev...", Jed si alzò così velocemente da sorprendere persino Talker.

"Shawn," gridò a uno dei camerieri, "chiama *subito* il 911! Digli che c'è una rissa in corso e che c'è bisogno di un'ambulanza! Sandy!" urlò al barista, "Vuoi venire anche tu?"

Sandy, che aveva i capelli rossi e un temperamento ancora più sanguigno, superò il bancone con un volteggio, come uno di quegli attori da film d'azione. Talker li condusse verso quel parcheggio preda delle tenebre.

Quando lo raggiunsero, Brian era a terra, una figura immobile in mezzo ai suoi tre assalitori, ognuno occupato a riempirlo di calci. Jed urlò: "Trevor, pezzo di merda, lascialo in pace!"

Trevor alzò lo sguardo e si passò una mano sul viso, pulendosi via sangue non suo. "Davvero, Big J? Avanti, denunciami! Pensi che il fottuto coinquilino di Talker se la passerà bene in prigione?"

Jed lo ignorò e, mentre gli altri due uomini si dileguavano come nebbia dicembrina, diede un bel pugno sul naso di Trevor. Talker sentì rumore di ossa rotte, mentre altro sangue andava a raggiungere l'asfalto gelato.

Improvvisamente Trevor non ci fu più e Tate aveva ben altro a cui pensare.

"Oddio... Brian... oh cazzo... Jed... Jed... vieni ad aiutarmi... *Brian!*"

Brian stava respirando, ma i suoi occhi erano chiusi, gonfi e così rossi da essere irriconoscibili. Metà del suo viso non era altro che carne sanguinolenta e Tate vide uno dei suoi denti sull'asfalto, a mezzo metro di distanza.

Talker non voleva pensare a come fosse il resto del suo corpo, sotto i jeans e la giacca strappati. Sapeva soltanto che filtrava sangue dalla maglietta, all'altezza dello stomaco, e che il braccio era ripiegato in una strana posizione sotto il suo corpo. Il braccio dolorante, quello della spalla malata, quello con cui scriveva, fingendo che non gli facesse male dopo un lungo turno a servire i tavoli con i vassoi appoggiati alla spalla. Proprio quel braccio.

Oh Cristo.

Afferrò l'altra mano di Brian e la strinse, portandosela contro la guancia, e la carne ammaccata sopra gli occhi di Brian tremolò. Brian cercò di lanciargli un'occhiataccia. "Ti avevo detto di correre."

"L'ho fatto, idiota. Ho portato i rinforzi."

Brian espirò, cercò di annuire. "Non ti preoccupare. Non ti farà del male. Lui non ti farà del male. Non lascerò che ti faccia del male..."

Le spalle di Tate sussultarono e la sua vista si offuscò per le lacrime, mentre Brian stava ancora mormorando: "Non lascerò che ti faccia del male..." Lo staff del Gatsby's Nick ne coprì il corpo con i propri giacconi, restando a tremare al freddo. Aveva smesso di blaterare, però, quando il mondo si accese di luci rosse e si riempì di domande urlate aspramente. Tate rimase semplicemente seduto lì, ignorando le autorità e il freddo pungente che filtrava dall'asfalto e si diffondeva nelle sue ginocchia. Brian era steso per terra, coperto di giacche altrui, nebbia invernale e sangue. La presa di Talker su quella mano maltrattata era l'unica cosa che gli impediva di urlare.

Quando i paramedici arrivarono e lo sollevarono, portandolo nell'ambulanza, ormai Brian era diventato completamente silenzioso. Se ne andarono, ma Jed riuscì a farsi dire il nome dell'ospedale in cui l'avrebbero portato. Brian aveva un'assicurazione, ma era una benedizione che in quel momento Talker faceva fatica a comprendere, perché l'unica cosa a cui riusciva a pensare era che Brian lo stava lasciando, lo stava lasciando lì su quel cemento gelido, facendolo sentire come se una bomba fosse appena esplosa e lui fosse l'unico a essere sopravvissuto.

SFUMATURE DI CIELO INVERNALE E CEMENTO

IL DOTTOR *Sutherland sospirò e distolse lo sguardo, come se ci fosse qualcosa di troppo doloroso da sopportare nel viso tatuato di Tate. Invece i suoi occhi preferirono incontrare quelli di Brian e Tate sentì l'amante sobbalzare.*

"Quindi, Brian," disse quell'uomo per bene, in una voce un po' troppo sentimentale. "Stai cercando di dire a Tate che quello che fa male a lui fa male anche a te. Come ti sei sentito dopo il Peggior Appuntamento Della Storia?"

Brian, il suo Brian con la testa sulle spalle, con quella forza interiore che gli permetteva di sopportare ogni cosa, diventò all'improvviso terribilmente immobile.

Talker si voltò verso di lui, sorpreso. C'era una strana espressione sul viso di Brian, come se se ne fosse andato su Marte in vacanza e avesse lasciato lì il corpo a rispondere automaticamente ai messaggi.

"Era a posto," intervenne Tate, innervosito dal silenzio di Brian. "Stava bene. Mi ha aiutato a rimettermi insieme. Mi ha fatto sentire al sicuro. Non era..." La voce di Tate si spense e lui abbassò lo sguardo a guardare la propria mano, quella con il mezzo guanto. C'era un gioco che faceva con la mano rovinata: costringeva le dita a muoversi, spingendole sempre di più e poi ancora un altro po' quando le sentiva irrigidirsi. Da bambino, i dottori gli avevano detto che l'avrebbe aiutato a mantenere la mobilità della mano e lui aveva da subito trovato quel trucchetto molto divertente. Ora che era un adulto, lo aiutava semplicemente a sentire di avere il controllo. Poteva controllare la sua mano, anche se era stata danneggiata. L'analogia con la sua vita era semplicemente troppo dolorosa da ignorare.

"Brian?" chiese con attenzione il dottor Sutherland. "Brian, sai..." Il dottore sospirò, apparentemente senza sapere cosa dire, e si appoggiò alla sua sedia imbottita. "Sapete ragazzi, ormai sono sei mesi che venite qui e... ne sono felice. Ogni settimana non vedo l'ora di vedervi. Ma sono preoccupato. In alcune cose avete fatto dei progressi: Tate, tu sembri meno... uhm... teso come una corda di violino a ogni settimana che passa e riesci a mantenere la concentrazione quasi per tutta la sessione. Ma..." Spostò lo sguardo, focalizzandosi sui disegni creati dalle particelle di polvere sulla sua libreria.

Quando tornò a guardarli, era più risoluto di prima.

"Voi ragazzi avete bisogno di iniziare a parlare della cosa come se fosse veramente successa, entrambi. Dovete afferrarla per le corna, guardarla in faccia e chiamarla per quello che è."

Talker si sentì mugolare di dolore e si odiò per quello; la sua mano tremò così forte da sorprenderlo. Brian finalmente si mosse, mettendo la propria mano sopra quella di Talker per calmarlo.

Il dottor Sutherland li guardò, strinse la mascella e sospirò, determinato.

"Brian, se pensi che io sia meno preoccupato per te che per Talker, allora non mi hai prestato attenzione. Sei pieno di rabbia repressa che minaccia di esplodere da un momento all'altro e non so cosa potrebbe succedere se non trovi il modo di liberartene..."

Brian si lasciò sfuggire un suono strozzato e inaspettato; continuava a stringere la mano di Tate, accarezzandogli sovrappensiero il polso con il pollice. Tate dovette osservarlo attentamente prima di riuscire a riconoscere quel suono come la breve risata ironica e amareggiata che era.

"Non si preoccupi per me, Doc," rispose Brian, lo sguardo lontano, come se la parte di lui che Talker amava fosse ancora su Marte. "Non si preoccupi per me. Ho trovato un modo per farla uscire, mi creda. La maggior parte di quella rabbia non è più nel mio petto."

Brian allora sorrise, un sorriso da gelare il sangue, del tipo "lato oscuro della luna", un sorriso che non aveva nulla di quella dolce espressione che Brian donava a Talker. Tate tremò e Brian sembrò tornare in sé, il suo sorriso si scaldò e ritornò a essere di nuovo il sorriso del suo principe azzurro. La sessione continuò.

Ma Tate se lo sarebbe chiesto più volte da quel giorno. Cosa c'era dietro a quel sorriso? Cosa si era perso, quando lui stesso se n'era andato su Marte per i fatti suoi? Potevano essere successe un sacco di cose mentre lui era stato occupato a rimettere assieme i pezzi del suo io, dopo il Peggior Appuntamento Della Storia.

"E QUINDI il fatto è," iniziò Jed, seriamente, mentre seguivano l'ambulanza nella sua automobile tra le vie deserte di Sacramento, "il fatto è che non puoi fare il nome di Trevor."

Talker scattò, abbastanza violentemente da cozzare contro il braccio di Jed mentre cambiava marcia alla sua vecchia Ford Escort; a parte imprecare sottovoce, Jed non disse o fece più niente.

"Perché non dovrei dire ai poliziotti che è stato Trev?"

Non stava aspettando altro, moriva dalla voglia che venisse quel momento, quando sarebbero andati a sbattere in gattabuia Trev, perché il viso rovinato di Brian sarebbe bastato per mettere Trev dietro alle sbarre.

Jed lo guardò con la coda dell'occhio mentre aspettavano che arrivasse il verde. Era una notte senza luna e luce, ma l'espressione di Jed sarebbe stata comunque indecifrabile. Talker poteva solo aspettare, pazientemente, e sperare che gli chiarisse la situazione.

Jed scosse la testa. "Non eri in te, sai. Per un po' non ti sei reso conto di niente. Diciamo solo che c'è stata della merda fra Brian e Trev e sarebbe meglio che i poliziotti non ne sapessero nulla, ok?"

Talker lo guardò come se Jed gli avesse appena rivelato di provenire da un altro pianeta. "Sai che ci siamo presi un ratto da laboratorio?" disse, dopo qualche istante, e Jed premette di più l'acceleratore. Tate lo vide *lottare* per non voltarsi a controllare che il suo passeggero fosse sano di mente, ma non poteva farci niente. A volte il suo cervello era confuso quanto le cicatrici e i tatuaggi sul suo volto.

"È veramente dolce; Brian voleva chiamarla 'Talkette', sai, perché è pezzata, tutta panciuta e un lato della faccia è tutto nero, come me, ma gli ho detto di chiamarla con un nome allegro e così adesso è Sunshine. La teniamo sotto una lampada a ultravioletti, sai? E Brian le ha fatto una coperta da metterle sopra la gabbia, perché fa freddo, e anche se quest'anno abbiamo il riscaldamento, quel posto è comunque pieno di spifferi e lui aveva sentito da qualche parte che i ratti sono sensibili agli sbalzi di temperatura. Le pulisce la gabbietta tutte le settimane, le fa il bagno e le taglie le unghiette. Voglio dire, torniamo a casa e se la mette sulla spalla. Lei gli mette le zampine sull'orecchio e gli dà tutti quei bacini rattosi e... e..."

Talker ebbe uno spasmo: Tate-lo-spasmo, era così che lo chiamavano a scuola. Persino i migliori insegnanti a volte si irrigidivano per la sorpresa e spalancavano gli occhi quando a Tate capitava nel bel mezzo di una lezione tranquilla e la cosa mandava *sempre* tutti nel caos.

Ora udì quello stesso respiro esasperato e preoccupato da Jed e cercò di concentrarsi su quello che stava dicendo.

"È la persona più gentile di questo pianeta, Jed. Cosa mai può aver fatto per meritarsi tutto questo?"

Il respiro di Jed questa volta aveva tutto un altro significato.

"Ha difeso *te*."

Improvvisamente Tate si accorse che il suo campo visivo si era ristretto, ormai grigio sui bordi, e la sua vista era cosparsa di puntini rossi. I suoi polmoni iniziarono a bruciare e dovette essersi fatto sfuggire un gemito strozzato perché all'improvviso Jed mise la freccia e accostò, gli spinse la testa contro le ginocchia e gli urlò di respirare.

Alla fine ci riuscì, si ricordò come si faceva, e così se ne andarono il bruciore ai polmoni e la strana aura intorno al suo campo visivo. Alla fine si concentrò con tutto se stesso sul massaggio circolare della mano di Jed lungo la sua schiena.

"Non ha... non ha... non ha..." Oh Cristo. Non *di nuovo*. Si era liberato di quel problemino a dodici anni quando aveva urlato: "Io *sono* un maledetto finocchio, vai f-f-f-fuori dai c-c-c-coglioni!" a suo padre, quando il cazzone era andato a trovarlo (e a picchiarlo) mentre era in affido.

Ma Tate doveva riuscire a dirlo da solo: questa volta Brian non era lì a leggergli nella mente, ad accarezzargli la mano, a fargli credere di essere al sicuro. *Era* come avere di nuovo dodici anni. C'erano solo lui e la struttura incostante che si prendeva cura di lui. Ovviamente, si prendeva cura di lui solo quando faceva comodo ai propositi di quelle aliene intelligenze adulte che popolavano la stratosfera.

"Oddio," sussurrò, rivolgendosi per metà a se stesso e per metà a Brian, privo di sensi nell'ambulanza di fronte a loro. "Brian, cos'hai fatto?"

Di fianco a lui, la voce di Jed si tinse di rabbia. "Ha avuto le mani distrutte per settimane, Talker, erano lacerate. Come hai fatto a non vederle?"

"Nello stesso modo in cui per quasi un anno ho vissuto con lui e non mi sono accorto che mi amava!" sbraitò di rimando Tate, così amareggiato e arrabbiato con se stesso che era sorpreso di non essere ancora sgusciato via dalla sua pelle danneggiata e macabra per correre lungo la strada, uno scheletro sanguinante e urlante di dolore. "Io... io non riuscivo a vederlo."

Non era riuscito a capire Brian in quel periodo, almeno non nella sua interezza. Non la parte che lo amava. Nemmeno quella parte che, apparentemente, era diventata violenta per proteggerlo.

"Quanto…" Tate dovette ricominciare, ma l'esitazione non aveva nulla a che fare con la balbuzie che era riuscito a vincere da bambino. "Quanto è stato grave?"

Jed grugnì e rimise l'auto in carreggiata. Apparentemente Tate non aveva intenzione di andare in iperventilazione o di svenire ed entrambi volevano arrivare al Kaiser insieme all'ambulanza. "È stata una lotta alla pari," rispose. "Brian gli ha dato l'opportunità di difendersi. Ma… ragazzi, Brian è forte. Ed era arrabbiato. E tu stavi spaventando a morte tutti quelli che avevi intorno. Ho dovuto dirgli quando smettere e Trev ha dovuto fare un viaggetto in ospedale." Jed sbuffò, debolmente. Talker si rese conto che Jed voleva bene a Brian, gli voleva sinceramente bene. Non come a un amante, ma piuttosto come a un fratellino. Nello stesso modo in cui aveva sempre voluto bene a Tate da quando aveva iniziato a lavorare al Gatsby's Nick.

"Ma non era così grave… nemmeno vagamente così grave. Brian aveva usato i pugni e aveva fatto tutto da solo. Trev… il mattino dopo era in piedi…"

Talker mugolò. Brian *non* sarebbe stato in piedi la mattina successiva.

"La polizia lo arresterebbe veramente?" chiese, dopo un istante. Jed svoltò a destra, immettendosi in Alta Arden, prima di rispondere.

"Sì, se dovessero pensare che Brian lo ha attaccato senza essere provocato."

A quello Tate non potè ribattere, così, per una volta, stette zitto.

L'ospedale era un incubo, ma uno familiare. Tate ci aveva passato un anno della sua vita quando l'incendio gli aveva sfregiato il lato destro del corpo. Anche se allora non era stato che un bambino, si ricordava ancora i dottori e le infermiere e i ritmi sui quali danzavano. Infatti, era stata proprio un'infermiera del reparto ustionati, una di quelle gentili, che per prima gli aveva portato della musica da ascoltare mentre guariva. Era anche lei molto giovane e gli aveva portato i Green Day, The Cult e i Pearl Jam, ma anche roba più vecchia (per lei) come i Ramones e The Clash. Si era aggrappato a quella musica quando il dolore diventava troppo forte. Quando gli altri gemevano o urlavano quando gli venivano tolte le croste delle ustioni, Tate si metteva a cantare a squarciagola le strofe di "Jeremy" dei Pearl Jam e quell'infermiera si metteva a cantare con lui. *Jeremy spoke in... class today...*

Talker si ritrovò a mugolare quella stessa canzone, seduto di fianco al letto di Brian, mentre i dottori parlavano di ultrasuoni e della possibilità che avesse o meno dei danni interni. Sapeva cosa fossero quelle lesioni interne. Una volta era stato picchiato da uno dei suoi padri adottivi e aveva passato qualche notte in osservazione a causa di quello spauracchio chiamato *lesioni interne*. Anche se era stato un "no" per un intervento chirurgico (e "sì" a una nuova famiglia adottiva, una un po' più amichevole nei confronti dei gay) si ricordava ancora le espressioni preoccupate dei dottori mentre palpavano l'addome gonfio di Tate; ma il terrore che aveva provato allora per se stesso non era nulla rispetto a quello che sentiva ora per Brian.

Il suo era un corpo forte: danneggiato, ma forte. Il suo corpo poteva sopportare un altro intervento, poteva sopportare di essere picchiato un'altra volta, poteva sopportare un altro disastro.

Il suo cuore non poteva nemmeno immaginare che non ci fosse più Brian.

Ci fu un movimento dietro di lui e dovette sopprimere un sussulto quando una mano femminile si posò sulla sua spalla.

"Come sta... oddio."

Tate chiuse gli occhi e afferrò con la propria la mano sulla spalla.

"Ciao, zia Lyndie."

Lyndie Cooper era l'unico componente della famiglia di Brian ancora in vita; Tate l'aveva chiamata mentre i dottori facevano la visita iniziale per ricoverare Brian. Era l'unica cosa che riusciva a ricordare di aver fatto nelle ultime tre ore, oltre a cercare di non scappare urlando.

Le braccia di Lyndsay avvolsero le spalle di Tate e lui tremò nell'abbraccio. La zia di Brian aveva cercato, negli ultimi sei mesi, di diventare la famiglia che non aveva mai avuto. La sensazione di quelle braccia esili intorno a lui lo fece sentire improvvisamente al sicuro. Abbastanza al sicuro per poter essere debole.

"Sembra veramente messo male," sussurrò Tate, con voce vacillante. "Pensano che si riprenderà, ma ha il naso rotto e la sua spalla... stanno pensando di operarla per riattaccare alcune cose insieme e dovrà stare ingessato per un po' di tempo. Stanno..." Respiro profondo. "Stanno aspettando per vedere se dovrà essere operato per delle lesioni interne."

Avevano ripulito dal sangue la faccia di Brian, ma era ancora gonfia, sanguigna e irriconoscibile. Brian, il Brian perfetto e bellissimo di Talker, e il suo viso non sarebbero più stati gli stessi.

"SEI BELLISSIMO." La voce di Brian, fermo di fronte alle sue cosce nude, aveva una sfumatura riverente, mentre Tate aveva dovuto chiudere gli occhi solo per permettere all'amante di vedere i suoi genitali sfigurati.

"Amico, non prendermi in giro." Non Brian, non il principe azzurro di Talker.

Brian cambiò posizione e Tate sentì delle dita afferragli il mento con forza, costringendolo a guardare negli occhi azzurro cielo di Brian. "Sei bellissimo. Sei perfetto. Lascia che io ti guardi e ti ami, Talker. Non deridere quello che ho detto solo perché sei imbarazzato e ti vergogni. Ti amo, quindi sei bellissimo, ok?"

Talker annuì, lasciando che Brian tornasse a guardargli il testicolo rinsecchito e la coscia e il pene pieni di cicatrici, perché anche se pensava di essere orrendo, non c'era nulla di più nudo della sua espressione in quel momento. Brian la ignorò e gli catturò la bocca in un bacio; nel frattempo Talker arcuò il corpo nudo contro la mano di Brian. Era disposto a concedergli tutto, tutto, bastava che continuasse a toccarlo, continuasse a baciarlo, continuasse a credere che lui era bello, nonostante l'evidenza dimostrasse il contrario.

"ANDRÀ TUTTO bene, l'importante è che sia vivo," disse ora Tate. Quel ricordo era salvaguardato con attenzione nel suo petto. Guardò il viso sfigurato di Brian, i punti di sutura lungo le guance, la fronte, lungo la linea del mento. Il braccio era fasciato e in un supporto di plastica, mentre il petto, lo stomaco e una delle cosce erano ricoperti da bende. In quel momento, il movimento del petto di Brian, che si alzava e si abbassava, era la cosa più bella del mondo.

Lyndie gli diede un bacio sul lato rasato della sua testa e lui si mise di nuovo a tremare fra le sue braccia. "Perché qualcuno avrebbe dovuto fare una cosa del genere, Tate? Ancora non riesco a capire cos'è successo…"

Tate alzò lo sguardo per guardare oltre il vetro del reparto di terapia intensiva. C'erano due poliziotti in borghese, nessuna divisa. Per un istante si domandò come mai un ragazzino pestato a sangue in un parcheggio buio si meritasse un detective e non invece un novellino appena uscito dalla scuola di polizia.

Quello moro, il più anziano, lo guardò corrucciato dall'esterno del vetro e un lato della bocca si alzò a fargli una smorfia. Aha. A Brian quell'onore non era toccato solo perché era Brian: gli era toccato perché era *gay* e il suo pestaggio poteva essere di stampo omofobico.

Meraviglioso.

Lyndie emise un gemito – un suono pieno di sfiducia – mentre continuava a tenerlo fra le braccia e Tate la apprezzò ancora di più. Lyndie era contenta quanto lui di vedere la polizia. Forse gli artisti sapevano in prima persona cosa significasse avere a che fare con le forze dell'ordine.

"Che cosa ci fanno qui?" chiese. Talker le strinse la mano.

"Stanno cercando di capire chi è il responsabile," rispose lui e la sua bocca si seccò. Cercò di deglutire con difficoltà e tentò di distrarla per un altro minuto. "Dov'è Craig?"

Craig Jeffries, anche lui sulla cinquantina, era una persona calma, piacevole, solida, che amava sedersi sul divano a guardare lo sport se non era al lavoro o non era occupato ad aggiustare aggeggi nel cottage di Lyndie. Era andato a vivere con Lyndie l'anno precedente e a Brian piaceva sia lui sia che la sua beneamata zia, la donna che l'aveva cresciuto, non fosse più sola.

"Sta parcheggiando la macchina. Perché, c'è qualcosa di cui hai bisogno?"

Talker annuì. Per lo più aveva bisogno che Lyndie non fosse presente quando sarebbe iniziato l'interrogatorio, ma aveva anche bisogno di un favore. "Sunshine è a casa da sola. È sotto la lampada UV, zia Lyndie, e Brian le ha fatto una coperta, ma nell'appartamento si gela e la corrente spesso viene tolta. Potresti andare a controllare che stia bene?"

Lyndie annuì e prese il cellulare, iniziando a scrivere un messaggio con una velocità più che accettabile per una persona adulta. Sorrise quando infine ricevette una risposta.

"Ha anche lui una chiave. Va lui a controllare se è tutto a posto e poi ci raggiungerà con del caffè e qualcosa da mangiare. Per allora dovremo già sapere qualcosa e Craig potrà portarci a casa."

Tate deglutì. "Potrebbe portarmi anche un cambio di vestiti? Qui da qualche parte ci sono dei piccoli cubicoli dove fare la doccia. Mi faccio solo una doccia e torno qui. Non voglio andarmene."

Lyndie mormorò solo un "mmmm" e gli baciò la guancia – quella piena di cicatrici e tatuaggi – ma lei era veramente una persona della quale fortunatamente non sarebbe mai riuscito ad avere paura. "Ok, tesoro. Tu resti qui a fare il primo turno, ma poi torniamo indietro. Non ti preoccupare. Anche noi ci prenderemo cura di te."

Lyndie prese una delle sedie e la portò accanto a lui. Aspettarono entrambi tenendo d'occhio i detective e Jed da dietro il vetro. Jed aveva le braccia conserte e il labbro inferiore all'infuori. Sembrava l'immagine stessa dell'ammutinamento e a Talker si contrasse lo stomaco. Oddio. Jed non avrebbe parlato di Brian, ma… ma… oh cazzo. Lasciar andare Trevor? Quello faceva male. Ti sconquassava e ti faceva venir voglia di urlare finché non ti avessero sentito fino in cielo.

Oh cazzo. Cazzo cazzo cazzo cazzo cazzo…

Talker iniziò a tremare, a tremare così forte che i suoi denti iniziarono a battere, e Lyndie, che aveva tirato fuori la lana e i ferri da maglia da una grande borsa di stoffa al suo fianco, li mise da parte e gli afferrò le mani.

"Talker… Tate… tesoro… *devi* calmarti!"

Ma era troppo tardi. Il detective, quello più giovane, con i capelli così biondi che sembravano trasparenti sul collo rosa e scottato dal sole, lo stava guardando dritto negli occhi, come se si aspettasse di veder Tate iniziare a parlare, come se si aspettasse qualcosa da lui. Tate improvvisamente divenne l'oggetto dell'attenzione di tutte le persone all'esterno della cameretta di Brian e si ritrovò a dover lottare contro l'impulso urgente, e pericolosamente reale, di dover andare a urinare. Odiava i poliziotti. Maledizione, se li odiava. Odiava il modo in cui ti ponevano le domande, come se fossero tuoi amici, odiava il modo in cui riuscivano a rigirarti come volevano. Tutti quei genitori adottivi, tutti quei poliziotti sarebbero venuti, avrebbero fatto domande, avrebbero guardato Tate come se fosse *lui* la causa per la quale erano lì, come se fosse la ragione per cui tutta quella maledetta gente con cui era finito fosse più interessata agli assegni del governo che a Tate. E poi, alle scuole superiori, era diventata una costante.

"CHE COSA ci fai qui, skater?" Le mani che spinsero Tate contro il muro di mattoni polveroso della scuola erano dure e indifferenti. La guancia sfigurata di Tate gli avrebbe fatto male per il resto della giornata.

"Stai per rubare qualcosa?"

"Sto solo andando sullo skateboard." Lo skateboard in quei giorni era la sua fonte di libertà, prima di scoprire che per volare aveva solo bisogno dei suoi piedi.

"Non hai un posto dove andare? Avanti, disadattato, muovi il culo e vai a casa."

'Casa' significava una famiglia adottiva che voleva aiutarlo, ma lui era troppo stanco ormai per voler anche solo parlare con loro. Era molto più semplice lanciarsi con lo skateboard lungo il corrimano delle scale e far finta di non dover mai più atterrare.

NON AVEVA mai avuto una vera casa in cui 'parcheggiare il culo', non fino a Brian. Quando l'insegnante di atletica leggera l'aveva preso in disparte e gli aveva detto che stava per entrare nella squadra di corsa leggera perché, dannazione, magari in quel modo sarebbe riuscito a raggiungere l'età adulta, era stata una delle poche cose positive che avevano segnato la sua esistenza.

E, beh, lo aveva portato a Brian.

Brian grugnì e il suono riportò Tate così violentemente alla realtà che sussultò e sbatté contro la mascella di Lyndie. Lei non si mosse, ma guardò il viso rovinato di Brian e disse: "Tesoro?"

"Ehi, zia Lyndie." La voce di Brian, solitamente già bassa e cavernosa, sembrava ora uscire da sotto terra, deformata dalle sue labbra gonfie.

Lyndie si avvicinò al letto, senza lasciare andare la mano di Tate. "Ehi, tesoro, hai intenzione di continuare a vivere?" La sua voce tremava e Talker le strinse la mano per confortarla. Sapeva bene che Lyndie aveva cresciuto Brian da sola, perché tutta la sua famiglia era morta in un incidente stradale quando aveva sei anni. Nonostante cercasse di essere forte, anche Lyndie aveva bisogno di un po' di fede e sostegno.

Quel pensiero diede a Tate nuova forza e determinazione; non avrebbe aiutato molto Lyndie se si fosse ridotto a una massa mugolante e patetica, aggrovigliata a una sedia d'ospedale. Lanciò uno sguardo di sfida al poliziotto, che ancora li stava guardando attraverso il vetro, e si mise di fianco a Lyndie, in modo che Brian potesse vederlo.

"Talker," mormorò Brian. Il suo viso si rilassò e sembrò che il solo sapere che Tate era lì con lui lo facesse sentire meglio.

"Santo cielo, Brian! Chi pensavi di essere, Matt Damon?" Talker cercò di mantenere un tono di voce tranquillo e contento, perché soltanto il cielo sapeva che in realtà aveva una voglia matta di ululare.

"Più sullo stile di… Nathan Fillion," gracchiò Brian e Talker, suo malgrado, si ritrovò a ridacchiare debolmente. Il capitano Mal di *Serenity* aveva combattuto in una battaglia di proporzioni epiche e ne era uscito… beh, non proprio malconcio come Brian.

"Beh," rispose Tate, con amarezza, "avresti dovuto prendere ispirazione da Shaggy e Scooby e scappare a gambe levate dai cattivi."

Brian inclinò le labbra gonfie in un sorriso tirato, prima di ritornare serio. "Non volevo che ti prendessero, Scooby," disse e poi sembrò rilassarsi ancora di più e, davanti ai loro sguardi, ritornò in quello stato di oblio felice che la flebo nel suo braccio gli stava offrendo.

Tate deglutì. "Non una cosa sullo stile di Shaggy," sussurrò, sapendo che Brian non gli avrebbe risposto. Era ovvio che non era per nulla come Shaggy. Brian poteva anche avere lunghi capelli biondi, ma non era mai stato un codardo.

Lyndie gli strinse dolcemente la spalla e poi alzò lo sguardo verso il poliziotto, distratta da qualcosa che stava dicendo Jed.

"Chi erano i cattivi, Tate?" chiese lei, gentilmente, e a Talker cedettero le ginocchia. Ondeggiò sulle gambe e dovette aggrapparsi alla spalliera del letto di Brian per non cadere. Lyndie lasciò andare la mano di Brian e aiutò Tate a sedersi. Si chinò di fianco a lui e gli massaggiò dolcemente la schiena, mentre Talker fissava le lucine bianche che erano improvvisamente comparse nel suo campo visivo. Dio, odiava tutto questo. Odiava quella paura. Odiava la sensazione di essere solo un buchino nero in quell'enorme vortice grigio di cielo invernale.

"Se non è andata poi così male, Tate, allora parlamene."
"Del Peggior Appuntamento Della Storia? Cosa c'è da dire?"

Il dottor Sutherland arcuò un sopracciglio e Tate si domandò vagamente se la sua guancia sfigurata perdeva anch'essa colore quando lui sbiancava in volto o se il pallore scompariva sotto i disegni di cicatrici e di tatuaggi. Ma non era quello *che gli importava realmente. Era il silenzio stoico di Brian, come se fosse preparato a restare seduto lì all'infinito e oltre, solo per aspettare che Talker rimettesse insieme i pezzi.*

"È stato stupido," rispose Talker, alzando gli occhi al cielo. "Stupido in maniera pazzesca. È stata... un'incomprensione, ha presente? Voglio dire, quando sono uscito di casa, gli stavo praticamente saltando addosso. E aveva tutto il diritto di aspettarsi..." Non riuscì a finire la frase. "Ed ero così eccitato. Stavo pensando: 'Evvaaiiii, questa notte è la notte, finalmente un po' di sesso!'"

Brian fece una breve risata spezzata e Talker non riuscì a guardarlo; poteva a malapena sopportare il tocco della sua mano sul ginocchio. Durante quel periodo buio Brian era rimasto accanto a lui per tutto il tempo. Doveva aver detto "Ma io ti amo..." almeno una ventina di volte e Tate sapeva... *oh maledizione, lo* sapeva *quanto fosse difficile aprire il proprio cuore in quel modo e Brian lo aveva fatto per lui e continuava a farlo, ancora e ancora. Tate gli aveva accarezzato la testa come se fosse un cucciolo e gli aveva detto: "Certo, baby, che peccato che tu sia etero."*

"Tu e Brian non stavate ancora insieme?" La voce del dottor Sutherland suonava sorpresa e ne aveva tutto il diritto. Talker avrebbe dovuto essere un completo scimunito per non capire che Brian in realtà era il suo principe azzurro, vero? E alla fine era venuto fuori che non solo era un completo scimunito, ma anche peggio, perché aveva lasciato a casa il suo principe azzurro per andare a perdere la verginità con Snidely Whiplash[1].

Alla fine Brian lo salvò ancora una volta. "Tate pensava ancora che io fossi etero," rispose, quasi sottovoce. "Colpa mia. Non... non sono stato molto convincente all'inizio."

Il dottore aggrottò la fronte, come se immaginasse che dietro quella frase ci fosse un'intera storia, ma non fosse sicuro di volercisi buttare a capofitto o di volerla, per il momento, mettere da parte. Finalmente annuì verso Tate, facendogli segno di continuare.

"Io... io continuavo a pensare a Brian," confessò Tate. Brian questo non lo sapeva. Non si meritava forse di saperlo? "Io... lei non poteva sapere lo sguardo che aveva sul viso quando sono uscito da quella porta. Lui..." Lanciò uno sguardo di scuse a Brian, che lo stava guardando come se Tate fosse la sua unica fonte di acqua nel bel

---

1 Personaggio che ha il ruolo del cattivo in un famoso cartone animato americano. Letteralmente significa "Frustata Maligna". (Nota del Traduttore)

mezzo di un deserto. "Mi stava guardando come se io valessi qualcosa. Come se gli stessi
facendo del male andandomene. Come se fosse preoccupato per me." Brian allora fece un
piccolo verso, un suono simile a quello che faceva Sunshine il ratto, ma più triste. "Così
avevo deciso di tornare a casa."

Brian aspirò bruscamente e Tate si arrischiò a guardarlo. "Non me l'hai mai
detto," borbottò, con voce rotta.

Talker fece spallucce. "Non mi sembrava qualcosa di importante," disse e
Brian tremò, tutto il suo corpo tremò, e poi deglutì. Talker l'aveva visto piangere una
volta sola e soltanto quella volta. Era stato la notte in cui si erano messi insieme,
quando Brian si era rasato la testa e si era fatto una cresta, si era truccato e si era
infilato gli anfibi, cercando di convincere Tate che sì, il suo coinquilino era gay e che
sì, dannazione!!! era innamorato pazzo di Tate Walker. Brian era sempre stato
particolarmente bravo a stare sulle sue, a tenere tutto dentro, senza lasciar scorgere
nulla di sé al mondo esterno.

Forse anche per questo era così difficile, quasi una dolorosa battaglia, vedere
Brian deglutire e deglutire e sforzarsi di mantenere la sua espressione stoica e placida.
Finalmente riuscì a contenere il tremolio delle sue labbra e disse: "Non per me. Era
qualcosa di importante per me." Quindi prese la mano di Tate e gliela baciò, gentilmente,
per poi distogliere lo sguardo, studiando la stessa polvere sulla stessa libreria che anche il
dottor Sutherland aveva fissato solo qualche istante prima.

"Quindi se stavi tornando a casa da Brian, quello che è successo quella notte era..."

Tate fece spallucce, cercando di riprendere il suo atteggiamento noncurante e
ironico, come uno di quegli attori del cinema che con poche parole gettate lì confessava
grotte segrete e risuonanti di dolore del proprio passato.

"Un'incomprensione," disse debolmente. "È stata un'incomprensione."

TORNÒ A guardare il viso distrutto di Brian e il suo corpo danneggiato.
Le labbra di Tate si muovevano appena, forse cercando ancora di usare
quella parola, perché solo il cielo sapeva quanto quella parola avesse ferito
e amareggiato Brian, giorni prima nell'ufficio dello psicologo.

"Cosa?" gli chiese Lyndie. Gli aveva chiesto chi fossero i cattivi, gli
aggressori, e Tate mosse ancora le labbra, esitando, forse per dirle che era
stata "un'incomprensione". Non ci riuscì. Non quando il suo amante era
lì, malridotto e sanguinante, privo di sensi e in preda al dolore. Quella non

era "un'incomprensione". Quella era ritorsione, messa in atto da un'anima corrotta e violenta.

"Vendetta."

Quella parola gli uscì così flebilmente che per un istante venne nascosta dal respiro affannoso di Brian.

Lyndie mise un braccio intorno alle spalle di Tate e gli spinse la testa rasata con la cresta verso il basso per dargli un bacio. "Non ti ho sentito, tesoro. Me lo puoi ripetere?"

"Vendetta," ripeté, questa volta a voce più alta.

"Vendetta?" Lyndie sembrava sopra pensiero, ma non sorpresa. "Per qualcosa che ha fatto Brian?" chiese, con attenzione, e Tate perse quella stessa battaglia che Brian aveva vinto. Il suo viso si accartocciò come cellophane e all'improvviso si ritrovò a piangere fra le braccia di Lyndie.

"Oddio… lo sapevano tutti tranne me?"

Mentre stava piangendo, come non aveva mai fatto da quella stessa notte in cui aveva pianto assieme a Brian, gli agenti di polizia cercarono di entrare nella stanza. Fu così che vide la dolce e apparentemente fragile zia Lyndie urlare di lasciarli in pace e di andare via; ma aveva la sensazione che fosse proprio quella sorta di pericolo in cui era Brian che li aveva portati, in primo luogo, a quel punto in quell'inverno.

Non fateci caso, sto perdendo qualcosa

"Allora, Talker, eri a casa del ragazzo con cui eri uscito. Cos'è successo dopo?"

Tate fece spallucce. "Eravamo seduti sul divano, a guardare un film e poi, all'improvviso, le mani di Trev erano ovunque. E non è che potessi fargliene una colpa, no?"

"Io posso," disse Brian, con cattiveria, e Talker arrossì.

"Gliel'avevo detto, sapete? Non proprio esplicitamente, ma avevo cercato di fargli capire che cercavo…" Talker arrossì. "Quello. Fare sesso. Divertirmi. Quello che è."

"Amore," mormorò Brian. "Sii onesto, dannazione."

Talker si sorprese a guardarlo e le sue labbra si stesero in quel sorriso pieno che tanto odiava sul proprio volto: colpa dei canini troppo prominenti e, in generale, di tutti i suoi denti che sembravano ammucchiati uno sopra l'altro, perché no, non sempre i genitori adottivi ti portano dal dentista quando ti crescono i denti del giudizio. "Beh, si vede che quello lo stavo cercando nel posto sbagliato, no?"

La zia Lyndie era la persona giusta in cui cercare amore, esattamente come lo era Brian.

Talker dopo un po' riuscì a calmarsi. I tanto temuti poliziotti se n'erano andati e stavano aspettando fuori dalla camera di Brian, lanciando sguardi truci e aggressivi a chiunque decidesse di entrarvi, perfino all'infermiera.

L'infermiera non sembrava darsi da fare con agitazione, invece, con qualche anno in più di Lyndie e gentili occhi grigi che spiccavano sulla sua pelle abbronzata, sembrava radiare una specie di serenità competente. Talker gliene fu grato.

"Con tutto quel sangue," disse, dopo aver mormorato qualcosa vedendo il liquido rosa uscire dal catetere di Brian, per poi scivolare ai piedi del letto, "si potrebbe anche pensare che sia stato lui a vincere questa rissa, deve avercela messa tutta."

Tate si morse la lingua per non blaterare: "Sì, ha perso questa, ma ha vinto quella prima!" Invece si concentrò su quello che l'infermiera stava facendo con il catetere.

"Sta sanguinando," fu tutto quello che disse.

L'infermiera si voltò e annuì, con un'espressione calma in volto. "Certo... certo, sta sanguinando. Ma non è così grave. I reni sono molto delicati. Si mettono a sanguinare praticamente per ogni trauma. A volte, perfino mettere il catetere può far arrossare leggermente l'urina. Quindi per il momento non siamo preoccupati, non ancora."

Talker annuì. "Cosa avete intenzione di fare per la sua spalla?"

L'infermiera sospirò. "Quello sarà un intervento difficile. Penso che, appena Brian sarà più stabile, e quando saremo sicuri che tutti gli organi siano a posto, dovremo riparare i legamenti strappati. Sarà una cosa lunga: intervento, fisioterapia, tutto il ciclo completo."

"Farà male," commentò Tate e l'infermiera annuì.

"Non c'è modo di evitarlo," confermò.

Tate non riusciva a smettere di accarezzare la mano di Brian. "È forte."

Quell'ultimo anno nella squadra di atletica la spalla di Brian gli aveva dato dolori lancinanti. Ma era rimasto, aggrappandosi con i denti e con le unghie, era rimasto e aveva continuato a lanciare, perché voleva un'educazione e la borsa di studio. Tate si ricordava l'ultima gara di Brian. Soltanto il gesto di chinarsi a raccogliere il giavellotto l'aveva ricoperto di sudore. Si era messo a correre e aveva lanciato l'attrezzo. Il suo corpo era stato un miracolo di muscoli e grazia e il giavellotto era corso nel cielo come una stella cadente. Quel lancio si era posizionato al secondo posto della competizione, ma non era importato, perché appena il giavellotto aveva lasciato la mano di Brian, lui era quietamente caduto in ginocchio e, senza molti drammi, era svenuto. Brian aveva sofferto in silenzio.

L'infermiera annuì e scribacchiò qualcosa nella cartella medica vicina al letto. "Beh, spero che anche tu sia uno duro," replicò con franchezza. "Perché sarà una cosa molto, molto lunga."

Tate deglutì a fatica. Non era un duro; si *vestiva* da duro. Il mezzo guanto nero per nascondere le cicatrici. Il tatuaggio che mimetizzava la sua faccia sfigurata. La cresta per dissimulare che da un lato del cranio i capelli crescevano a macchie. I vestiti, le punte gellate dei capelli, i collari con le punte. Tutto quello serviva a celare il fatto che sotto di essi era rimasto solamente un corpo danneggiato.

"Dovrò esserlo," rispose, con la gola secca. Non aveva altra scelta. Quello era Brian e Brian meritava che il ragazzo dei suoi sogni fosse al suo fianco. Questo significava che Talker aveva bisogno di non crollare, di essere stoico. Di essere un duro.

"ALLORA MI sono alzato e sono andato a prendere la giacca." Evitò di dire della mano di Trevor nei suoi pantaloni e di come improvvisamente non era riuscito più a sopportare che lui lo toccasse. "Avevo fatto due passi in direzione della porta e Trevor all'improvviso disse... ha presente? 'Dove stai andando? Pensavo che ci stessimo divertendo?' Quel tipo di cose."

Stava evitando di dire un sacco di cose e probabilmente Brian lo sapeva. Ma era così imbarazzante: Trevor era sempre stato un coglione e Tate era uscito con lui, ne era stato attratto. Le parole, quelle vere, quelle che Trevor gli aveva detto — "So che lo vuoi, puttanella. Dove credi di andare? Avanti ragazzo, tira giù i pantaloni e fammi prendere quel culo!" — erano troppo umilianti. Non era necessario ripeterle.

E poi, non erano le parole quelle che importavano.

ACCANTO A lui, Lyndie si lasciò sfuggire un mugolio e Tate si girò verso la porta. I detective erano lì. Tate dovette sopprimere un'ondata di nausea. Doveva "essere un duro", giusto?

"Signor Walker, possiamo parlare con lei?"

"Da..." Uscì come un sussurro, così ci riprovò. "Da qualche altra parte."

Quello moro annuì, quello dei due che appariva più amareggiato e che amava guardarlo male dal vetro. Tate lo osservò con sfiducia. "Proprio qui fuori," fu quello che disse e Talker si alzò e uscì dalla porta, chiedendosi perché le sue ginocchia stessero tremando.

Improvvisamente Lyndie fu di fianco a lui, la sua fragile mano di artista, con quelle lunghe dita, stretta intorno alla sua. Tate pensò in quel momento che forse ce l'avrebbe fatta a lasciare la stanza di Brian.

Una volta fuori, premette la schiena contro il vetro, come se volesse cercare di passarvi attraverso, come un fantasma, per sentire di essere, almeno un po', più vicino a Brian.

"Abbiamo parlato con il signor Roberts," disse il detective moro, "e vorremo solo confermare alcuni dettagli."

"Il signor Roberts?" Quel nome non gli diceva niente. "Ah certo. Jed. Avevo dimenticato." Talker deglutì e sentì tremare il proprio pomo d'Adamo. "Il cognome non si usa spesso in un ristorante, ha presente? Voglio dire, probabilmente metà del personale non sa il mio. Quindi sì, Jed. Avete parlato con Jed. Era lì. Lui sa cosa è successo."

Talker aspettò il tocco discreto di Brian sulla sua spalla o sulla sua mano, ma non accadde nulla e… e… eccoci qua. I suoi muscoli si contrassero così bruscamente che la mano balzò via dalla presa di Lyndie e la testa sbatté contro il plexiglass dietro di lui. Dovette concentrarsi per vedere oltre le stelle il viso del detective biondo, che sembrava ora osservarlo più con preoccupazione che disgusto.

"Ragazzino, di cosa ti sei fatto?" Gli chiese il tizio moro e Talker ebbe un'altra convulsione, meno violenta, ma pur sempre improvvisa.

"Di niente," borbottò. "Mi porterebbero via la borsa di studio per la corsa se usassi droghe."

"*Tu* hai una borsa di studio? Devi correre proprio come un cazzo di fulmine," replicò malignamente il poliziotto bruno e Tate sentì il viso contorcersi in una smorfia.

"Sono dovuto scappare da un sacco di genitori adottivi e dalle loro cinture, per questo sono così veloce," scattò ed era solo parzialmente una bugia. Dopotutto era stato un solo genitore adottivo, al singolare. La rabbia però era una cosa positiva – la rabbia gli impediva di accasciarsi come un cazzo molle, tradendo Brian, tradendo Lyndie – che cazzo, tradendo perfino Jed e quell'infermiera, che lo aveva fatto sentire come se la conseguenza logica di quell'incidente sarebbe stata che lui, alla fine, sarebbe rimasto al fianco di Brian, per aiutarlo.

Il poliziotto alzò gli occhi al cielo. "Certo, certo, sto per mettermi a piangere. Vuoi farmi pena? O preferisci che indirizzi la mia pena a quel tizio insanguinato che pregava di non sputar fuori i reni quando è stato picchiato a sangue?"

L'idea che Tate fosse responsabile per la condizione di Brian, steso immobile nella stanza a fianco, gli risucchiò tutto il midollo dalle ossa. "Voglio che lei faccia in modo che non succeda mai più una cosa simile," gli disse Tate, sentendosi spento, e il suo campo visivo iniziò a ingrigirsi. Si ricordava cosa voleva dire essere quello nel letto dell'ospedale. Era *stato* il ragazzo nel letto d'ospedale, un tempo. E avrebbe fatto di tutto per far sì che Brian non fosse quel ragazzo... avrebbe fatto *qualsiasi cosa*.

"ODDIO, DOTTOR *Sutherland. Devo proprio dire tutto? Lo sa com'è andata a finire. Gliel'ho detto il primo giorno, no?"*

Erano andati oltre l'orario dell'appuntamento, ma senza problemi perché fortunatamente quella era l'ultima seduta della giornata per il dottor Sutherland. Talker stava iniziando a sospettare che l'avesse programmata in quel modo proprio per non dargli una scusa per smettere di strapparsi le viscere e i segreti per scaricarglieli sul tavolino da caffè.

"Hai detto quella parola, Tate, ma non l'hai messa in relazione con te stesso. Sei venuto qui per sei mesi a parlarmi del Peggior Appuntamento Della Storia. Ora, per certe persone questo vorrebbe dire che l'argomento è diventato noioso e che devi finalmente fare i conti con le conseguenze. Per te, questo vuol dire che riesci a malapena a dormire, hai iniziato ad avere nuovi comportamenti sessuali e il ragazzo che ti ama ha perso dieci chili." Tate espirò rumorosamente e si voltò a guardare Brian con occhi tormentati.

Brian fece una smorfia. "Non ho perso peso, dannazione!" scattò. Sembrò poi sprofondare di nuovo nel cattivo umore, cosa che gli accadeva sempre quando non riusciva a controllare la situazione senza saperne bene il perché. "Il mio mento si è assottigliato. È un normale processo di crescita. È come se finalmente, a ventidue anni, la mia faccia fosse diventata adulta."

Talker gli sorrise, gentilmente, e Brian gli rispose nello stesso modo. "Ti sta bene," mormorò Tate e Brian arrossì, sciogliendosi completamente con quell'unico complimento.

"Tutto per piacerti," rispose, arrossendo furiosamente. Il dottore li lasciò avere il loro momento. Forse era intelligente come sembrava e sapeva che per quei piccoli momenti buoni valeva la pena sopportare tutti quelli cattivi.

Ma tutto ha una fine e la voce di Sutherland si insinuò tra loro come quel serpente traditore che era.

"Tu ami Brian, Tate?"

Distratti da loro stessi si voltarono verso il dottore e Tate si ritrovò a lanciargli un'occhiataccia. "Più di ogni altra cosa al mondo," gli rispose, assolutamente certo che fosse la domanda più semplice che avesse mai sentito.

"Anche più del tuo orgoglio? Anche più del tuo dolore? Sei veramente sicuro di amarlo?"

Talker si irrigidì e sentì la pelle farsi tesa e tirata sulla spalla destra, contribuendo a rendere quel momento ancora più fastidioso.

"Morirei per lui!" E l'avrebbe fatto per davvero. Eccolo lì, Tate Walker, steso sull'asfalto in mezzo al traffico, a gettare via la sua vita inutile per far sì che Brian, la persona migliore che avesse mai conosciuto, potesse attraversare la strada.

Il dottor Sutherland annuì. "Bene, Sono contento di sentirlo. Ora vorresti dire la verità per lui?"

A Talker sembrò che i polmoni diventassero due blocchi di ghiaccio, e dovette combattere l'istinto improvviso di fare pipì.

"Ragazzino, stai bene?" gli domandò l'agente biondo, quello più alto dei due. Sembrava più giovane di quello moro, ma aveva comunque l'aspetto di un uomo con una famiglia alle spalle. Forse Talker gli ricordava un figlio o qualcosa del genere, anche se era difficile crederlo perché Tate non era mai stato il figlio di nessuno, fin da quando aveva avuto sei anni. E quella non era forse una benedizione?

"Sto bene," gracchiò, cercando di concentrarsi. A sei anni aveva imparato a rifugiarsi in un angolino sicuro della sua mente, un posto pieno di musica, grazie all'aiuto di quell'infermiera gentile e del suo walkman. Anche ora stava sentendo quella musica, proprio ora, mentre cercava di rispondere a quel poliziotto che non era nemmeno un suo amico.

Jeremy spoke in... class today...

'Si tolga di mezzo e vedrà che starà meglio!' La voce arrabbiata di Lyndie, nonostante le sue buone intenzioni, lo fece sobbalzare di nuovo e la sua testa sbatté ancora una volta contro il vetro. Quell'ondata maligna di nausea lo avvolse di nuovo. Sentiva il bisogno di vomitare. Iniziò a tremare.

Il poliziotto spostò la propria attenzione su Lyndie e Tate si sentì in grado di respirare di nuovo.

'Signora, stiamo solo cercando di capire cos'è successo a suo figlio.'

"Mio *nipote* è stato aggredito e picchiato in un viottolo buio da un paio di malavitosi e, nonostante sia una cosa terribile, succede a un sacco di gente. E quello che mio nipote *non* vorrebbe è che Tate venisse messo con le spalle al muro da un paio di agenti che credono di sapere chissà cosa!"

103

Tate guardò Lyndie attraverso la foschia nera. Stava mentendo per lui. Quella donna era sempre stata carina e gentile con lui e adesso stava mentendo per lui, per far sì che lui non fosse costretto a dire la verità. Jed aveva mentito per lui, Brian si era battuto per lui e, *dannazione*, perché Tate Walker, quello con i capelli punk e il tatuaggio da figlio di puttana, non riusciva a proteggersi da solo?

"Signora, ha *l'aspetto* di uno colpevole!" replicò il tizio moro e Tate mugolò.

"Morirei prima di fare del male a Brian," sussurrò e i due poliziotti tornarono a concentrarsi su di lui.

"E allora perché sudi freddo, campione?" disse il poliziotto biondo, ma la sua voce ora aveva un tono più gentile.

"Non mi piacciono i poliziotti, non mi piacciono gli ospedali e non mi piace che il mio ragazzo venga picchiato." Gli era tornato un po' di carattere e Talker ringraziò sentitamente un Dio assente. La vista gli si schiarì per un istante e lui spinse con le mani contro il muro per rimettersi in piedi. Lo stucco era liscio e freddo contro le sue dita e non c'era, *non c'era* il legno intagliato della porta d'ingresso di Trevor, non c'era una serratura, un verso di derisione, o un pene sobbalzante e venoso in vista.

Oh Cristo, quel pensiero da dove era venuto?

Talker tentò di deglutire e si sforzò duramente di non spezzarsi in mille pezzi.

Lyndie gli si avvicinò e cercò tentoni la sua mano. Quando finalmente riuscì ad afferrargliela, mormorò. "Oh Cristo. Hai le mani ghiacciate, Tate. Sei così pallido, credo che tu sia sotto shock. Penso che dovremmo chiamare un'infermiera."

"Sto bene," mentì. In tutta la sua vita non si era mai sentito così intrappolato, a parte per quella volta quando…

"E ALLORA Trev si alza, no? E mi dice che non me ne posso andare e allora io cerco di scherzarci sopra. Gli dico…" tentò di inghiottire, "gli dico che sono preoccupato per Brian e che sto andando a casa per vedere se è tutto a posto."

"Era vero?" chiese il dottor Sutherland e Tate annuì.

"Sì." Talker inghiottì di nuovo e guardò Brian, che gli stava stritolando la mano. Brian cercò di sorridergli per rassicurarlo, ma anche Talker voleva rassicurare Brian.

Vero, ero cieco, ma avevo visto che c'era qualcosa che non andava, baby. Non me ne sono semplicemente uscito da quella porta senza un secondo pensiero per te, lo giuro. *"Sì, ero preoccupato. Uno... anche se non ci dormi insieme, uno non può dare per scontato una persona come Brian."*

"E QUINDI eri lì mentre picchiavano il tuo ragazzo?" insistette quello moro e Talker fu messo di nuovo con le spalle a quel fottutissimo muro.

"Siamo usciti insieme e all'improvviso sono arrivati dei tizi con catene e altra merda e..." Oh Cristo... oh dannazione, era vero, "e mi sono immobilizzato, perché non sono forte, non sono coraggioso e..." spasmo "e mi vengono questi spasmi in modo così maledettamente facile e io mi sono... mi sono fottutamente immobilizzato lì. E Brian mi ha dato una spinta e mi ha detto di andare a chiamare Jed e io l'ho fatto. L'ho fatto, sono corso via e sono stato via meno di un minuto, ma... erano in tre e Trev aveva una catena..."

I poliziotti si irrigidirono immediatamente.

"Chi è che aveva la catena?"

La mano di Lyndie strinse quella di Talker e lui immediatamente si ritrovò con la mente in quell'altra famosa occasione in cui era stato messo con le spalle al muro.

*"T*REV *MI afferrò le spalle, vede. Mi sbatté contro la porta mentre stavo cercando di aprire la serratura. Mi afferrò di nuovo e mi gettò contro il divano."*

"Tu hai detto qualcosa?"

Le mani di Brian gli stavano quasi fermando la circolazione nelle dita, ma non erano abbastanza. La voce del dottor Sutherland fu quasi gradita, perché lo aiutava a concentrarsi, concentrarsi, ah, Cielo, era così difficile concentrarsi.

"Ho detto che volevo andare a casa," sussurrò. "Ho detto che volevo andare a casa, che Brian mi stava aspettando e Trev mi ha detto che dovevo soltanto prenderlo, come la piccola puttanella che ero. E poi le sue mani... indossavo questa cintura strana, vede, con le punte e tutto il resto, e faceva fatica a toglierla e io continuavo a cercare di andarmene, ma... Gesù, Trev era così forte. Alla fine ha dovuto afferrarmi un braccio e torcermelo dietro alla schiena per tenermi fermo, in modo da potermi tirar giù i pantaloni."

105

"E tu a quel punto hai detto qualcosa?"

"Ho detto 'Per favore Trev, lasciami andare. Voglio tornare a casa da Brian.'"

"HO FORSE detto un nome?" chiese, solo per il bisogno di tornare al presente. La voce del dottor Sutherland, così come la propria stessa voce, e il terribile momento che stava ricordando stavano torcendo e ripiegando su se stessa la realtà. Faceva fatica a mantenere la lucidità.

"Ha detto 'Trev'," rispose il poliziotto biondo, pieno di rughe e linee d'espressione intorno agli occhi. Tate avrebbe dovuto scoprire come si chiamavano – dannazione, magari li avrebbe anche guardati negli occhi – ma in quel momento si accontentava di definirli con il colore dei capelli e la loro età, perché aveva altro su cui concentrarsi. "È forse lo stesso Trevor Gaines che è stato picchiato a sangue dietro al vostro bar cinque mesi fa? Perché ci siamo occupati anche di quel caso e il signor Gaines si è rifiutato di darci il nome dell'assalitore. Ma mi ricordo che continuava a minacciare vendetta. Non è che per caso sa qualcosa di questo fatto, signor Walker?"

"No." Non fino a quando non glielo aveva detto Jed in macchina, sulla strada per l'ospedale.

"Ne è sicuro?" chiese di nuovo il poliziotto biondo. Era l'unico che Tate riuscisse a guardare. "Perché se questo è un atto di vendetta, deve sapere che le cose non si fermeranno qui. Il suo ragazzo andrà di nuovo a prendere il signor Gaines e il signor Gaines si vendicherà di nuovo. Queste cose tendono ad andare avanti finché non ci scappa il morto e il suo ragazzo già ora non sembra molto in forma."

Tate gemette. "Non è stata colpa sua," sussurrò. L'oscurità era tutta intorno a lui e lo stava inghiottendo. Riusciva a vedere il viso del poliziotto e poteva sentire la mano di Lyndie, ma c'era un oceano di oscurità fra lui e ogni altro essere umano che potesse salvarlo.

"Non è stata colpa tua," disse gentilmente Brian. Tenere la mano di Tate non era più abbastanza. Si era alzato e si era messo dietro a Tate, abbracciandolo e parlandogli a bassa voce, come se lo volesse far calmare solo con la presenza del proprio calore e del proprio corpo.

"Certo che è stata colpa mia," replicò Talker, amareggiato. "Sono andato a casa sua, avevo in programma di farci sesso. È stata completamente colpa mia."

"Che cosa è successo dopo?" lo spronò gentilmente il dottor Sutherland.

"Che cosa pensa sia successo?" scattò Talker. "Avevo i pantaloni intorno alle caviglie, avevo il culo per aria e Trev, maledizione a lui, ha avuto la meglio! Quella è la piega che hanno preso le cose, Doc. Vuole veramente i dettagli?"

"Che cosa hai detto a quel punto al signor Gaines?" Maledetto. Maledetto, che fossero tutti maledetti, che fosse maledetta quella cosa, quegli stupidi appuntamenti. Era necessario, cazzo? Avevano veramente così bisogno di sentirselo dire? Che-Dio-li-mandasse-all'inferno-tutti-quanti!!!

Jeremy spoke in... spoke in...

"NON è stata colpa di Brian," disse Tate, di nuovo nel presente, con più forza, con maggior risentimento.

"Che cos'è stata, gelosia?" chiese il tizio moro e Tate strizzò gli occhi e cercò di metterlo a fuoco.

"Chi è lei?" chiese, cercando di non sembrare ubriaco. "Come si chiama?"

"Sono il detective Henries, perché? Vuoi il numero di distintivo?" Ghigno. Fronte aggrottata. Disdegno.

Tate scosse la testa, lasciando che gli scorresse tutto giù dalle spalle, come il sudore di Trev aveva fatto quella sera. "Voglio solo che lei mi creda quando le dico che non è stata gelosia."

Henries sbuffò. "Davvero? La gente come voi diventa molto gelosa a volte, non lo sai?"

"Aaaah, Gesù, Henries!" lo redarguì il tizio biondo e Henries fece spallucce.

"Pensa quello che vuoi, ma ti dico, questa non è altro che una lotta fra checche per quel fenomeno da baraccone tatuato!" disse con malignità. L'idea che Brian e Trevor si fossero presi a botte per chi potesse averlo era così orribile, così macabramente ironica... quasi quanto chiedere al tuo stupratore del lubrificante, no?

"GLI HO chiesto di usare del lubrificante," scattò Talker e la sua testa sembrava sul punto di esplodere. "E poi gli ho chiesto di usare un preservativo. Qualsiasi cosa.

107

Perché… perché Trev è veramente grosso, no? Ci eravamo baciati e l'avevo sentito premere contro la mia gamba e non riuscivo a pensare ad altro se non a 'Oh Cristo, del maledetto lubrificante, Trev?' ma lui si è messo a ridere e mi ha spinto la testa contro il divano."

"Oddio…" la voce di Brian, di fianco a lui, sbucò dal nulla, tormentata, e Tate si voltò, abbandonandosi allo sfogo, permettendo alla propria bocca di sputare della rabbia ingiustificata nei confronti dell'amante.

"Oddio cosa, Brian? Perché se c'era un Dio in quella stanza io non l'ho di certo sentito!"

Ma Brian era una roccia fatta e finita. Non fece nemmeno una piega all'occhiataccia di Talker, né gli lasciò andare la mano. "Oddio, non riesco a credere che tu possa pensare di essere la causa di tutto questo!" Gli rispose a tono Brian, con il viso contratto di altrettanta rabbia. "Come puoi pensare di esserti meritato…"

Talker tremò e fece spallucce. "Dai, Brian, sii sincero. Gli ho chiesto un preservativo e del lubrificante… non poteva essere andata tanto male, no?"

… class today. Jeremy spoke in… class today….

HENRIES LO stava guardando come se si trovasse di fronte a un pazzo. Non presagiva niente di buono. "Che cosa c'è di così divertente, fenomeno!"

"Se lo chiama di nuovo così, la denuncio, bastardo!" Tate dovette lanciare un secondo sguardo alla zia Lyndie. Non pensava di averla mai sentita dire una parolaccia in vita sua, tanto meno lanciarsi in quel modo contro qualcuno, come un pitbull strafatto di metamfetamine.

"Signora, stiamo solo cercando di avere delle risposte comprensibili dal ragazzino! Perché glielo dico subito, sembra che suo nipote si sia fatto pestare a sangue per questo qui e, francamente, non penso che la cosa meriti la nostra attenzione!"

"Se questo è tutto quello che riesce a vedere, allora non merita di saperla, quella cazzo di verità che sta tanto cercando!" urlò Lyndie e Talker si rese conto che quella donnina esile si era messa di fronte a lui e si era posta, a denti scoperti, fra lui e il mondo. Si premette le mani sugli occhi, perché lei lo stava difendendo e l'unica persona al mondo ad averlo sempre difeso era stato Brian. E Tate non si meritava di essere protetto da loro, non se lo meritava affatto, ma non si meritava nemmeno quello che gli aveva fatto Trev e, oh Cristo, non era forse *lui* la causa di tutta quella situazione?

"Perché non lascia che siamo noi a giudicarlo?" Questa volta fu il biondo a parlare, il tizio che non era Henries, cercando di calmare gli animi. "Davvero... mi dispiace. Jed l'ha chiamata Talker. Qual è il suo vero nome?"

"Talker," rispose Tate, domandandosi se fosse possibile trovare un bicchiere d'acqua. Gli sembrava di avere la bocca impastata, come se avesse masticato del lattice.

"Talker? Davvero?"

Lyndie fumava dalle orecchie e sembrava che fosse pronta a scattare di nuovo, al che il tizio biondo alzò le mani e fece un passo indietro.

"Ok, Talker. Sono il detective Melville..."

"Come quello di *Moby Dick*?" Davvero? Il suo cervello contratto poteva sputare fuori informazioni a quel modo? Buono a sapersi.

Quella domanda spontanea sembrò mettere Melville a suo agio. "Proprio così. Lo ha letto?"

"Inglese Modulo A, Introduzione alla Letteratura Americana, Professor Kay Glowes. Mi può ripetere la domanda?"

Lyndie si voltò a guardarlo, da sopra la propria spalla, la sua faccia segnata in contrasto con la massa di capelli tinti nero corvino che le cascava sulle spalle. Sorrise ironicamente e, per un istante, Tate si sentì come se insieme potessero farcela. La speranza morì quando si rese conto che quello era lo stesso sorriso di Brian e le sue mani ricominciarono a tremare.

"Ok, Talker che ha frequentato la classe del Modulo A di Inglese, perché prima stavi ridendo? Perché te lo devo proprio dire, amico, non era una risata di uno molto sano di mente."

JEREMY SPOKE in... class today...

Le spalle di Brian tremarono. A prima vista sembrava che stesse ridendo, ma non era proprio così perché si stava asciugando delle lacrime dagli occhi, con il dorso di una mano, come un bambino piccolo. "Questo non vuol dire che te la sei cercata!" esclamò, con la voce così roca e strozzata che parve colpire Tate direttamente allo stomaco.

"Ho detto a tutti che lo volevo!" Tate gli urlò di rimando. "L'ho detto a te!"

"E non avevi la possibilità di cambiare idea?"

Tate non aveva mai visto Brian così arrabbiato e le sue urla gli fecero quasi salire le lacrime agli occhi. *"Non urlare con me!"* Si rannicchiò su se stesso, ferito. Brian spostò lo sguardo da Talker allo psicologo, ma sembrò comprendere che l'unica cosa che Talker non gli avrebbe perdonato era una sua fuga da quella stanza.

"Beh, allora, non ridere," lo supplicò, dopo qualche istante, nascondendo la faccia fra le mani. *"Hai chiesto di venir trattato in modo decente, come un essere umano. Non ridere."*

"Dai, Brian, devi ammetterlo, è quasi divertente."

Brian lo guardò con occhi rossi e gonfi, lacrime e muco e dolore che gli correvano giù da quel bel viso. All'improvviso si sentì in imbarazzo e si ripulì la faccia con l'interno della maglietta. Mise la mano sulla guancia di Tate, quella sfigurata, e la ripulì con il pollice. Quando tolse la mano, era bagnata e sporca dell'eyeliner che Tate usava su entrambi gli occhi per camuffare una palpebra leggermente deformata. Aveva quasi perso la vista in quell'occhio, ma non completamente. Era stato fortunato.

Jeremy spoke in... spoke in...

"Guardaci, tesoro," lo pregò Brian. *"Guarda le persone in questa stanza. Ti sembra che ci stiamo divertendo? Anche solo un pochino?"*

Class today...

"ERA DIVERTENTE il fatto che voi pensaste che Trev fosse il mio ragazzo," disse Talker, decidendo che *non poteva* pensare. Lo sapevano già, no? Lo sapevano che era stato Trev. Sapevano che Brian lo aveva picchiato per primo. Forse, se avessero saputo anche che Brian aveva avuto una ragione per farlo, se avessero saputo *quello*, forse Brian non sarebbe finito nei guai. Forse se avessero saputo quanta paura avesse, quanta paura avesse sempre avuto, quanta paura... oddio... quanto a lungo sarebbe riuscito a resistere?

"Non è il suo ragazzo adesso o non lo è mai stato?"

Talker iniziò a tremare, a tremare per davvero. "Non lo è mai stato," borbottò. "Non è mai stato il mio ragazzo, non è mai stato nemmeno mio amico..."

"AVANTI, DOLCE puttanella, avanti..."

"Gesù, Trev, usa del dannato... ahia! Dannazione, ahia! Del dannato lubrificante, cazzo! Ahia... cazzo, Trev, fa dannatamente male! Fermati!"

"È così che ti piace!"

"Non è vero! No! Fermati! Dannazione!"

E quella vocina nella sua testa, quella che urlava quando il suo cuore si spezzava in mille pezzi, strillava... Jeremy spoke in... class today...

"DAVVERO, RAGAZZINO? E come facciamo a crederti? Cosa puoi dirci per convincerci...?"

"CHE COSA hai detto, Tate?"

"Forza, dottor Sutherland!"

"Quel tizio ti stava facendo del male, non è vero? Ti stava facendo del male e tu gli hai chiesto di potertene andare e stavi lottando contro di lui, giusto?"

"Mi aveva immobilizzato! Era così forte, forte quasi quanto Brian, ma Brian cerca di non fare del male a nessuno. Non riuscivo a muovere il collo o le spalle e faceva così male..."

... spoke in, spoke in... Jeremy spoke in...

"VOLEVA FOTTERMI, ma io non volevo..." Sarebbe riuscito a dirlo in maniera ragionevole? Poteva anche *solo* dirlo in maniera comprensibile?

"Davvero? Una scusa molto convincente, eh?"

"E ALLORA cos'hai detto?"

Jeremy spoke in... class today...

IL DETECTIVE Melville stava cercando di evitare che il suo collega moro continuasse quell'aggressione verbale e Tate stava cercando di scavarsi un passaggio nel vetro per tornare da Brian.

"Se non le piace la nostra versione dei fatti, Talker, ce ne deve dare una migliore, ok?" La voce di Melville suonava gentile, ma non c'era niente di gentile in Talker in quel momento, non c'era niente di gentile in quella serata con Trev, non c'era niente di gentile in quello che avrebbe potuto dire Talker, non c'era niente di gentile, niente di pacifico, non c'era niente...

"SMETTILA! HO DETTO DI NO!"

GLI BRUCIAVA la gola, perché aveva urlato quelle parole e quella parete di stucco e vetro stava uscendo dalla sua visuale, come in una di quelle giostrine per bambini. Ricadde sul sedere, come se ogni muscolo e organo del suo corpo avesse ceduto, orribilmente e inevitabilmente. "Ho detto di no," ripeté, debolmente. "Ho detto a Trevor 'No!'"

E poi si chinò e vomitò sopra le scarpe del detective Henries.

ECHI DI CAOS

LA CONFUSIONE che ne derivò fu squisita.

Henries cercò immediatamente di levarsi le scarpe, strillando una moltitudine di oscenità dirette a Talker. Melville gli stava urlando di spiegarsi meglio, le infermiere erano corse a prendere degli asciugamani per pulire e Lyndie...

Lyndie era inginocchiata proprio davanti a lui, con la fronte appoggiata alla sua, canticchiando. Anche Talker stava canticchiando.

"'Try to forget this'," mormorò e sentì che Lyndie cantava in contrappunto. "'Try to erase this... from the blackboard...'"

"Questa è una canzone triste," mormorò Lyndie e lui annuì.

"La conosci?" chiese Tate, leggermente sorpreso. Il caos infuriava intorno a loro, ma lui e Lyndie erano insieme.

"Sì," rispose lei, gentilmente. "Cosa ne dici se adesso tu ascolti la mia?"

Dopo un minuto, Talker riuscì a dimenticarsi di tutto il resto tranne che del ritmo canticchiato da lei. Le urla di Jeremy furono annegate da qualcosa che aveva sentito molto tempo prima, ma che non riusciva a ricordare.

"Bella canzone, zia Lyndie," mormorò e lei strofinò di nuovo la fronte contro la sua.

"Avevo l'abitudine di cantarla a Brian, subito dopo la morte dei suoi genitori," mormorò lei. Stava ancora sussurrando, la sua bocca contro l'orecchio di Tate. Era come stare in una bolla, solo loro due, Talker e questa cara donna che l'aveva difeso come una mamma orsa. "Non sono una persona religiosa, sai, ma la musica è carina e l'idea che Dio possa danzare, anche quella è un'idea carina. Faceva sentire meglio Brian quando era triste."

Ci fu un improvviso silenzio e Tate si chiese se il battere dei suoi denti si potesse sentire per tutto il corridoio. "Sta f-f-funzionando anche per mmm... mme," disse, dopo un momento di tensione. Riuscì a rilassare un poco la mandibola. "Pensi che mi lasceranno andare a fare una doccia?"

Lyndie lanciò uno sguardo di fuoco ai due poliziotti sorpresi, che avevano smesso di urlare e li stavano semplicemente guardando come se volessero cercare di entrare nella loro bolla. "Ma certo, tesoro, penso che vomitare sia stata un'ottima strategia per farli smettere di metterti con le spalle al muro. Ma l'infermiera mi ha chiesto di domandarti se prima vuoi un sedativo, cosa ne pensi?"

Tate sbatté le palpebre. Il tremore stava via via scemando e i punti neri nel suo campo visivo si stavano diradando. "Non voglio essere una vittima," disse piano. Un dottore stava risalendo il corridoio con una siringa e una fiala e Tate dovette ripeterlo a voce più alta.

"Non voglio essere una vittima!" Nel silenzio, tutti lo ascoltarono e lui guardò il dottore. "Per favore non mi droghi. Brian è ancora in attesa di essere operato... io... io andrò a lavarmi. Mi cambierò. Io... Gesù... oh Gesù, mi calmerò, dannazione. Solo... non m'infili quell'affare nel braccio." Continuò a tremare e guardò Lyndie con sguardo implorante.

"Non ho paura degli aghi," le disse e lei annuì, sobriamente. "Davvero. È solo... sai," continuò lui, "ho passato un anno della mia vita in ospedale quando ero bambino. L'ho superato. Non mi piacciono ma, sai, posso sopportarli. È solo... non voglio essere impotente qui dentro. Non voglio... non voglio che il mondo vinca."

La zia di Brian annuì e lanciò un'occhiataccia ai poliziotti. "Avete sentito, detective?" chiese, con voce spezzata. "Niente sedativi. Nessun bastardo a urlargli in faccia. Vuole farsi una doccia e vuole un po' di dannato rispetto e poi magari riceverete una risposta adeguata. Talker non ha fatto del male a nessuno, giusto? *Lui* è stato quello a cui è stato fatto del male e voi due idioti fareste meglio a ricordarvelo!"

"Ci dispiace, signora," rispose Melville, arretrando. Lanciò uno sguardo di traverso a Henries, che stava cercando di ripulire le scarpe con un asciugamano, portatogli da un'infermiera divertita.

"E dovreste ben esserlo, maledizione!" scattò Lyndie, per poi alzarsi e offrire una mano a Tate. Tate prese la mano offerta e si alzò a sua volta, voltando le spalle ai poliziotti, al corridoio e a tutto quel caos. Lyndie lo accompagnò oltre la camera di Brian, verso un'infermiera sorridente. "Ha detto che ci sono dei box doccia qui?"

114

L'infermiera annuì, gli diede le giuste indicazioni per arrivarci e poi, con l'eterna gratitudine di Tate, gli consegnò anche una divisa da infermiere e dello shampoo dalla loro riserva. Lyndie aprì l'acqua e gli disse che sarebbe tornata dopo un po'. Tate poté spendere venti minuti in quel cubicolo doccia, ricoperto da quella gloriosa, benedetta acqua calda, fingendo che il mondo non esistesse più.

O qualcosa del genere.

STAVA PER mettersi a piangere, seduto su quella comoda poltrona dell'ufficio immacolato di Sutherland e Brian lo stava abbracciando.

"Hai detto di no," sussurrò Brian.

"Sì."

"Non è stata colpa tua."

"Avrei dovuto…"

"Non è stata colpa tua."

"Sai che non è così."

"Io so la verità."

Tate allora alzò lo sguardo, sentendosi triste e vulnerabile. "La verità è che non riuscivo a vederti. Eri proprio lì e non ti vedevo. Non so come tu riesca anche solo a guardarmi in faccia, adesso."

Brian fece una smorfia, distolse i suoi occhi blu da lui, per poi tornare subito a guardarlo. "Ma certo che mi vedevi. Sei l'unica persona che in tutta la mia vita l'abbia fatto per davvero."

GLI OCCHI di Brian erano stati così innocenti e così spalancati, quel primo giorno in cui si erano incontrati, quando Tate aveva cercato un posto dove sedersi. Erano stati spalancati, ma non pieni di disgusto, pietà o irritazione quando aveva capito che, oh cazzo, Tate-il-tatuato-che-aveva-gli-spasmi si sarebbe seduto accanto a lui. E non vi era stata traccia di quello sguardo da ommioddio-non-quel-finocchio-con-quella-faccia. I suoi occhi blu cielo erano stati solamente spalancati e malinconici. Il suo viso attraente era quasi sembrato compiaciuto per essere stato scelto, nonostante che Brian sembrasse fatto per confondersi con il paesaggio che stava percorrendo.

115

Tate l'aveva visto veramente. Davvero, l'aveva fatto. Che Brian fosse etero o gay, quello non era il modo in cui era stato creato per essere visto. E che il suo cuore fosse dolce come la pioggia estiva? Era quello di cui Tate aveva avuto bisogno ed era proprio quella pioggia, quella purificazione. Era quella pioggia bollente che ora gli ricadeva addosso.

Tate uscì dalla doccia vacillante, ma determinato. Aveva appena mostrato l'anima e vomitato di fronte al mondo intero, mentre il suo amante era privo di sensi a pochi metri da lui. Poteva conviverci.

Sperava.

"Buongiorno, dottor Sutherland," disse, turbato e sorpreso.

"Ehi, Talker." Lo psicologo era pazientemente seduto all'uscita delle docce e stava lavorando a maglia.

"Li fai lei tutti quei buffi cardigan? Pensavo fosse sua moglie o qualcuno del genere." Tate teneva sottobraccio una borsa con i propri vestiti e con la mano libera cercava di tenersi gli enormi pantaloni della divisa azzurra. La domanda di Tate era sicuramente bizzarra, ma il dottor Sutherland sorrise con sincerità.

"Anche mia moglie lavora a maglia." Gli fece vedere che il piede era avvolto da un capolavoro di lana MOLTO colorata. "Mi fa le calze." Sutherland infilò il proprio lavoro nella borsa di fianco a lui. Si alzò e si incamminò lungo il corridoio assieme a Talker.

"Che cosa ci fa qui, Doc?" chiese Tate, ma dovette ammettere che il passo ondeggiante di quell'omone dalle gambe larghe e dalla pancia prominente era confortante, soprattutto in quell'atrio sterile. Sarebbe stato più facile aspettare notizie con lui accanto.

"Mi ha chiamato la zia di Brian. Penso che abbia trovato il mio numero nel tuo portafoglio quando sei andato a farti la doccia. Sembrava pensare che tu avessi bisogno di un po' di supporto emotivo."

Talker strizzò gli occhi. Si rese conto che i capelli del dottore non erano raccolti nella solita coda di cavallo, ma erano sciolti disordinatamente sulle sue spalle e che il suo cardigan (uno veramente bello, di colore grigio scuro) era abbottonato male. "È venuto qui davvero di corsa. Gesù, quanto tempo sono stato in quella doccia?"

"Un bel po'," gli disse gentilmente Sutherland. "Ma abito soltanto a cinque minuti da qui."

Ci fu una pausa e Talker dovette deglutire, perché il tizio doveva essere davvero preoccupato per venire fin lì alle… cazzo. Era già mattina?

"Non voglio parlarne di nuovo," replicò, dopo qualche istante. "Sono riuscito a dirglielo nel suo ufficio e poi… stanotte…" Fece spallucce. Era comunque sicuro che Lyndie gli avesse già raccontato tutto.

All'improvviso Tate notò che il dottore gli si era avvicinato. Sutherland alzò un braccio e glielo mise intorno alle spalle. Profumava di talco; doveva essersi fatto la doccia dopo essere stato buttato giù dal letto per andare a vedere come stavano i suoi ragazzi.

"Non ti preoccupare, Talker. I detective ti faranno qualche altra domanda fra un'ora o poco più e noi dobbiamo ancora aspettare che ci dicano qualcosa di Brian. Non dire una parola, ok? Lyndie era preoccupata e pensava che tu avessi bisogno anche della mia presenza qui. Ed è quello che penso anch'io."

Tate annuì e sbatté velocemente le palpebre. "Va bene," disse con voce rauca per l'emozione. "È già andato a vedere Brian?"

Quando arrivarono alla camera di Brian, il respiro del dottor Sutherland fu l'unica cosa che fece trapelare a Tate il suo shock e la sua sorpresa.

"Il gonfiore è peggiorato," disse debolmente Lyndie. Era seduta in silenzio, stava lavorando anche lei a maglia. Tate si disconnetté per un attimo, immaginandosi quello che si sarebbero potuti dire la zia e lo psicologo: *"Sì, preferisco i ferri uncinati e tutta quella lana pelosa!" "Io invece preferisco i ferri a punta e preferisco la lana semplice, come quella di tutti i miei maglioni."*

Infine i suoni e i rumori nella sua testa scomparvero e lui riuscì a vedere di nuovo il viso di Brian. Sembrava che avessero aggiunto un'altra benda, così spostò uno sguardo pieno di confusione su Lyndie.

"Hanno inciso il livido sulla guancia e quello sull'occhio," rispose lei, quietamente, le mani che diventavano bianche stringendosi intorno ai ferri e alla lana. "Hanno detto che sembra peggio di quello che è."

Talker annuì e cercò di ignorare il tremore del proprio labbro. Si sedette sul letto di Brian. Il dottor Sutherland gli aveva abbassato la fiancata metallica del letto e lui rimase così, seduto sul letto a tenere nella sua la mano buona di Brian, in quel silenzio simil catartico scandito dai bip del monitoraggio dei segni vitali e dai respiri affaticati di Brian, che uscivano distorti dal naso rotto. Seduto lì, esausto, teso e spaventato, Talker iniziò a sognare. Per una volta non erano incubi. Era come se, in quel momento di pace, il suo corpo avesse soppresso l'abilità di crearli, e tutto quello che gli restava erano i bei sogni.

"COSA?" BRIAN si era appena svegliato, il mattino dopo quell'ultima sessione con il dottor Sutherland. Era stata una notte spossante; dopo la sessione erano entrambi andati al lavoro, ritrascinandosi poi a fatica nell'appartamento. Avevano fatto i turni per la doccia, salutato Sunshine il ratto e poi erano piombati stanchi morti sul letto.

Ma ora era mattina e la luce stava filtrando dalla finestra come una lancia di ghiaccio. Tate si era svegliato, con Brian esattamente dov'era stato per gli ultimi sei mesi: accanto a lui a russare così forte che, se Brian lo avesse saputo, ne sarebbe stato sicuramente imbarazzato.

Talker non glielo aveva ancora detto. Era un segreto che apparteneva solo a lui. (Beh, a lui e a Virginia, visto che lei era stata l'unica altra persona con cui Brian avesse mai passato la notte. Ma visto che Virginia aveva aiutato Brian a venire a patti con se stesso, Tate le avrebbe fatto il favore di fingere che non fosse mai esistita.)

C'erano anche altri segreti di cui Tate era a conoscenza. Sapeva che Brian aveva cinque nei più scuri degli altri sul gluteo sinistro e quattro su quello destro. Sapeva che Brian era davvero orgoglioso dei suoi quattro buchi nelle orecchie e di quello nel naso, perché si credeva una persona noiosa e troppo comune e quei brillantini in qualche modo lo aiutavano a sentirsi originale. Tate sapeva che a volte Brian sapeva comportarsi da snob con le persone che non conosceva: non gli piacevano quelle che parlavano a voce troppo alta o che si mettevano in mostra o che parlavano alle spalle degli altri solo per far ridere la gente. Sapeva che Brian odiava scaricare la musica piratata perché pensava ai musicisti e agli artisti come zia Lyndie e odiava l'idea di rubare da loro.

Sapeva anche che Brian lo perdonava ogni volta che Talker scaricava musica, perché Brian sapeva che era la musica che lo teneva ancorato e con i piedi per terra quando nemmeno il tocco di Brian vi riusciva.

"Cosa, cosa?" Talker sorrise. C'era qualcosa nel modo in cui lo guardava Brian, qualcosa che gli faceva dimenticare le cicatrici, i tatuaggi e i suoi denti storti.

"A cosa stai pensando? Perché, qualsiasi cosa sia, la stavi pensando così intensamente che mi hai svegliato."

Talker si chinò e sfregò il naso contro quello di lui, facendolo sorridere di nuovo. "Stavo pensando che abbiamo addosso troppi vestiti," mentì.

118

Brian tremò. Avevano il riscaldamento, ma era costoso, e quello centralizzato era... inconsistente, nei suoi giorni migliori. Avevano messo il ratto nella loro camera, con la sua lampada UV, e avevano un piccolo termoconvettore nella stanza, ma dormivano con la tuta, sotto un sacco a pelo doppio che Brian aveva trovato a pochi soldi in uno di quei negozi dell'usato, il giugno passato.

"Fesserie," disse lui, alzando gli occhi al cielo, e Talker si sentì in dovere di dirgli la verità.

"Mi stavo chiedendo se ti mancasse."

"Che cosa?"

"Quella cosa che non facciamo?"

Brian aggrottò le sopracciglia. "Il... il..." Arrossì violentemente, sconcertato come sempre quando parlava così apertamente di sesso.

"Il sesso anale?" gli suggerì Talker, con ingenuità, e Brian arricciò il naso e si girò di lato, così da poter vedere l'amante in volto. A Talker piaceva quella posizione; gli sembrava di tornare piccolo e di trovarsi a un pigiama party da un amico, con l'eccezione che Brian gli avrebbe infilato una mano sotto la maglietta e gli avrebbe accarezzato il petto e, da quello che ne sapeva, i bambini quello non lo facevano.

"Beh, allora dillo chiaro e tondo!" Lo prese gentilmente in giro Brian. E, meraviglia, ecco comparire quella famosa mano. Era un po' fredda, ma ne valeva comunque la pena, visto che era intenta a delineargli i muscoli contratti e giocherellava con i suoi capezzoli. Lo faceva sentire amato, cosa di cui a volte aveva davvero bisogno, soprattutto in quei momenti in cui gli sembrava che la sua pelle non potesse più contenere le sue urla.

"Grazie mille per il consiglio, allora lo farò. Ti manca?"

Brian strinse le labbra (in quel modo sembravano veramente gonfie e morbide) e si mise a pensarci seriamente. "Mi è capitato di farlo con qualche ragazza, ed era ok," rispose e la mascella di Talker cascò così in basso che praticamente si mise a sbavare sul cuscino.

"Cos'è che hai fatto?"

Brian aggrottò la fronte e cercò di spiegarsi. "Le ragazze della vita reale sono diverse da quelle dei libri!" disse, sembrando in preda all'ansia. "Sono... aggressive! Una si è portata dietro i propri preservativi e il lubrificante e... e... si è messa a quattro zampe, si è lubrificata e mi ha detto: 'Infilamelo qui!' E, beh, sai. Quel coso ha una mente sua... si è infilato!"

119

Talker a quel punto si era messo a ridacchiare, perché Brian sembrava così... sconcertato che una bella ragazza gli avesse chiesto di fotterla a quel modo! "Davvero?"

"Davvero!" Anche Brian si era messo a ridere, ma aveva le orecchie rosa. Talker voleva assolutamente baciarlo, ma non quanto voleva sentire il resto della storia.

"E allora... come ti è sembrato?"

"Stretto," rispose immediatamente Brian. "Era stretto ed era veramente una bella sensazione." Fece spallucce. "Ma fu anche l'ultima volta che vidi quella ragazza. Mi disse che il sesso era stato fantastico e sembrava veramente essergli piaciuto, ma, sai..." Scrollò la spalla che non era premuta contro il materasso.

"No. No, non lo so."

Brian sospirò. "È stato come con tutte le altre ragazze con cui l'ho fatto. Era divertente e mi piaceva stare in loro compagnia, ma le loro carezze non... non facevano scattare scintille. Non mi facevano sobbalzare, bruciare o morire di desiderio." La mano si mosse lungo il collo di Talker, in modo che Brian potesse sentire il suo battito contro la propria mano. "Non mi facevano provare le cose che sento quanto sei tu a toccarmi o quando mi sorridi o... sai, canti nella doccia o lasci le scarpe nell'atrio o parli con il ratto quando pensi che io non ti senta."

"Mmm...," sospirò Tate, ma era un mugolio positivo. Si arcuò contro la mano di Brian e si rifiutò di cambiare discorso. "Ma non ti manca... sai, fare sesso?"

Brian fece una smorfia e diventò ancora più rosso, cosa che solitamente faceva ogni volta che parlava di sesso cercando di sembrare erotico o seducente. Tate lo osservò con somma delizia mentre cercava le parole. Non succedeva spesso. "Vuoi dire oltre alla tua mano o la tua bocca o le tue cosce o praticamente ogni altro genere di alternativa? Solo perché non... non è... un orifizio del sesso, non significa che non sia sesso o che non sia da considerarsi sesso ufficiale."

Talker non riuscì a impedirselo. Si mise a ridere e quella risata gli scosse il petto, lo stomaco e i testicoli. "Orifizio del sesso?" Quando riuscì di nuovo a respirare stava praticamente ululando. "Orifizio del sesso? O mio Dio! È una parola che ti sei inventato al momento, vero?"

Le orecchie di Brian erano così rosse che sconfinavano nel bordeaux. Sprofondò la faccia nel cuscino, per l'imbarazzo, e Talker non riuscì a trattenersi: gli baciò il bordo di quell'orecchio arrossato. Brian, sotto di lui, si divincolò e lui lo baciò di nuovo, questa volta con un piccolo aiuto della punta della lingua. Brian si divincolò ancora.

E poi baciargli l'orecchio non fu più abbastanza. Tate si mosse verso la nuca (ancora rossa, ma a chiazze, come se Brian fosse più eccitato che imbarazzato) e

120

gliela mordicchiò per qualche istante. Erano riusciti a farsi almeno una doccia, la sera prima, e Brian sapeva di shampoo e di uomo. I suoi capelli erano abbastanza lunghi da poter essere semplicemente raccolti da un lato e Tate poté iniziare a baciargli il collo fino ad arrivare alla scollatura della maglietta. Brian fece un verso che era per metà risata e per metà sospiro e Tate fu assalito dal desiderio di lui… oh, Dio, aveva bisogno di Brian.

Gemette e arcuò il corpo, spingendo contro l'incavo creato dalle cosce di Brian e dal suo sedere fermo. Anche Brian gemette e si spinse indietro, mentre Tate continuava a baciargli la schiena. Alzò la sua felpa e giocò con la lingua su quella pelle dorata. Brian aveva tre piccoli nei sulla schiena, piatti e neri, sparsi intorno al bacino, e Tate disegnò una linea di baci fra uno e l'altro, in un gioco di cui solo lui conosceva le regole. Arrivò alla cintura dei pantaloni e Brian si sollevò per aiutarlo. Tate afferrò tutto quello che c'era da prendere – pantaloni, mutande, calze – e tirò fino ad arrivare a sfilarglieli del tutto.

Brian fece per girarsi, ma Tate lo fermò.

"Fermo lì!" disse, ridendo, continuando a baciarlo seguendo la direzione iniziale. I glutei di Brian erano stretti e, ogni volta che Brian risucchiava in dentro il proprio stomaco, vi apparivano delle fossette. Tate voleva giocarci. Riusciva a vedere i testicoli di Brian – che diventavano sempre più duri e pesanti – che pendevano al centro di quel triangolo magico, misterioso e ricoperto di peli biondi. Tate voleva giocare anche con loro. Era divertente, era questo che Brian aveva portato nel loro letto. Divertimento, esplorazione, piacere e immensa, estasiante gioia.

Brian rese le cose più facili. Strisciò le ginocchia, portandole sotto al proprio petto e spinse le spalle in giù, contro il letto… poi si mise a cercare freneticamente qualcosa nel cassetto del comodino.

"Cosa stai facendo?" gli chiese Tate mentre gli baciava l'incavo creato da quei glutei stretti.

"Gnnnngggg," gemette Brian e Tate sorrise maliziosamente. Infilò una mano sotto quel corpo muscoloso e accarezzò il luuungo membro di Brian, che al momento sobbalzava sotto la sua pancia. (Brian non era consapevole dell'assoluta bellezza di quell'enorme meraviglia attaccata alla giuntura delle sue gambe. Tate era riuscito – fino a quel momento – a non dirgli che Brian avrebbe potuto facilmente entrare in qualsiasi bar gay della città, calarsi i pantaloni, urlare "Chi mi vuole mantenere a vita!" e ricevere certe offerte da far spalancare gli occhi. E aveva in programma di mantenere segreto anche quello!*)*

Tate continuò ad accarezzarlo iniziando anche a leccare le palle di Brian (molto grato del fatto che Brian amava lavarsi accuratamente, altrimenti una simile posizione non sarebbe stata così piacevole). Brian smise di trafficare nel comodino per un istante, premette la faccia contro il cuscino e rise brevemente.

"Oddio, Talker! Mi stai uccidendo! Mi stai. Uccidendo!"

E Tate spalancò la bocca, ricoprendo completamente entrambi i testicoli, solo per sentire il respiro spezzato del suo amante perdersi contro il cuscino. Continuò con quel movimento e dopo un minuto o due Brian ricominciò a cercare nel cassetto, finché non esclamò: "Grazie al cielo!" A quel punto ritirò la mano e cercò affannosamente quella di Talker, che era impegnata con il suo membro.

Talker abbandonò l'erezione di Brian (cosa non facile da fare. Dio, che bella sensazione, era così gonfio e duro) e strinse le dita intorno a...

Una bottiglietta tonda di plastica di lubrificante.

"Cos...?" Era stupefatto.

"Gesù, Talker," replicò Brian senza voce. "Sono tutto... tutto... senti, lubrificami e prendimi, ok?" Si spinse all'indietro per sottolineare la propria determinazione all'idea e Talker non riuscì a fare altro che fissarlo, con l'erezione dolorante ancora rinchiusa nei pantaloni e il cervello in corto circuito.

Brian si lasciò fuggire un lieve mugolio e poi si voltò a recuperare la bottiglietta. Nel frattempo Talker stava ancora cercando di ritrovare la lingua: "Ma... ma sei tu quello che deve stare sopra! Io dovrei... oh Gesù." Brian si versò del lubrificante chiaro e oleoso sulle dita e e e oh santiddio e tutti i santi, si stava infilando un dito nell'ano e Talker non riuscì a guardare nient'altro.

Brian sospirò e grugnì, l'intero corpo si scosse come quello di un cane che veniva grattato proprio nel posto giusto, per poi aggiungere un altro dito.

Tutti quei pensieri su chi doveva stare "sopra" e "sotto" sparirono dalla mente di Talker. Ora voleva solo toccare l'amante in quel modo per poterlo far mugolare di piacere e risvegliare ogni molecola del suo corpo, anche quelle alla radice dei capelli e nascoste sotto il tatuaggio.

Afferrò la mano di Brian, facendo scivolare fuori le sue dita e borbottando: "Lascialo fare a me."

Brian appoggiò di nuovo la mano di fianco a sé e lì rimase, con il sedere per aria, vulnerabile, tremante a causa di un'inespressa supplica che fece tremare le mani di Talker. Tate si tolse i vestiti, rabbrividendo al freddo di quella stanza, afferrò il lubrificante che Brian aveva lasciato sul letto e ne spalmò un po' sulle proprie dita.

Fortunatamente tendeva a mangiarsi le unghie fino alla pelle, quindi non vi era niente di aguzzo che avrebbe potuto graffiare Brian, così usò due dita e spinse... spinse... spinse...

Lo sfintere di Brian si strinse intorno alle sue dita in una morsa così stretta, bagnata, lubrificata, che fece tremare Talker. Brian gemette e Talker mosse lentamente le dita, sentendo la morbidezza calda e granulosa della pelle di Brian e chiedendosi, oh cielo, chiedendosi...

Il suo pene, di medie dimensioni e sfregiato, stava letteralmente iniziando a eiaculare sulle lenzuola sfatte. Oddio!

"Allargami," gli comandò Brian, la voce esile e impaziente. "Allarga le dita... oh cazzo sì!"

Brian non era mai stato in grado di girare intorno alle cose. "Adesso? Sei pronto?" Brian lo stava implorando. Ommioddio, lì c'era il suo amante, a quattro zampe, unto, preparato e implorante ed era ovvio che Tate era pronto!

"Cooosì pronto. Avanti, Talker... fallo... dai..." Ci furono altre suppliche grugnite, ma soffocate dal cuscino, dimenamenti di sedere e brividi eccitanti. Talker voleva farlo, ma...

"Non voglio farti male..." Al momento era ancora incerto, ma Brian mise velocemente da parte ogni suo dubbio residuo.

"Gaaahhhh, dannazione Talker, vuoi fottermi sì o no?"

Beh. Non poteva essere più chiaro di così, no? La punta del pene di Tate era priva di cicatrici e appariva, beh, perfetta, contro l'apertura di Brian. Anche solo il gesto di spingervi contro sembrava... miracoloso. Incredibile. Da film. Brian smise di mugolare e cercò di rimanere immobile e calmare il proprio respiro. Tate capì che Brian stava cercando di rilassarsi. Con una mano accarezzò il fianco di Brian e poi la sua schiena. Continuò a spingere, gentile, ma inesorabile. Non era il momento di fare i codardi.

"Come stai?" gli chiese piano Tate. Era quasi lì quasi lì quasi lì... ed era dentro!

"Oddio!" Brian strillò nel cuscino e Tate si sarebbe tirato fuori al volo, se non fosse che in quel modo aveva solo paura di peggiorare le cose!

"Sì, così!" balbettò Brian. "Sì, ancora! Cavolo, ancora!"

Talker riuscì a seguire le indicazioni di Brian, anche se molto lentamente. Era un piccolo trionfo, quello. Lui... lui... ommioddio... lento. Lento, fino a quando non fosse stato completamente circondato da lui. Lento, fino a quando non avesse raggiunto il limite, il corpo di Brian stretto intorno a lui. Infine dovette fermarsi, ed eccoli lì, fusi *l'uno nell'altro, uniti, nel loro 'sesso da orifizio' finalmente, frementi dallo sforzo, dal piacere e dalla stranezza di tutto quello.*

"Uhm... Talker?" La voce di Brian era tremante quanto il suo corpo.

"Sì?"

"Amico... hai intenzione di muoverti prima o poi?"

Anche il sorriso di Talker era tirato e tremante. "Hai intenzione di masturbarti, così possiamo venire entrambi?"

"Posso farlo... nnnngggg..." L'ultima parte probabilmente voleva dire che l'aveva appena fatto. Talker scivolò un po' indietro con i fianchi, finché non fu uhm, sì, sapete, proprio lì, e poi spinse in avanti, abbastanza forte perché Brian lo potesse sentire contro di sé. Entrambi gemettero e Tate ripeté il movimento.

Continuò a muoversi, lentamente all'inizio e poi sempre più velocemente, con forza, e poi (ansito) poi (gemito) poi (oooooooohhh!!!) stava spingendo il più velocemente che poteva, senza più finezza o inibizioni. Brian stava urlando nel cuscino, ma di piacere, con la mano che strofinava il proprio membro senza nessun tipo di ritmo che Tate riuscisse a discernere. Tate non poteva farci niente, non poteva occuparsi anche di Brian, poteva controllare solo ciò che lui stesso faceva, il modo in cui si muoveva. Dio! Stava facendo sesso! Tate lo stava facendo, stava facendo sesso e...

Abbassò lo sguardo e vide il suo pene sparire dentro il corpo dell'amante per la centesima volta. Fu proprio quello a spingerlo oltre il limite. Chiuse gli occhi e lasciò che il mondo esplodesse attorno a lui, permettendo a quell'oscurità di venir invasa da mille fuochi d'artificio bianchi. Sotto di lui, intorno a lui, Brian ebbe uno spasmo, urlò, si strinse e spinse così violentemente che Tate uscì da lui con un getto di sperma.

Brian si accasciò sul letto e Tate ricadde su di lui, entrambi ansando, indecisi fra le risate e i grugniti.

Quando Brian si mosse, Tate rotolò via e si trovarono di nuovo faccia a faccia come ragazzini. Lo stomaco di Brian sembrava contrarsi e stendersi a movimenti alternati e Tate si chiese se Brian stesse contraendo il sedere per verificare che tutto fosse rimasto al suo posto.

"Stai bene?" chiese Tate, allargando una mano su quel ventre in preda agli spasmi e Brian fissò i propri occhi nei suoi.

"Benissimo!" Sia il suo sguardo sia il cenno d'assenso furono ferventi e Tate sorrise, compiaciuto.

"Tu?"

"Sono sulla luna!" rispose Tate. Brian distolse lo sguardo per un istante mentre il suo volto assumeva un'espressione concentrata. "Sei sicuro di stare bene?"

"Certo... solo... sai. Non prenderla nel modo sbagliato se fra un minuto corro in bagno, ok?"

Talker ridacchiò. Non poté farne a meno. Era suscettibile allo humor da gabinetto come il resto della popolazione maschile. "Ok. Perdonato."

Brian sorrise, radioso. "Allora, sei felice? Abbiamo avuto... sai..."

"Sesso da orifizio!" blaterò Tate e Brian annuì.

"Già, 'sesso dall'orifizio' è quello che abbiamo fatto e, sai, adesso siamo 'orifiziani'." Brian ritornò serio e studiò il viso di Tate. "Non c'è niente di sbagliato nel nostro rapporto. Non c'è niente che manca. Non devi più chiedere scusa di nulla. Andiamo al massimo."

Tate dovette sbattere ripetutamente le palpebre. Tutto quel tempo dallo psicologo e Brian aveva capito qual era l'unica cosa che non era stata detta.

"Siamo il massimo," gli rispose. "Ti amo."

"Anch'io ti amo."

E prima di quel famoso giro in bagno, ebbero tempo per uno di quei baci lunghi, bagnati, sensuali, sudati, mentre i loro corpi tremavano al freddo del mattino.

PARLANDO DI COSE DI CUI NON SI DOVREBBE

"TATE," LA voce di Lyndie era gentile. "Tate, dolcezza, svegliati. I detective hanno bisogno di parlare con te."

"Eeeeh?" Tate si alzò e si asciugò la bava del sonno con la mano sfregiata. Il tessuto rigido gli graffiò il labbro e lui lo guardò, scontento: aveva riempito di saliva il mezzo guanto che usava per coprire le sue dita semi-rattrappite e non aveva chiesto al ragazzo di Lyndie di portargliene un altro. A proposito...

"Dov'è Craig?" chiese. Voleva andare dai detective indossando dei vestiti veri.

"Arriverà un po' in ritardo," rispose Lyndie. C'era un tono esitante in quella frase e Tate stava per chiedergliene il motivo, ma poi le dita di Brian si strinsero intorno alle sue.

"Talker?"

Tate riuscì a ripescare un sorriso da qualche parte a sud dello stomaco e a nord delle caviglie. "Sì, pugile?"

Una lieve risata. "Non sei ancora andato a casa a dormire?"

Ed era arrivato il momento della verità. "Stiamo aspettando per vedere se hai bisogno di essere operato," disse Tate, guardando di traverso la sacca di fluidi attaccata al letto. Non se lo stava immaginando; l'urina era sempre più scura.

"Che cos'hai addosso?" Brian lo guardò furtivamente e Tate sbatté le palpebre come un gufo. I capelli gli pendevano di lato, coprendo il lato bianco del cranio, e gli occhi erano nudi, privi di matita o mascara. A Brian questo non era mai importato, come non gli era mai importato di vederlo senza i piercing, con l'orecchio deformato in mostra. A Brian importava soltanto che lui stesse bene.

Doveva stare bene.

"Divisa da infermiere," gli rispose Tate e cercò di riderci sopra. "Potrei aver vomitato sui poliziotti... ed essermi sporcato."

L'occhio meno gonfio di Brian si spalancò. L'interno della sclera era pieno di sangue. "Gesù, Talker, cos'è successo?"

Talker scosse la testa e distolse lo sguardo. "Non me ne sono accorto, lo sapevi? Hai pestato a sangue Trev e non me ne sono accorto."

Brian gemette, ma non nel modo positivo e piacevole del ricordo che Tate aveva risvegliato solo pochi istanti prima. "Non dirgli un cazzo, Talker," gracchiò. "Amico, lascia che mi arrestino. Non hanno bisogno di saperlo. Non sono affari loro."

Dio, guardatelo. Stava urinando sangue e riusciva a malapena a vederci. Il braccio e la spalla erano stati ingessati e messi insieme in un modo che sicuramente doveva fare un male cane e nonostante tutto cercava ancora di proteggere Tate.

"Sono affari miei," disse Tate, dopo aver passato qualche istante a guardare negli occhi (gonfi) dell'amante. "Senti, tesoro, so perché hai pestato Trev. Ho ringraziato Dio ogni giorno che lui non si fosse più fatto vivo, perché non so se ce l'avrei fatta a rivederlo al club, a guardarmi, a cercare di toccarmi... giuro..." Brian lo sapeva. Brian era andato a controllarlo ogni notte, dopo il Peggior Appuntamento..., vaffanculo. Dopo lo stupro. Dopo quel cazzo di stupro. Brian era solito aprire la porta della sua camera e, nell'oscurità, si metteva ad ascoltare il suo respiro. Tate aveva sempre fatto finta di dormire, ma l'aveva sentito. Tate sapeva che non ce l'avrebbe fatta se Trev, un giorno, si fosse presentato di fronte a lui.

Talker si costrinse ad affrontare Brian, poiché negli ultimi mesi non era stato in grado di affrontare nient'altro. "Mi hai salvato la vita, Brian. Tu lo sai. Io lo so. Hai affrontato Trev per proteggermi. Adesso è ora che io faccia la stessa cosa per te."

"Signor Walker?" Il detective biondo, la reincarnazione stessa del signor Moby Dick, lo stava guardando. Tate rinunciò all'idea di salvare quel poco di dignità che gli restava indossando vestiti veri e gli annuì.

Si alzò e si chinò verso Brian, sfiorandogli appena le labbra perché quelle dell'amante erano spaccate e doloranti. Fusero assieme i loro respiri. "Ti amo, tesoro," gli disse, dolcemente. "Non fare niente di preoccupante mentre sono via."

Brian grugnì. "Zia Lyndie, vai con lui," disse.

"Zia Lyndie resta qui con te, pugile," ribatté Tate, scostando i suoi capelli color del grano dalla fronte malconcia. "Ma posso portare Doc, se la cosa ti fa stare meglio."

"Doc?"

"Sì, è venuto a vedere come stavamo. È stato carino da parte sua. Penso che lo terremo con noi ancora per un po'."

Brian riuscì a sorridergli un poco, ma gli occhi si stavano già richiudendo, inoltre Tate aveva un appuntamento con i poliziotti. Massaggiò il polso di Brian con il pollice, poi si voltò per andarsene.

"Doc?" Era la cosa più vicina a una supplica che sarebbe riuscito a esprimere. Il dottor Sutherland, che fosse benedetto, lo sapeva bene.

"Assolutamente sì, Talker. Lascia solo che prenda i miei ferri."

I DETECTIVE si erano procurati una piccola sala conferenze in una zona così distante dall'unità di rianimazione che Tate sapeva che per tornare indietro avrebbe dovuto chiedere indicazioni. Il dottor Sutherland era incollato a lui e sembrò sollevato di potersi sedere quando gli offrirono una sedia e un bicchiere d'acqua.

Tate prese la sedia, desiderando ardentemente che fosse la poltrona che tanto conosceva. Bevve in un sorso solo il proprio bicchiere d'acqua.

"Fuma?" gli chiese il detective biondo. "Se vuole fumare, possiamo andare fuori."

Talker aggrottò la fronte. "Non puoi correre e fumare," rispose, stringendosi nelle spalle. Accartocciò il bicchiere di plastica con le due dita funzionanti della mano destra e il detective seguì il movimento con lo sguardo.

Ci fu allora un silenzio orribile e Tate lo osservò mentre la comprensione appariva sul suo volto. Riusciva praticamente a vedere gli occhi del tizio che correvano dalla sua mano malformata al suo braccio, rendendosi conto che i tatuaggi in realtà coprivano delle cicatrici, per passare poi al collo, dove le cicatrici erano nascoste dalla piega della pelle, infine sul suo viso fino al capo, dove la forma della sua cresta da punk era stata dettata dalle parti dove i suoi capelli sarebbero cresciuti per davvero. Aha! Ed ecco l'epifania. L'unica volta che non aveva odiato quel tipo di rivelazione era stato con Brian. Brian si era dimostrato gentile con lui persino prima che sapesse il "perché" dei tatuaggi e del taglio di capelli. Brian aveva ricercato la sua compagnia, andando contro la propria stessa timidezza e riservatezza. Brian non gli aveva mai mostrato pietà o imbarazzo.

"AHIA."

"Già, ha fatto male. Mia mamma si è addormentata con una sigaretta accesa e una bottiglia di whiskey. La mia coperta ne era inzuppata."

"È sopravvissuta?"

"No."

"Neanche i miei."

Soltanto Brian avrebbe potuto prendere il momento più doloroso (o ormai era il secondo o il terzo momento più doloroso?) della vita di Tate per trovare qualcosa in comune tra loro.

"CHE COSA è successo?" chiese il detective e Tate deglutì, assalito dal desiderio di avere altra acqua. Abbastanza magari da affogare il suono del proprio cuore che gli batteva nelle orecchie.

"Un incendio," spiegò, succintamente. "C'era qualcosa di cui voleva parlare?"

Il detective spalancò gli occhi. "Non le piacciono gli ospedali?"

"A lei non piace arrivare al punto?"

"Gesù! Stavo cercando di fare conversazione. In realtà vorrei aspettare che arrivasse Henries, se proprio vuole saperlo. Stava cercando di togliersi il vomito dalle scarpe." La bocca del detective Melville si inclinò ironicamente e Tate ebbe la sensazione che, se solo avesse potuto, avrebbe esclamato: "Bel colpo!"

Talker sospirò e decise di accettare il rischio. "Per caso c'è la possibilità che io possa parlare solo con lei?" chiese dopo qualche istante. Si sentì stupido e debole, ma Melville sembrò sollevato.

"Certo," disse. "Ho il suo permesso di registrare la conversazione?"

Tate guardò Doc Sutherland, che sembrava a disagio. "Non ha fatto niente," intervenne il dottore. "Tate è una vittima. Brian è una vittima. Non mi piace."

129

Che Dio benedicesse quell'uomo. Tate annuì. "Senta, facciamo così: le dico quello che è successo, poi lei decide cosa c'è da fare. Perché l'unica cosa che scarpe-vomitose ha capito giusto è che Trev non si fermerà, vero?"

Melville si rimise il registratore in tasca. "La ascolto," disse. "Ok, mi parli. La chiamano Talker, il Chiacchierone, allora vediamo cos'ha da dire."

Tate sospirò e distolse lo sguardo. In sottofondo poteva sentire della musica e, per un momento, lasciò che lo squallore di quella stanza sterile scomparisse. Canticchiò sottovoce qualche strofa dell'inno di zia Lyndie, perché quel testo non gli faceva bruciare la gola come le parole di "Jeremy". Quando parlò, parlò al silenzio, e dovette costringere il proprio corpo a ritornare al presente.

Non si rese nemmeno conto che aveva fatto trasalire le altre due persone presenti nella stanza.

"Sono stato stuprato," mormorò, come se fosse sempre stato in grado di ammetterlo. "Circa otto mesi fa, sono uscito con Trevor Gaines. Lui pensava che stessimo per farlo, io mi sono tirato indietro e lui mi ha violentato." Deglutì diverse volte, stava parlando di ciò che Brian aveva sempre saputo senza bisogno di spiegarlo a parole, di ciò che Doc Sutherland aveva cercato di tirargli fuori da mesi. "Mi ha quasi ucciso. Non l'atto, ma…" Tremò, di nuovo perso nel grigiore della parete di fronte a lui. "La paura, la solitudine, tutto quello. Io…" *I danced in the morning when the world had begun….*

"Tate," lo chiamò gentilmente Doc Sutherland. Tate sobbalzò, ma il dottore non ne sembrò sorpreso. "Amico, hai bisogno di concentrarti."

"Sta bene?"

Tate non era sicuro di cosa avesse fatto quando le parole dell'inno di Lyndie gli avevano riempito la testa ma, qualsiasi cosa fosse, aveva ben spaventato il caro detective.

"C'è Brian qui?" chiese Tate, in modo solo in parte retorico. "C'è Brian qui? Mi sta tenendo la mano? Mi sta dicendo che va tutto bene? Perché se non è così, amico, allora non sto bene. Vedi," – e improvvisamente si sentì completamente concentrato – "è questo che stavo cercando di dirti. Non stavo bene dopo che Trev ebbe finito con me. Ero…" – suicida – "così dannatamente perso in me stesso. E ogni notte, quando tornavo a casa e pensavo… pensavo: 'Sai? Ho un rasoio nel cassetto. Non ci vorrebbe molto e poi…poi avrei freddo per qualche istante, ma tutto tornerebbe a posto'."

Doc Sutherland aveva preso a massaggiarli la schiena, per confortarlo, e Tate lo lasciò fare. Non riusciva a guardare Melville, non poteva.

"E l'unica cosa che mi impediva di farlo, che mi impediva di alzarmi e andare a cercare quel rasoio, era sapere che Brian sarebbe venuto a controllarmi. Mi controllava ogni notte, sai, perché eravamo coinquilini ed era mio amico e non avevo idea che erano mesi che gli stavo spezzando il cuore prima ancora che uscissi con quella testa di cazzo di Trevor Gaines. Ma anche quello non gli importava, perché… perché aveva semplicemente bisogno di assicurarsi che stessi bene. E visto che era lui quello che avrebbe dovuto convivere con le conseguenze delle mie azioni, mi sforzavo di stare bene."

Melville si schiarì la gola e Tate alzò finalmente lo sguardo su di lui, implorandolo silenziosamente di stare zitto, per favore, di stare ad ascoltarlo, di… di cucirsi la bocca, in modo che lui potesse tirar fuori quel rospo. Doc Sutherland lo salvò. Oh Dio, per così tanto tempo si era sentito come se si trovasse ancora in quella stanza, a quella notte, ma stava iniziando a credere che non doveva per sempre essere così. Forse c'erano persone che gli sarebbero state vicino se soltanto avessero potuto, perché di certo ora Doc si lanciò al suo salvataggio.

"Sia paziente, detective," disse piano Doc. "Ci sta arrivando."

Forse Melville era una brava persona – o magari, semplicemente, non voleva le scarpe sporche di vomito – perché non insistette ulteriormente.

"Vedi," gli disse Tate scoprendo la propria anima, guardando Melville e pensando, *Scommetto che ha dei figli. Scommetto che ha un figlio e si sta chiedendo cosa ci vuole a prendere un bravo ragazzo e farlo diventare un patetico incasinato come me, che vomita sulle scarpe di un poliziotto e si tatua la faccia come un punk. Guardi bene, detective. Sono solo quello che potevo essere.*

"Vedi," iniziò di nuovo, costringendosi a uscire fuori dalla prigione della propria testa. "Non potevo affrontare di nuovo Trev. Non potevo. Non solo forse. Non potrei affrontarlo nemmeno stanotte, ma…" *Quello era prima che vomitassi sulle scarpe di un poliziotto.* "Ora, forse potrei vederlo e non… non svenire o farmi prendere dal panico o rifugiarmi nella mia testa e non uscire più. Ma non prima. Quindi, devo supporre…"

"Supporre?"

"Non mi ricordo. Ero… ero caduto così in profondità dentro la tana del bianconiglio che mi ricordo a malapena delle cicatrici sulle sue mani. Ma Brian non va a cercarseli i problemi, non è così? E mi stava accompagnando al club ogni sera. E se è successo al club, scommetto che anche Trev era lì e Brian… voleva solo tenermi al sicuro."

"Non poteva andare dalla polizia?" chiese Melville, cercando di indurire il proprio tono di voce.

"Per dire cosa?" chiese amaramente Talker. "Per dire a tutti che quello scherzo di natura del suo coinquilino gay aveva avuto un appuntamento andato male da suicidarsi?" Il suo sorriso doveva ricordare l'acido corrosivo. "E non è neppure tutta colpa vostra. Non riuscivo nemmeno a dire la parola "stupro" allora. Non avrei potuto dirla nemmeno per salvare Brian."

Melville sospirò. "Sappiamo che il signor Gaines non era nemmeno lontanamente nelle condizioni in cui è adesso Brian…"

"Brian l'aveva affrontato da solo. Chiedi a Jed. Glielo dirà."

"Il signor Roberts dice di non saperne niente," disse Melville piattamente e Talker lo guardò male.

"Stava cercando di proteggere Brian. Ma non penso che Trev lo lascerà in pace, quindi anch'io lo sto proteggendo ora."

Melville sospirò e annuì, ammettendo, apparentemente, che avrebbe dovuto chiedere a Jed i particolari di quella lotta. Talker non era sicuro di volerli sapere, ma si disse fermamente che, quando sarebbe stato pronto, li avrebbe chiesti direttamente a Brian.

"E allora," continuò Melville, quando Talker si rifiutò di riempire il silenzio. "Stanotte?"

"Stanotte? Stanotte stavamo ritornando alla nostra macchina e Trev e altri due tizi ci stavano aspettando con delle catene."

"E tu non ti sei fatto niente?"

L'accusa era implicita. E meritata.

"Brian mi ha fatto correre," rispose Talker, di nuovo in grigio-landia. Se lo ricordava, quel terrore folle nel rivedere Trev, alla vista di quelle catene, e di come aveva pensato: *Non potrò mai farcela un'altra cazzo di volta.*

"Ti ha *fatto*?" E ancora l'accusa nella voce.

Talker annuì. Non aveva una risposta a quell'accusa. Cosa? Quel tizio non pensava che anche Talker la pensasse allo stesso modo?

"Mi sono bloccato," sussurrò. "Io… mi sono bloccato, cazzo. Io…"
La sua vista si appannò improvvisamente e notò che Doc Sutherland gli stava tenendo la mano. Lui la afferrò come se si trattasse di un salvagente, desiderando che al suo posto ci fosse Brian. "Non potevo farcela un'altra volta e Brian… mi ha afferrato le spalle e mi ha spinto verso la porta del bar, urlandomi di andare a chiamare Jed e… uno di quei tizi l'ha colpito alla schiena con un'asta di ferro o un tubo e Trev all'improvviso era lì e l'ha afferrato con la catena…"

Ed era accaduto. Era accaduto solo poche ore prima, non mesi fa, perché Brian non stava ancora bene.

E ora, neppure Talker si sentì molto bene.

Non vomitò né tentò di scappare nella propria mente o scomparire nei ricordi passati, ma la vista non voleva tornargli e ora, al posto di zia Lyndie, c'era Doc Sutherland ad abbracciarlo e a farlo piangere contro quello strano cardigan grigio fatto a mano. Talker non aveva più parole, non per il bravo poliziotto che sembrava averlo lasciato in pace, né per Doc Sutherland, né per zia Lyndie e nemmeno per se stesso.

Dopo un po' si costrinse a smettere e, quando alzò lo sguardo, Melville era ancora lì, paziente. *Dio, scommetto che questo tizio ha veramente dei bambini. Nessuno può essere così paziente.*

"Ho bisogno di parlare con il procuratore distrettuale," disse Melville quando fu sicuro di avere l'attenzione di Talker. "Ma non penso che Brian debba preoccuparsi. Probabilmente avremmo bisogno che tu faccia una deposizione giurata, ma poi possiamo sbattere in gattabuia Gaines per aggressione. Noi…" Melville fece una smorfia. "Potresti parlare con il signor Roberts? Fargli sapere che non tradirebbe la fiducia di nessuno se ci dicesse quello che è successo? Sarebbe *veramente* d'aiuto."

Talker lo guardò male. "Non avrete mica intenzione di accusarlo di qualcosa, vero? Ho bisogno che lei me lo scriva nero su bianco. Jed è una brava persona."

Melville annuì. "Affare fatto."

Anche Talker annuì. Era stanco e, nonostante si stesse chiedendo quando avrebbe potuto dormire, la necessità di sapere come stava Brian era più forte. Riuscì persino a ritagliarsi un minuto per spaventarsi a morte alla possibilità che Brian dovesse essere operato. "Abbiamo finito? Posso andare...?" Aveva comunque già la faccia gonfia e tumefatta dal pianto. Non avrebbero fatto differenza altre lacrime impotenti, giusto?

Melville annuì a nessuno in particolare. "Tanto non andrai da nessuna parte," disse, sospirando. Poi si riprese. "Ehi, avresti veramente... sai. Tentato il suicidio, se Brian non fosse stato lì?"

Tate scosse la testa, ricordando la gentilezza di Brian quella notte, quando era tornato a casa dopo la faccenda di Trevor. "Lui è stata l'unica cosa che mi ha spinto a tornare a casa."

Si alzò, di nuovo nervoso. Oltre alla stanchezza poteva quasi vedere la corda luminosa che l'avrebbe ricondotto a Brian. Non si ricordò il percorso di ritorno, ma dopo aver camminato per un po' vide lo staff medico che spingeva la barella di Brian lungo il corridoio e a quel punto si svegliò completamente.

"Gesù," mormorò e improvvisamente si ritrovò accanto Lyndie che diceva: "Lasciatelo passare, lasciatelo passare."

"Brian?" chiese Tate, senza parole.

"Mi operano," borbottò Brian. "Ti amo, tesoro. Ci vediamo dopo."

Riuscirono ad afferrarsi le mani per qualche istante, prima che i medici lo portassero via. L'ultima cosa che Talker vide fu la sacca del catetere, che spiccava come una bandiera rossa in tutto quel bianco.

SCHEGGE DI CRISTALLO DELLE LUCI DI NATALE

ERANO STATI fortunati. Con un po' di parlantina, e grazie anche all'abilità del compagno di Lyndie, erano riusciti a fare in modo che Brian fosse dimesso due giorni prima di Natale.

Fra il momento in cui Brian era barcollato attraverso la porta appena decorata di casa loro, aiutato da Tate e Jed, e quello in cui era sparito lungo i corridoi bianchi dell'ospedale, Talker pensava di essere invecchiato di almeno cento anni, forse anche più.

Avevano *veramente* avuto bisogno di sedarlo durante l'operazione di Brian. Si era messo a tremare così forte che aveva anche iniziato a battere i denti e quella volta non era più riuscito a calmarsi. Non ne aveva nemmeno visto il motivo, a dire il vero: niente di quello che avrebbe potuto fare avrebbe aiutato Brian in quelle fredde stanze bianche, che lui fosse stato calmo o no.

Si era risvegliato nel reparto terapia post-operatoria, di fianco al letto di Brian. Apparentemente Lyndie aveva minacciato, implorato e blandito qualcuno per farlo portare lì. Una volta in sé, era rimasto sdraiato a canticchiare l'inno di Lyndie, guardando il corpo di Brian combattere gli effetti dell'anestesia. Brian stava respirando, era fuori pericolo, sarebbe sopravvissuto. L'unica cosa presente nel silenzio della mente di Talker era la musica.

Le settimane successive era stato guidato dalla musica, ma con un piccolo aiuto. Lyndie l'aveva nutrito e generalmente mantenuto in vita fino a quando l'intervento alla spalla di Brian non venne completato e Brian stesso non fu in piedi e sulla via di guarigione. Craig si era occupato del loro appartamento, aveva tenuto Sunshine al caldo e le aveva dato da mangiare, iniziando immediatamente a costruire la rampa e i corrimani di cui Brian avrebbe avuto bisogno per salire le scale di quell'edificio fatiscente. Jed aveva proposto una colletta del bar, andando perfino nel posto dove lavorava

Brian, il tutto per aiutarli a pagare l'affitto dell'appartamento finché non fosse arrivato l'assegno d'invalidità di Brian.

Doc Sutherland era andato dai loro professori e aveva ottenuto delle posticipazioni per i loro esami, così da non dover buttare un intero semestre che si erano guadagnati con le unghie e con i denti, per poter continuare il loro percorso verso la laurea. Era perfino andato in amministrazione e aveva richiesto e ottenuto dei fondi per il prossimo semestre di Brian, poiché i soldi delle mance, con cui di solito si pagava le tasse scolastiche e i libri, quell'anno non ci sarebbero stati, nemmeno quando Brian si sarebbe rimesso in piedi.

Nonostante tutto quell'aiuto, Talker era infine ritornato nel loro appartamento, dove si era abituato a dormire senza Brian al proprio fianco.

Era stata dura. Era stato così perseguitato dagli incubi che la prima notte era corso in farmacia a prendere un blando sonnifero, solo per non dover crollare di stanchezza la mattina successiva. Quella era stata anche la notte prima dell'appuntamento in tribunale per la deposizione giurata che avrebbe facilitato l'arresto di Trevor, quindi ne era valsa la pena.

Quel giorno al tribunale era stato un incubo e senza la presenza di Doc da un lato e di zia Lyndie dall'altro non ce l'avrebbe mai fatta. L'avevano trascinato lungo stanze indistinte e facce confuse fino al luogo in cui aveva fatto la propria deposizione. Oltre a quello non ricordava molto altro. Gli Staind gli suonavano nella mente, praticamente tutto l'album, e le cose che aveva detto e quelle che erano state dette a lui non se le sarebbe mai più ricordate.

Ricordava che Jed lo aveva abbracciato, uno di quegli abbracci veri con le doppie pacche sulla schiena, e gli aveva detto che sarebbe andato tutto bene: Brian non era nei guai e quindi ogni cosa si sarebbe aggiustata. Nemmeno Jed era nei guai. Melville aveva mantenuto la promessa, ma Talker aveva insistito per non essere presente durante la testimonianza di Jed. Non voleva che nessuno, oltre a Brian, gli parlasse di quella rissa.

Anche Henries era stato lì, anche se aveva mantenuto le distanze. A un certo punto, mentre stavano tutti aspettando in quel corridoio riecheggiante dal pavimento di granito, Henries aveva fatto una battuta sull'abbigliamento da tribunale di Talker. Tate aveva preso in prestito un paio di pantaloni cachi e una delle camicie migliori di Brian, ma si era tenuto il mezzo guanto di lana e l'eyeliner. Melville aveva sbottato che se non avesse chiuso la bocca, qualcun altro gli avrebbe vomitato sulle scarpe, e Henries se n'era andato a tenere il broncio vicino alla fontana per la restante parte della giornata.

Alla fine, la sola cosa che aveva importanza era che Talker ce l'aveva fatta. La sua testimonianza era stata fondamentale: Trev era il cattivo e Brian, anche se non proprio nel giusto legalmente, era stato perlomeno moralmente giustificato per le sue azioni, mentre la reazione di Trev era stata inaudita. Trev tradì i nomi dei complici, criminali prezzolati, con la voce soffocata da un naso rotto. (Grande, Jed! Tate desiderò che gli fossero rimasti da parte dei soldi, solo per poter comprare qualcosa di figo per Natale a lui o ai suoi figli!)

Tate aveva osservato da lontano i poliziotti che conducevano Trev in manette, lungo il corridoio. Trev aveva avuto la testa alta e un ghigno a deformagli un viso che una volta Talker aveva trovato bello. Alla fine della giornata, il procuratore distrettuale era arrivato a questo patteggiamento: se Trevor non avesse sporto denuncia contro Brian, la sua accusa sarebbe stata di aggressione con arma letale e non tentato omicidio. Dato che quella seconda accusa l'avrebbe fatto rimanere in prigione praticamente per sempre, Trev aveva accettato, ricevendo in cambio i diciotto mesi di carcere offerti. Certo, non era per sempre – e sicuramente non sembrava un tempo abbastanza lungo – ma voleva dire che se ne sarebbe stato fuori dai piedi almeno fino a quando non si sarebbero ripresi un po'. E la garanzia di avere un ordine restrittivo per Tate alla fine della sua permanenza in gattabuia fece sentire un po' meglio Talker.

Tate non voleva nemmeno pensare a quello che sarebbe successo a Trev in prigione. Non provava alcun senso di bruciante giustizia all'idea che Trev si ritrovasse nella sua stessa situazione. Non aveva gongolato e non si era nemmeno sentito vendicativo quando Trevor era entrato in tribunale. Non aveva nemmeno pensato di urlare: "Ehi Trev, adesso saprai cosa si prova!" L'intera cosa gli faceva soltanto venir voglia di vomitare e già così Lyndie doveva sudare sette camicie per costringerlo a mangiare.

Si era ritirato in se stesso per un istante e quando era riuscito a uscire dalla sua testa, si era ritrovato seduto su una di quelle panchine di granito maledettamente fredde che erano parte integrante della struttura della fontana, di fronte al tribunale. Era rimasto seduto lì, con le ginocchia al petto, finché Lyndie e Doc Sutherland non lo avevano ritrovato e trascinato nella stanza successiva, dall'ennesimo gruppo di persone di cui non si sarebbe mai ricordato.

L'unica cosa che era riuscito a tenerlo concentrato, quel giorno, l'unica cosa che gli aveva impedito di cedere, di vomitare, tremare o supplicare per un sedativo, era stata l'idea di andare a trovare Brian.

Il gonfiore stava diminuendo di giorno in giorno. Quando lo avevano riportato a casa, aveva ancora avuto dei lividi, ma gli avevano almeno tolto i punti, e il viso era, per la maggior parte, tornato normale. Quello che rimaneva era... Brian. Brian che avrebbe ascoltato mentre Tate gli parlava della giornata – in bene o in male – con quegli occhi grandi, che lo apprezzavano, e che avrebbe fatto tranquillamente qualche commento qui e là, per fargli capire che era assolutamente preso dalla conversazione. Il suo Brian, che avrebbe detto a Talker quanto lui fosse stato coraggioso, senza nessuna ironia, e che avrebbe parlato del Natale come se fosse un'occasione importante, come se il più bel regalo di Natale per Tate non fosse altro che l'idea di essere entrambi vivi.

Brian che, il giorno dopo la deposizione di Talker, aveva mosso il suo corpo dolorante e pieno di lividi da un lato del letto, aveva costretto Tate a sdraiarsi accanto a lui, gli aveva messo le cuffie dell'iPod nelle orecchie e l'aveva semplicemente tenuto fra le proprie braccia. Era stata una posizione scomoda, e probabilmente anche dolorosa, per Brian, ma per Talker era stato tutto quello che avrebbe mai potuto desiderare per Natale. La pelle di Brian era sempre calda, di un calore quieto e confortevole nel quale Talker avrebbe potuto rannicchiarsi e, oh Dio, ne valeva la pena, ne era valsa la pena affrontare quelle persone e tutte le loro orribili domande, quell'eviscerazione personale, ne era dannatamente valsa la pena, solo per rannicchiarsi di fianco a Brian e sapere di essere al sicuro.

"E QUINDI non hai avuto bisogno di vedere Trevor?" gli chiese alla fine Brian e Talker aveva scosso la testa contro la sua spalla.

"Questo è stato lo scopo del patteggiamento," gli disse candidamente Talker, la voce attutita dal petto di Brian. "Perché io sono troppo punk da mettere in mostra come testimone e Trev non sapeva che tu non eri ancora abbastanza in forma per testimoniare..."

138

"Non l'avrei fatto," disse fermamente Brian e Talker chiuse gli occhi.

"Lo so che non l'avresti fatto," gli rispose gentilmente. *"So che non l'avresti fatto per lo stesso motivo per cui mi hai spinto verso il bar quando li hai visti arrivare. Ti sei preso cura di me, Brian. Toccava a me fare qualcosa per te."*

Brian si lasciò fuggire un piccolo suono lamentoso e Tate incontrò il suo sguardo. *"Avrei solo voluto che non fosse così difficile,"* mormorò e il sorriso di Tate fu solo amarezza.

"Difficile è un termine relativo," replicò, volendo cambiare discorso. *"Tu devi fare un anno di fisioterapia, io ho dovuto mostrare l'anima al mondo per qualche giorno. Zitto... questa canzone è veramente bella... voglio ascoltarla..."*

E NON ne avevano più parlato.

Ora, dopo che Jed li aveva lasciati con la promessa di essere di ritorno la sera successiva (la vigilia di Natale) con tutta la sua famiglia, Doc Sutherland aveva fatto promettere loro di chiamarlo se avessero avuto bisogno e Lyndie e Craig se ne sarebbero finalmente andati a passare un giorno o due a casa loro. Erano rimasti soltanto loro due, soli contro il mondo.

Perfino Talker sapeva che non era vero.

"Torneranno davvero tutti qui domani sera?" chiese Brian, divertito. Era stata un'idea di Lyndie e tutti volevano accertarsi che Brian stesse bene. Inoltre era la vigilia di Natale.

"Già," gli disse Talker, facendo in modo che la coperta a uncinetto che gli aveva fatto Lyndie, in tutto quel tempo che aveva passato in ospedale a tenere d'occhio Brian, lo coprisse per bene. Era seduto sul loro letto, con il braccio ingessato, e sembrava che essere uscito dall'ospedale e aver dovuto camminare per le scale l'avesse completamente stravolto. "Lyndie ha detto che tornerà domattina per aiutarci a pulire e a fare la spesa." Talker rabbrividì. Era quasi certo che in cucina ci fossero solo cereali e latte. Era tutto quello che aveva mangiato nelle ultime tre settimane.

Il sorriso di Brian aveva un aspetto sognante. "Pensi che potremmo prendere delle patatine? Amico, sto *morendo* dalla voglia di mangiare qualcosa di salato e dannoso per la mia salute!"

Talker gli sorrise. "Se vuoi, posso andarle a prendere anche adesso, sai?" E l'avrebbe fatto. Ne avevano qualche pacchetto nel negozio alla fine della strada.

"Dopo." Brian scosse la testa. Si guardò in giro e, nell'improvviso silenzio, esclamò: "Ehi, ma Sunshine è dentro a quella cosa? Che cos'è?"

Talker fece una smorfia, sentendosi in colpa. Nelle tre settimane precedenti non aveva praticamente mai fatto uscire dalla gabbia il loro ratto. La prima volta che gli si era avvicinato, lei l'aveva quasi morso e da quel momento aveva cercato di essere un padroncino migliore. Il loro rapporto era leggermente migliorato, ma comunque la povera creaturina sembrava aver subito gli effetti del loro abbandono. Brian avrebbe dovuto prendersi un po' di tempo per stare con lei.

"L'ha fatto Craig," fu tutto quello che gli disse. "Penso facesse particolarmente freddo, quella prima notte in ospedale. È come una piccola capanna nella quale infilare la gabbia, vedi? E dentro c'è una piccola luce UV a batterie, così non dobbiamo tenere accesa la lampada tutto il tempo facendole confondere il giorno per la notte; così almeno non si metterà a correre sulla ruota alle tre di notte e a dormire quando vogliamo tenerla in braccio. È veramente una figata!" Anche se tanto strana. Tutto quello che Talker sapeva era che un giorno era tornato a casa, dopo che Brian era stato operato, e l'aveva trovata lì. Pronta all'uso, eccezionale, ma... strana.

Brian alzò un sopracciglio. "Forse doveva sfogare un po' di tensione," commentò e Talker fece spallucce. Il ragazzo di Lyndie – quello grande e grosso, gentile e panzuto – era stato distrutto da quello che era successo quanto Lyndie stessa. Ma era stato anche la sua roccia e Talker aveva iniziato a comprendere quanto lui e Brian facessero parte di quella famiglia. Lyndie aveva avuto l'idea di radunare tutti per il pranzo di Natale ed era un'idea assolutamente perfetta, perché voleva dire che sarebbero stati con la loro famiglia e Talker stava iniziando a capire quanto quello fosse importante.

Sarebbe stato perso in quelle ultime settimane senza la sua famiglia e, se lui si fosse perso, Brian non avrebbe avuto più nessuno ad aspettarlo a casa.

Si riscosse da quei pensieri profondi e mise con attenzione una mano nella gabbia. "È stata un po' tesa ultimamente," spiegò a Brian. "La prima volta che ho cercato di prenderla mi ha morso a dire il vero, ma abbiamo passato del tempo insieme e sembra che si stia rilassando un po'." Ok, era stato un po' distratto quella volta, ma la sera prima, quando Jed l'aveva riportato a casa dopo il lavoro, Tate si era messo a guardare la televisione con il ratto sulle gambe, finché la poveretta era entrata nella tasca della felpa e si era arrotolata là dentro a dormire.

"Ma eccola qui!" Prese l'animaletto, mormorando "ft-ft-ft" mentre strofinava il naso con il suo prima di passarla a Brian, che la girò pancia in aria e iniziò a esaminarla come se fosse un dottore.

"Uhm, Talker?"

"Sì?" Tate si tolse le scarpe e si sedette sul lato del letto vicino al braccio buono di Brian, in modo da non sbattere accidentalmente contro il gesso. Brian stava guardando il loro ratto con estrema attenzione.

"Questa non è Sunshine."

Tate ne fu così sorpreso che quasi cadde giù dal letto. "Cosa vuol dire che non è Sunshine! È il nostro ratto!"

Brian si mise a ridacchiare, poi guardò tristemente la creaturina scuotendo la testa. "Questo può essere il nostro ratto *adesso*, ma *non* è Sunshine!" E a quelle parole girò l'esserino verso Tate che quasi cadde di nuovo dal letto.

"Ooooh! Santo cielo, quello sono *palle*? Ma devono essere un terzo del suo peso complessivo!" Tate prese il ratto dalle mani di Brian e lo esaminò. Le macchie sulla testa erano *molto, molto* simili a quelle del ratto che aveva creduto avesse abitato il piccolo rat-castello che gli aveva fatto Craig. "Come ho fatto a non vederle?"

Brian prese il ratto e se lo appoggiò al petto, poi usò il braccio buono per attirare Tate a sé, in un abbraccio collettivo. "Penso che tu fossi troppo distratto. Cosa pensi che sia successo a Sunshine?"

Talker ci pensò su e trasalì, sentendosi triste e in colpa allo stesso tempo. "Quella notte," rispose, distrattamente, "faceva veramente freddo e avevo detto a Craig di andare a vedere se andava tutto bene e di portarmi un cambio di vestiti. Lui… sembrava non voler tornare più. Infatti non sono riuscito a cambiarmi fino…" Cazzo, era stato sedato per quasi dodici ore. Non era più stato nemmeno sicuro di che giorno fosse. "Fino a quando tu non ti sei risvegliato dall'anestesia," finì. Brian lo sapeva, l'aveva capito subito, quando si erano risvegliati in due letti vicini. Ma chi voleva ricordare al proprio amante di essere deboli e tristi e che ci si dissolveva come una mentina umida al primo accenno di difficoltà?

"Nooo," mormorò Brian, arrivando alla sua stessa conclusione. "Dev'essere andata via la corrente, oppure…"

Il nuovo ratto gli premette la testolina contro il mento e lui lo accarezzò. Anche Talker aggiunse un dito alla mischia, accarezzando il muso a cono del nuovo arrivato.

"Nooo," commentarono insieme, coccolando tristemente il Nuovo Ratto.

"Perché non c'è l'ha detto?" chiese, divertito, Talker. "Voglio dire, le cose stavano andando veramente male, ma dannazione! Pensavano che non ce ne saremmo accorti?"

Alzò lo sguardo e vide che gli occhi di Brian gli stavano studiando il viso. "Penso che immaginassero che ci saremmo accorti della verità quando saremmo stati pronti ad accettarla," disse piano e Talker deglutì, sentendosi la gola secca.

"Penso che sia stata una cosa molto saggia da fare," rispose, ma non sembrava abbastanza e, improvvisamente, la mano che stava accarezzando il Nuovo Ratto, quella sfregiata e piena di cicatrici, stava tremando così forte da apparire sfuocata. La mano buona di Brian, quella *non* ingessata, gliela prese. Intrecciarono le dita e Talker parlò osservando le loro mani unite.

"Brian, sono stato stuprato," disse. La sua voce era debole, ma *era* la sua voce.

"Tesoro, lo so."

"Sono uscito con uno, gli ho detto che non mi interessava, ma Trevor Gaines mi ha stuprato e… e sono così dispiaciuto. Gesù, Brian… se solo… fossi stato coraggioso, se avessi fatto qualcosa, sporto denuncia, se lo avessi reso pubblico… qualsiasi cosa tranne… crollare completamente e lasciare che ti occupassi di Trevor, senza neanche accorgermene…"

La mano di Brian strinse più forte la sua. "Non è colpa tua, tesoro," ribatté, rocamente. "Ho menato quel figlio di puttana perché andava fatto. E sai cosa?"

Talker scosse la testa, guardando il ratto.

"Guardami mentre lo dico, perché hai bisogno di vedere che è vero."

"Sappiamo entrambi che è il mio punto debole," disse Tate, cercando di riderci sopra e fallendo. Brian non rise e Talker guardò gli incredibili occhi dell'amante. La sclera era ancor contornata di rosso e le cicatrici dei punti erano ancora un po' gonfie. Aveva un arcobaleno di lividi sotto l'occhio e intorno alla mandibola. Talker sapeva senza dover guardare che gli mancava un molare. Gli avevano dovuto rasare il sopracciglio e parte dei capelli quando gli avevano inciso l'ematoma sopra l'occhio.

Era ancora l'uomo più bello che Tate Walker avesse mai visto.

"Mi stai guardando?" gli chiese Brian e Tate annuì sobriamente. "Bene, perché è questo che ho bisogno che tu sappia. Lo farei ancora. Anche se dovessi sopportare questa merda di nuovo, lo rifarei ancora. Perché..." A Brian si spezzò la voce. "Perché sapevo quello che stavi pensando di fare, in tutti quei mesi. Avrei fatto qualsiasi cosa per non farti uscire di testa, perfino farmi pestare a sangue. Hai capito?"

Talker annuì e si asciugò le lacrime. *Dio*, era stanco di essere così debole. Ma era così semplice affidarsi in tutto e per tutto a Brian, anche a un Brian malconcio, perché il mondo sembrava colorarsi in maniera più vivida quando appoggiava la testa alla spalla buona dell'amante. Oggi aveva raccolto i capelli in una coda di cavallo. Non si faceva la cresta da settimane e, infatti, li stava facendo crescere anche di lato. Erano ancora a macchie sopra il tatuaggio, ma con tutto quell'inchiostro sotto non si riusciva a distinguere molto fra cranio e capelli. Talker pensava che forse era ora di provare un nuovo look, perché in quel modo gli era più facile appoggiare la testa alla spalla di Brian e quello era un ottimo motivo per un cambiamento.

"Non riesco ancora a credere che tu l'abbia fatto," fu quello che gli disse. "Brian, tu sei così..." Guardò le loro mani intrecciate, che ancora accarezzavano il Nuovo Ratto. "Sei così gentile. Non riesco a credere che tu possa aver dato un pugno a qualcuno."

Brian scosse la testa e Tate tolse la mano dalla sua per accarezzargli le cicatrici sulle nocche. L'aveva fatto spesso, realizzò, ma non aveva mai saputo prima da cosa fossero state causate.

"Non ricordo molto," commentò piano Brian. "Ho dato a Trev la possibilità di difendersi, poi mi ricordo solo che Jed mi stava tirando via."

"Figlio di puttana," esclamò Tate, con fervore. "È più di quanto si meritasse."

"Dopo ho vomitato," gli disse Brian, come se quello potesse significare qualcosa. Talker lo guardò e si ritrovò a sorridere. Si ricordava di aver vomitato su Henries, quindi forse Brian aveva ragione. Forse significava davvero qualcosa.

Si ricordava anche di quel giorno in cui si erano incontrati per la prima volta, sul pullman, e il giorno in cui Brian aveva visto per la prima volta le sue cicatrici. Il ragazzo americano modello e il punk tatuato e pieno di cicatrici: sembrava un'accoppiata così strana, ma a Brian non era importato. Era comunque riuscito a vedere più le loro somiglianze che le loro differenze.

Forse erano per davvero incredibilmente simili.

"Che nome gli diamo, allora?" chiese Tate dopo qualche minuto.

Brian grattò il ratto sotto il mento prima di rispondergli. "Che ne dici se questa volta gli diamo un nome in tuo onore?"

"Hai intenzione di chiamarlo Talker?"

"Nah." Talker vide che Brian aveva un sorriso da un orecchio all'altro, puro e scevro dei ricordi del mese precedente. "Lo chiameremo Harry. Big Harry Nads[2]."

Talker ridacchiò. "In *mio* onore?"

"Sì, Talker. Amico, dopo tutto quello che hai fatto per tenermi il culo fuori di prigione, non so che altro nome dargli, a parte Big Harry Nads. Non credi?"

Talker arrossì e abbassò di nuovo gli occhi a guardare il ratto. "Beh, è un bel culo," mormorò e sentì Brian ridacchiare, "ma non sono poi così tanto coraggioso." Il bacio di Brian su quei capelli ispidi che gli stavano crescendo in testa sembrò una benedizione.

"Sei riuscito a sopravvivere, Talker. Ti sei strappato l'anima quando già stavi cadendo a pezzi e l'hai fatto per me. Sei incredibilmente coraggioso."

"Dio, quanto ti amo."

"Anch'io ti amo. Quindi: Big Harry Nads?"

Tate sorrise timidamente al mondo creato dal petto di Brian, dalla sua fede e dall'amore che sembrava essere sopravvissuto all'interno delle loro anime e annuì. "Sì. Big Harry Nads il ratto. Gli si addice."

In quel momento di tranquillità, la musica ritornò nella testa di Talker e lui iniziò a cantare: "'Dance, then, wherever you may be....'" e la voce di Brian si unì alla sua.

---

2 Nads sta per "gonads", cioè testicoli, quindi, nello scegliere il nome, Brian gioca sul fatto che il nuovo ratto abbia "le palle". (N.d.T.)

LA LAUREA DI TALKER

RIPENSANDO AL PASSATO

LA STANZETTA *sul retro di quella casupola era ricoperta di finestre su ben due lati delle pareti. Lì, in inverno, faceva dannatamente freddo, così mettevano dell'isolante in fibra di vetro sulle finestre e ci fissavano sopra le tende per tenerlo al suo posto; ma in estate la luce del sole si rifletteva sull'oceano e, ancora prima di illuminare il fronte della casa, soffondeva di un bagliore dorato la loro camera. A volte tiravano comunque le tende perché chi voleva svegliarsi ogni giorno alle cinque e mezza del mattino? La maggior parte del tempo, però, lasciavano che quella stanzetta dal pavimento di legno e dal tappeto colorato si riempisse di quella luce rosa/oro/porpora/argento/arancione, e si svegliavano così.*

Nei ricordi di Talker, quei momenti, sdraiato di fianco a Brian mentre quel meraviglioso arcobaleno di luce calda filtrava nella loro stanza, erano i primi attimi di quiete che riusciva a ricordare di aver avuto nella propria testa. I suoi giorni erano una cacofonia di musica, udita o ricordata. La sua parlata era rapida, quasi slegata, come se fosse una pallina di gomma sincopata che rimbalzava sulle pareti con angolazioni pazzesche. E poi il fato (Brian) li aveva portati lì e avevano caricato tutto quello che possedevano nella macchina sgangherata di Brian e in un furgone ammaccato, preso in prestito, che risaliva a prima degli anni novanta e, accompagnati dagli amici, avevano guidato da Sacramento per novanta miglia, fino ad arrivare al mare.

Erano riusciti a farsi dare la stanza prima di cadere addormentati sul letto, e quando si erano risvegliati…

Pace.

Dopo il ritorno di Brian a casa dall'ospedale, tre anni prima, Talker aveva pensato che la pace sarebbe stata l'ultima cosa che avrebbero mai avuto.

IL SET di pesi che avevano comprato per gli esercizi di fisioterapia che Brian doveva fare a casa era un set di seconda mano, che la zia Lyndie aveva acquistato in un mercatino dell'usato da una nonna di dodici nipoti. I pesi erano ricoperti da uno strato di vinile color pastello che rendeva la presa di Brian più difficile quando usava la spalla destra, danneggiata più che mai.

"Ahia! Cazzo! Cazzo cazzo cazzo cazzo cazzo cazzo cazzo!"

Talker fece una smorfia. Stava facendo i compiti in soggiorno quando aveva sentito i pesi sbattere sul pavimento e si era preparato per quello che ne sarebbe seguito. Brian aveva bisogno d'aiuto, ne aveva veramente bisogno. Aveva bisogno che qualcuno rimanesse con lui, che lo aiutasse a tirar su i pesi, che gli tenesse chiuse le dita mentre lui li sollevava. Ma Brian non chiedeva, non aveva mai chiesto aiuto. Non aveva chiesto aiuto quando la spalla gli stava cedendo e non aveva chiesto aiuto per sopravvivere ai suoi corsi; si era semplicemente fatto coraggio, aveva affrontato la situazione e aveva trovato il modo di sopravvivere con quello che aveva e non con quello di cui aveva bisogno.

Il più delle volte, Talker lo ammirava da impazzire per questo motivo.

Ma in giorni come quello, voleva semplicemente dargli una manata su quella maledetta testaccia dura come il granito.

Ci fu ancora rumore di qualcosa che sbatteva sul pavimento e Tate non riuscì più a resistere. Si alzò e spense la musica che proveniva dal suo portatile, poi si diresse con cautela nella camera del loro appartamento fatiscente. Brian stava cercando di afferrare il peso rosa – il più piccolo, a parte un altro – con così tanta concentrazione che aveva il viso pieno di rivoletti di sudore, anche se erano appena all'inizio della primavera e il loro appartamento non era mai caldo abbastanza. Alzava quel coso con diligenza, poi lo riportava ai fianchi, e poi dietro di lui, poi di nuovo giù, contando fra sé e sé, tenendo il corpo piegato in avanti, con l'altro gomito appoggiato su un ginocchio.

Faceva male. Non c'era alcun dubbio che facesse male. I suoi occhi blu come il cielo del Kansas sembravano due fessure, stringeva i denti e c'erano lacrime che gli colavano agli angoli degli occhi. Il sudore gli bagnava i capelli del color del grano e una smorfia tirava la cicatrice sulla tempia, sull'occhio, sulla guancia. Tutto quel dolore, tutta quella concentrazione, e tutto fatto in silenzio. Brian non voleva che Tate lo vedesse. Brian aveva quel tipo di orgoglio.

Talker deglutì e lo guardò mentre continuava fare quegli esercizi, poi si allontanò per digitare quietamente 'Terapia professionale + danni alla spalla' su Google e mettersi a fare ricerche per l'ora successiva.

Il giorno dopo si fermò in una di quelle piccole gallerie d'arte su R Street, una di quelle con il vasellame in esposizione e un forno sul retro.

Quando tornò a casa, prese il pacchettino di plastica, comprato con otto dollari di mance faticosamente guadagnate, e lo mise di fronte a Brian, che si stava sforzando di pulire la cucina con la mano funzionante e le costole guarite solo di recente.

Brian allora lo guardò con la testa reclinata e Tate, per la prima volta nella loro relazione, si ritrovò a corto di parole. Si mise allora a spacchettare la plastica, rivelando così al suo interno l'argilla polimerica.

"Puoi cuocerla nel forno, ma se ho capito bene puzza di culo," spiegò, e poi, con uno sguardo al compagno, si tolse il mezzo guanto dalla mano sfregiata e gli fece un cenno verso il braccio. Brian lo mosse cautamente in avanti e Tate gli disse: "Vieni qui."

Le labbra di Brian si incurvarono; ultimamente lo facevano solo di rado. Quando l'aveva incontrato, Brian era tutto occhi e quiete, ma aveva sorriso spesso. Da quando, però, era stato pestato a sangue dalla stessa persona che aveva stuprato Talker sei mesi prima, il suo sorriso – o anche quel leggero incurvarsi delle labbra che diceva che andava tutto bene – si era visto di rado. Ma non ora.

Tate mise Brian di fronte all'argilla e rimase dietro di lui, appoggiandogli il petto alla schiena e prendendogli il braccio danneggiato con la mano rovinata. Senza parlare, fece scorrere la mano sopra quella di Brian e gliela mise sopra la creta.

Brian allora disse: "Non sono così stupido, Talker..."

"Shhh," sussurrò Tate, posando un bacio delicato, quasi addolorato, sulla spalla compromessa di Brian. "Shhh. Provaci. Dovrebbe aiutare l'abilità motoria. Non mi importa quello che fai, ma fai qualcosa. E aspetta che le cose migliorino. So che adesso sei arrabbiato, ok? Sei arrabbiato perché il tuo corpo non ti risponde come dovrebbe, perché ti fa male e perché non puoi lavorare, e... ti fa ancora più male quando sei arrabbiato, ok?"

"Non ce l'ho con te," disse rocamente Brian, allargando le dita con difficoltà. Tate capì cosa volesse dire quel gesto e intrecciò le dita – dita piene di cicatrici e rese mal funzionanti dall'incendio che gli aveva sfigurato anche il viso e il corpo – con le dita normali, anche se malconce, di Brian.

"Lo so. Ma mi fa male vederti così, ok? Cerca di provarci. Prova a fare questo. Se non funziona, proveremo qualcos'altro. Lyndie può insegnarti a fare l'uncinetto; Doc può insegnarti a lavorare a maglia. Qualsiasi cosa. Ma prima prova a fare questo. So che non è da te impegnarti in qualcosa che non abbia un'utilità, lo so; pensi che sia una perdita di tempo. Ma prova a farci qualcosa. Vedrai che andrà bene."

Sentì la schiena irrigidita di Brian rilassarsi, curvarsi, diventare più malleabile. Brian si mise a lavorare l'argilla. All'inizio era fredda e dura, ma Tate appoggiò la spalla contro quella di Brian e usò la poca forza che riusciva a trasmettere alla sua mano, così insieme riuscirono a intiepidirla, impastarla, renderla più soffice e tenera, quanto il cuore di Brian.

Dopo qualche minuto, Brian continuò a modellarla anche senza l'aiuto di Tate, che lentamente fece un passo indietro e camminò in silenzio verso il bagno. Si lavò le mani canticchiando *Defying Gravity* dei Wicked.

TALKER PER un momento pensò di continuare a dormire, ma era praticamente impossibile farlo. L'alta marea sarebbe stata di lì a mezz'ora e, beh, da quando si erano trasferiti a Petaluma, il suo cuore batteva in sintonia con le onde.

Cercò di sgusciar via dal letto senza farsi notare – Brian era andato a letto tardi la sera prima perché aveva dovuto lavorare, e aveva bisogno di riposarsi per la giornata e la serata che doveva affrontare – ma tanto non servì a niente. Tate s'incamminò verso la finestra in boxer e maglietta, resi lisi dall'uso, e rimase per qualche istante fermo lì a guardar fuori. Dio, il mare non aveva ancora smesso di affascinarlo, nonostante fossero lì ormai da due anni. Sentì il grugnito di Brian e si voltò, vedendolo rotolarsi su un fianco e stendere una mano verso il suo cuscino vuoto.

Molti amanti avrebbero brontolato e si sarebbero lamentati. Talker pensava che quasi ogni altra persona al mondo gli avrebbe detto, "Piccolo, torna a letto!" ma non Brian. Lui invece si mise sulla schiena e alzò il viso verso i raggi del sole, sorridendo quando gli penetrarono nella pelle e fra le palpebre.

"Andiamo anche stamattina?" strascicò, pronto a buttarsi nel freddo mattutino dell'Oceano Pacifico della California del Nord quanto lo era stato ad andare a correre con Tate lungo la pista ciclabile, nel caldo dell'estate di Sacramento.

Tate si avvicinò al letto e vi si gettò sopra, deliziato dal rumore che facevano le molle. Brian era da un po' che lavorava fino a tardi, e non apprezzava più il rumore delle molle come avrebbe dovuto.

"Certo," disse, rispondendo alla domanda di Brian. "Possiamo andare tutti i giorni, se ti va."

Brian sorrise e mise entrambe le mani, perfettamente sane, ai lati del petto di Tate, spingendole poi sotto la sua maglietta e accarezzandogli la pelle. Una volta a Tate era sembrato che quel tocco potesse definire ognuna delle sue costole, ma ora non più.

149

"Mi va," mormorò, togliendogli la maglietta e baciando gli addominali di Tate. "Ma prima mi va anche qualcos'altro."

Tate gemette e alzò le braccia, lasciando che Brian gli sfilasse la maglietta. Non gli importava del freddo mattutino o se avesse o meno la pelle d'oca. Brian l'avrebbe tenuto al caldo. C'era stato un tempo in cui non si era fidato a unire i loro corpi alla luce del sole, ma ora lo faceva.

"NON AVRESTI dovuto cucinare," disse Tate, di ritorno dal suo turno al Gatsby's, guardando in modo colpevole i maccheroni al formaggio ancora sul fuoco. Ultimamente stava facendo tardi e non gli piaceva. Ogni volta che guardava l'orologio e vedeva che era tardi, tornava con la mente a quelle due settimane in cui aveva dovuto vivere da solo quando Brian era stato all'ospedale e rabbrividiva. Odiava la solitudine e non voleva che Brian stesse da solo, ma ora Brian era costretto a stare in casa se non c'era lui. Certo, riusciva a scendere le scale e ad attraversare la strada, ma Tate non era abituato a pensare a lui come a una persona vulnerabile, e quel pensiero lo spaventava. Non gli piaceva fare tardi. Non era un patito dell'idea di camminare al buio sotto la luce dei lampioni (e non lo faceva mai da solo), ma era ancora meno patito dell'idea che Brian stesse senza di lui.

E quindi tornare a casa per la terza notte di fila e trovare l'appartamento immacolato e la cena sul tavolo fu una specie di rivelazione, davvero. Non aveva fatto la spesa, quindi Brian aveva affrontato le scale e poi era risalito con una borsa piena di vettovaglie. Nessuno dei due aveva soldi. Come aveva fatto Brian a pagarle?

"Mi piace cucinare per te," disse Brian da dietro il suo portatile, alzando lo sguardo e sorridendogli. Erano passati quattro mesi dall'assalto e la maggior parte dei lividi si erano riassorbiti, ma negli occhi gli si leggeva che era perseguitato dal dolore e dalla mancanza di sonno. Non ora, però. Quando Tate era entrato dalla porta, si erano illuminati, erano diventati meno stanchi, e sicuramente più caldi.

Tate gli si avvicinò e incastrò il viso nell'incavo del suo collo. Dio, Brian era caldo, e c'era un freddo pungente là fuori. "Cosa stai facendo?"

Brian lo guardò con un sorrisetto amaro sulle labbra. "Sto vendendo i miei libri universitari."

"Cosa?"

150

"Soltanto quelli vecchi. Ci puoi fare un sacco di soldi mettendoli su Amazon. È così che sono riuscito a fare la spesa oggi. Non li abbiamo venduti alla fine del semestre perché…" Lasciò la frase in sospeso. Nessuno dei due voleva davvero finirla.

"Ma, Brian, non ne hai bisogno? Voglio dire, mi ricordo che mi hai detto che uno era una specie di libro in tre parti per un corso in tre parti."

Brian fece una smorfia. "Quello non l'ho ancora venduto," disse con calma. "Ma…" Si morse il labbro. "Talker, sei magro come uno scheletro. So che hai fame, dormo accanto a te, ricordi? Sento che ti brontola lo stomaco. È solo che… non mangi. È già abbastanza brutto che io sia costretto a rimanere chiuso qui dentro per un altro mese. Come posso sopportare di vedere che diventi anche sempre più magro e che sei sempre preoccupato per me?"

Tate deglutì e con lentezza si mise in piedi, andando a prendersi una porzione di maccheroni al formaggio. Una parte di lui, per qualche istante, schizzò nello spazio profondo, come un pesce in una boccia di materia grigia, ma costrinse quella parte a ritornare indietro. Doc Sutherland gli aveva caldamente consigliato di cercare di tenere tutti i suoi *pesci* nella polla del suo cervello, quando poteva. In quel modo ne avrebbe persi di meno. Ma era difficile, così difficile, quando non voleva parlare di certe cose. Era molto più semplice spedire quel pesciolino nello spazio profondo, sul ritmo della nuova canzone dei Rise Against, che costringere Brian, che era ancora in fase di guarigione, a sopportare quello che pensava veramente.

Ma Brian stava ancora guarendo a causa dei peccati di Talker. Brian era stato pestato a sangue per averlo protetto quando Tate non era riuscito a difendersi. Ogni volta che ci pensava gli veniva la nausea, e ogni volta che vedeva quanto Brian facesse fatica a muoversi, a riprendersi, ci pensava.

Lavorare con la creta gli faceva bene. Anzi, gli faceva *benissimo*. Brian era stato in grado di riprendere in mano i pesi ed era stato costante nell'esercitare la spalla, ma ancora meglio di quello, una parte di lui che nessuno dei due conosceva si era ritrovata improvvisamente presa, catturata, consumata dall'idea di prendere l'argilla, darle forma e dimensione e darle vita. Iniziò a fare cornici e vasi da fiori, e altri oggetti astratti che erano semplicemente spazi e linee fluenti, dominati da quelle meravigliose onde oceaniche. La zia di Brian gli aveva comprato della vernice che rendeva la creta impermeabile e lui si era messo a lavorare sulla sua coordinazione e forza muscolare, riempiendo il loro appartamento di pezzi di inusuale bellezza. Visto che quell'argilla era un polimero e resisteva praticamente a tutto, aveva fatto per Tate una pietra anti-stress. Tate se l'era messa al collo; era dipinta di un blu notte lucido. La usava, anche. La teneva in mano e ci passava sopra il pollice quando sentiva che i *pesciolini* nel suo cervello stavano cercando di disperdersi, e di solito a quel punto tornavano indietro nella sua testa invece di disseminarsi nello spazio profondo.

Anche adesso stavano cercando di disperdersi, ma Tate si stava afferrando disperatamente alla sua pietra anti-stress e stava facendo respiri profondi per far sì che le sue spalle non si contraessero, perché quello gli avrebbe fatto di sicuro disseminare di nuovo i *pesciolini*. Cercò di trovare le parole.

"Sei tutto quello che ho," borbottò, rivolto al ripiano della cucina, con il piatto di maccheroni freddi in mano. "Lo so, se ti succedesse qualcosa non sarei solo al mondo, avrei Lyndie e Craig, e anche Doc, ma... Brian, ero debole, e questo ti ha quasi ucciso, e quando ci penso..."

Le sue mani iniziarono a tremare e Brian si alzò, con un'espressione addolorata e agitata. Deglutì e gli si avvicinò, sempre di più, finché non fu proprio di fronte a Tate, intimi come non lo erano più stati da dicembre. A Brian avevano tolto il gesso e il restante equipaggiamento a gennaio, ma la cosa più vicina a pelle contro pelle che avevano avuto era stato Tate appoggiato alla schiena di Brian per fargli vedere come lavorare l'argilla.

"Lo sai qual è il problema?" gli sussurrò Brian con voce rauca.

Tate scosse la testa.

"Il tuo problema è che non fai sesso da troppo tempo!"

Tate rise. Dovette farlo. Restare sdraiato nel letto la notte, ad ascoltare il miracolo del respiro di Brian, gli aveva quasi fatto fermare il cuore, ma gli aveva anche fermato gli ormoni. Aver paura di toccare il tuo amante perché avevi paura di fargli del male faceva ammosciare in maniera drammaticamente rapida qualsiasi uccello, o no?

"Non stai ancora bene..."

"Cazzate," disse dolcemente Brian. "Puoi anche aver paura di farmi male, ma te lo dico chiaro e tondo, quel coso funziona e funziona anche bene, ed è dannatamente affamato."

Tate arrossì. "Non è vero," mormorò, e Brian gli fece scorrere le mani calde contro le costole. Perfino Tate riusciva a percepire gli affossamenti fra l'una e l'altra.

"Cosa ne dici," mormorò Brian, chinandosi per parlare proprio all'orecchio di Tate, quello deformato, che era sensibile anche solo al più lieve dei sussurri, "se adesso andiamo a nutrire la mia fame? Una volta che avrai capito che sono ancora funzionante, che siamo vivi, e che va tutto bene, forse ti sentirai meglio e tornerai qui a soddisfare la tua."

Tate all'inizio fu riluttante. Ma Brian… Brian era deciso. Non era aggressivo, meschino o minaccioso; semplicemente si metteva in testa una cosa e lottava per raggiungere il suo obiettivo. Il suo obiettivo era portare a letto Talker, e voleva raggiungerlo sussurrandogli nell'orecchio, prendendogli il viso fra le mani, baciandogli la mandibola, tenendolo per mano. Quando arrivarono in camera, Brian gli sfilò la maglietta; visto che erano stati a casa tutto il giorno, l'appartamento non era freddo come quando erano stati via entrambi, così Talker non rabbrividì. Ma lo fece quando le mani grandi di Brian gli accarezzarono di nuovo i fianchi, ebbene sì, lo fece, ma erano i brividi del tipo buono. Brian continuò a baciarlo, quei sussurri di labbra morbide sulla pelle, lungo la gola di Talker, nell'incavo delle clavicole, giù, giù, sul petto magro, la spalla tatuata, lungo l'incavo della pancia. Lì trascorse qualche istante di pura tortura, perché lì la pelle era soffice, e Brian aprì la bocca e prese fra le labbra quella pelle tesa e sensibile, ancora e ancora, finché non gli fece quasi il solletico e Tate dovette sopprimere nella gola un suono a metà fra un mugolio e una risatina.

Brian allora lo guardò, appoggiandosi alla spalla buona e tenendo sollevata indietro quella malconcia. "Sei troppo magro, piccolo," disse serio. "Dammi qualcosa in più da baciare." Ritornò quindi a fare quello che stava facendo prima, baciando giù, sempre più giù, cercando di slacciargli i bottoni dei pantaloni finché lui stesso non dovette aiutarlo.

Brian glieli tolse, ed ecco lì Tate, in quello che una volta era stato il suo incubo peggiore. Si rese conto che le luci erano ancora accese e glielo fece notare. Brian si fermò, guardandolo dal pavimento, in mezzo alle sue gambe, da dove gli stava togliendo le scarpe.

"Voglio la luce," disse calmo. "Hai bisogno di vedermi, vedere che cosa è rimasto rovinato e che cosa non lo è. Hai bisogno di vedere che sto bene. Una volta che l'avrai capito, ti sentirai meglio. Ricomincerai a mangiare, e anche tu starai bene."

"Ma le…" *Ma le mie cicatrici!* Non dovette finire la frase, lo sapevano entrambi. Tutto il lato destro del suo corpo era ricoperto di cicatrici. Si era fatto tatuare sopra quelle del braccio, della spalla, del collo, del viso, ma alcune parti di lui dove non batteva il sole… Dio, non riusciva nemmeno a guardarsi lui stesso. E allora capì, all'improvviso, per davvero, che era di questo che Brian stava parlando. Brian sapeva delle sue cicatrici, le aveva sentite, ci aveva passato sopra la bocca e le mani e le aveva amate, aveva amato Talker, e non ne era disgustato o infastidito. E ora Brian stava facendo fare la stessa cosa anche a Tate.

Si ritrovò senza scarpe e Brian prese a baciargli l'interno della gamba deturpata. Tate gemette, mise un piede sul letto e allargò le ginocchia; poi si mise l'avambraccio contro gli occhi, perché era imbarazzato, eccitato e aveva bisogno di quello che Brian gli offriva.

Brian continuò a baciarlo. Saltò le varie pieghe della pelle – e grazie al cielo, perché Tate era ancora tutto sudato e appiccicaticcio dal lavoro – ma passò un po' di tempo a leccarlo alla base del pene, e poi per tutta la sua lunghezza, fino ad arrivare alla corona. C'erano delle cicatrici anche lì – una delle tante ragioni per cui Tate avrebbe desiderato spegnere la luce – ma aveva avuto bisogno di Brian per così tanto tempo, lo aveva desiderato così a lungo, e aveva avuto bisogno della rassicurazione che poteva dargli solo il contatto fisico da *oh* così tanto, che per una volta non si nascose, non si coprì e non si scusò. La bocca di Brian gli ricoprì il membro, scorrendovi fino alla base, succhiò, e poi si sollevò di nuovo. Le increspature dell'erezione di Tate furono massaggiate dalle labbra di Brian, ancora e ancora e…

Tate gemette, bisognoso, *implorante*, e senza esserne affatto consapevole. Brian aveva spostato tutto il peso sulla spalla buona, quindi fu con la mano più debole che gli afferrò il membro. Non riusciva più a stringere le dita come una volta e la pressione che riusciva a esercitare era quasi… un tormento.

Tate gemette di nuovo, spingendo le anche contro la mano di Brian, che si spostò appena e gli leccò distrattamente il glande.

"Non è abbastanza rigido, vero?" disse amaramente. Tate voltò la testa e lo guardò. Brian era ancora vestito, ma stava dimenando il sedere con abbastanza urgenza da fargli capire che era veramente eccitato, anche solo da quello.

"Il mio uccello?" scherzò Talker. "Non ti preoccupare, è abbastanza rigido."

Il sorriso di Brian era gentile. "Il mio pugno, genio. Forse al posto di costruzioni astratte dovrei iniziare a scolpire dei peni, vedere se riesco a migliorare la mia presa."

Talker ridacchiò e Brian continuò a masturbarlo con quella presa non abbastanza stretta, ma che lo stava facendo diventare matto. "Beh, la pratica fa diventare perfetti!"

Brian continuò ad accarezzarlo, chinandosi con cautela a baciargli l'anca. "O forse posso fare pratica in questo modo," disse, e Talker abbassò lo sguardo, vedendo che quei meravigliosi e ingenui occhi azzurri lo stavano fissando con devozione assoluta.

"Certo," gracchiò Talker. "A me sta bene. Continua pure a fare pra-*tica*…" La presa di Brian si strinse e divenne *quasi* abbastanza, e Brian ridacchiò, ma il suono risultò forzato. Tate gli prese la mano con la sua, quella danneggiata. "Ecco," disse, stringendo le dita su quelle di Brian. Brian fece un "mmmm" e poi aprì la bocca sulla punta del membro dell'amante, facendovi passare sopra la lingua. Talker continuò a massaggiarsi e quella pressione combinata era squisita.

Talker sentì i testicoli risalire e tutto il suo corpo iniziò a tremare. Brian continuò con la bocca e con le mani e *oh cielo! Entrambe* le loro mani continuarono a toccarlo e… "Oh, Brian!"

Afferrò con l'altra mano, quella buona, i capelli di Brian, e questi mosse le loro mani unite per tutta la sua lunghezza, fino alla radice. Talker strizzò gli occhi e cedette all'orgasmo, meravigliato, mentre i puntini rossi e neri dietro alle palpebre esplodevano in frammenti bianchi di *pesciolini*. "*Oddiooo*…" Si contorse, voltandosi di lato e prendendo fra le mani la testa di Brian, non per controllarlo, ma solo… solo per stringerlo a sé, mentre l'intero mondo di Tate diventava di un bianco abbacinante, di pesciolini disintegrati e quant'altro.

Gli strascichi sembrarono durare all'infinito, abbastanza a lungo da permettere a Brian di alzarsi e addirittura avvolgere Tate fra le braccia. Allungò un braccio con un grugnito di sconforto, prendendo la coperta sopra il letto e drappeggiandola sopra le spalle di Tate, perché la stanza non era poi *così* calda, ed egli tremò a lungo in quell'abbraccio.

Tate alla fine alzò lo sguardo e baciò il collo di Brian, per poi continuare lungo la guancia, l'orecchio e l'angolo della bocca.

"Cosa?" chiese Brian, chiudendo gli occhi e abbandonandosi ai baci.

"Tu non sei venuto."

"Un po' sì." Brian sorrise e Tate rabbrividì, baciandogli il collo. Già. Brian lo amava così tanto.

"Aiutami a toglierti la maglietta," borbottò Tate, e Brian lo fece, facendo attenzione a non muovere troppo la spalla. Mentre gli rivelava il suo corpo, Talker vide le cose che aveva cercato di non notare in quei primi mesi, quando aveva dovuto aiutarlo regolarmente a vestirsi. (E meno male che fra tutti e due avevano un sacco di pantaloni della tuta, o Brian avrebbe dovuto andare in giro nudo per casa solo per poter pisciare.) La spalla di Brian era... rovinata. Lo sarebbe sempre stata. Sembrava che uno psicopatico l'avesse usata per far pratica di intaglio. C'erano cicatrici chirurgiche sopra cicatrici chirurgiche, ed era piena di gonfiori e debolezza. I muscoli si erano atrofizzati, nonostante avessero cercato di evitarlo, e quella parte del corpo era decisamente più piccola rispetto all'altro lato.

Le costole non erano più al loro posto naturale. Su di esse c'erano dei bozzi causati dalla guarigione e una era stata dislocata. Avevano cercato di rimetterla a posto, ma non era più all'angolazione giusta. C'erano tre cicatrici sullo stomaco, dove avevano dovuto operarlo per riparare i danni interni e asportargli la milza. Il naso gli era stato rotto e c'erano un paio di cicatrici chirurgiche sulla fronte, sulla guancia, sopra il sopracciglio e sulla tempia.

E nonostante questo – oddio, nonostante tutto – era ancora il ragazzo più bello che Talker avesse mai visto. Le cicatrici non importavano, non le notava neanche. L'asimmetria di quel corpo, una volta perfetto e in forma, non la vedeva proprio. Talker gli baciò il collo, la spalla, e ogni cicatrice di fronte a sé, passando il pollice sopra quelle della schiena. Fece entrare in gioco anche la lingua e la fece scorrere giù, giù, giù verso un capezzolo, succhiandolo gentilmente, mentre Brian faceva un "mmm" e gemeva e ansimava sopra di lui. Continuò a baciarlo, arrivando alla pelle soffice dello stomaco, toccando anche quelle cicatrici con le labbra. Brian indossava un paio di pantaloni della tuta e Talker li fece scorrere verso il basso, trovando ad attenderlo quell'impressionante, familiare erezione.

Era qualcosa di bello a vedersi: spessa, lunga, leggermente incurvata verso l'ombelico di Brian, come se anche lei volesse omaggiare il suo stomaco. Tate sapeva che Brian non aveva passato l'adolescenza a sognare il corpo di un uomo – ma nemmeno quello di una donna, se era per questo – ma la mancanza di consapevolezza di Brian, a quanto pareva, non aveva avuto effetti collaterali sul suo corpo. Tate aveva visto abbastanza foto da sapere che l'equipaggiamento di Brian era... sontuoso. Un bottino pieno di ricchezze. Più maschio di quanto ogni ragazzo avesse diritto di essere. Passandoci sopra la sua mano storpia, Talker ripensò all'ultima volta che lui e Brian avevano fatto l'amore, ancora prima del pestaggio. (Adesso poteva pronunciare quelle parole. Brian era stato pestato a sangue. Talker era stato stuprato. Non era più qualcosa di pauroso. Talker era più forte di quelle parole.)

Brian si era donato a lui, gli aveva permesso di essere penetrato, perché Tate era tutto preoccupato che non avevano ancora fatto 'sesso da orifizio'. Le sue paure, il completo diniego del suo trauma, l'avevano reso insicuro, terrorizzato all'idea che il suo corpo fosse invaso, di provare dolore, e di essere gettato via subito dopo.

Talker nel frattempo aveva provato la paura vera, si era visto tirare in faccia le sue paure come se fossero acido con ghiaccio, aveva visto la vita di Brian appesa a un filo, e aveva pregato. Le sue preghiere non erano state 'Fa che io non sia più stuprato' ma piuttosto 'Fa che Brian viva'.

Dio, aveva desiderato che Brian ce la facesse, che vivesse bene, che avesse tutto ciò che c'era di buono al mondo.

Talker abbassò la testa, prendendo quella magnifica carne dura e vellutata nella bocca, incavando le guance per la suzione. Brian gli accarezzò il viso, il lato con i tatuaggi, dove i capelli non volevano crescere, e Talker lo succhiò di nuovo. Lo lasciò andare con un piccolo schiocco e sorrise timidamente, guardando gli occhi blu di Brian.

"Vuoi, uhm… vorresti… sai… prendermi, uhm… *orifizialmente?*"

Brian sbatté le palpebre e iniziò a ridacchiare. "Adesso?" disse, quasi strangolandosi. "Me lo stai chiedendo *adesso?*"

Tate cercò di non ridere, leccandogli di nuovo il pene, giusto per fare in modo che la distrazione non rovinasse il momento. "Magari dopo," mormorò, pensando a quel dopo, e abbassò di nuovo la testa, prendendolo in bocca e facendo godere Brian ancora e ancora e ancora, finché l'altro non grugnì, arcuò la schiena, afferrò la coperta con le mani e si abbandonò all'orgasmo senza inibizioni, venendo in fondo alla gola di Talker, sapendo che l'altro avrebbe inghiottito il suo sperma. Quello che non sarebbe riuscito a inghiottire l'avrebbe fatto scorrere sulle coperte e poi avrebbero fatto insieme il bucato.

Quando tutto fu finito, Tate si stese così da essere faccia a faccia con Brian, e ondeggiò il suo corpo nudo contro quello dell'amante, poi coprì entrambi con la coperta. Era steso sul lato sano di Brian, quello che non aveva subito danni, così poté appoggiargli la testa sulla spalla e permettersi quel momento di vicinanza. Restarono in silenzio per qualche istante, con Talker che dentro di sé sentiva in lontananza i Death Cab For Cutie, "Brothers on a Hotel Bed"; poi anche quello sparì, e rimase solo il respiro

157

di Brian, che gli accarezzava i capelli che gli crescevano sul lato del cranio senza tatuaggio, e che erano sempre leggermente più lunghi.

Tate aveva rinunciato completamente alla cresta quando Brian era ancora in ospedale: gli era sembrato una cosa inutile, egoista, un modo così trasparente per camuffarsi. E ora non rimpiangeva quella decisione, perché le dita di Brian contro il suo scalpo erano confortanti e gentili, solo uno dei tanti modi con il quale si accarezzavano, e quella era sempre una cosa buona. Aveva dovuto rasare l'altro lato del cranio, tanto quello che ci cresceva era sempre irregolare e abbastanza sgradevole, e *prudeva*. Era dunque decisamente meglio tenere quel lato rasato e lasciare che quello che cresceva crescesse. La maggior parte del tempo raccoglieva i capelli in una coda di cavallo, ma aveva perso l'elastico mentre Brian stava facendo l'amore con lui e non aveva nessuna intenzione di mettersi a pettinarli *proprio ora*.

"Un giorno," gli disse gentilmente Brian, e Talker rispose con un "Mmm?"

"Un giorno, faremo anche quell'altra cosa. Avremo sotto mano del lubrificante e passeremo tutta la notte a letto, facendo le cose per bene, e sarà una sensazione bella quanto quella che hai fatto provare a me quell'unica volta. Ma non adesso. Adesso... cielo, Talker, sono già felice di poterti anche solo toccare in questo modo, lo sai?"

Talker lo guardò, soffermandosi su quella mascella prominente, quel viso onesto e aperto, rilassato e felice, e dovette accarezzarlo, passare un pollice sopra uno di quegli zigomi alti e squadrati, e prendergli fra le mani quelle guance levigate. Brian lo guardò di rimando e gli posò un bacio sulla testa.

"Sai," gli sussurrò Tate, "non sono sicuro che esista una parola per esprimere quello che ho nel petto quando ti guardo."

"Certo che c'è," mormorò Brian. "Ma la usi anche parlando dei Pearl Jam. Posso capire la tua confusione."

Talker stava cedendo al sonno, ma se lo sarebbe sempre ricordato, perché era vero. Anche se si stava addormentando, sapeva che, nonostante quella parola si potesse usare in diversi contesti, non avrebbe *mai* potuto confondere quello che provava per Brian con quello che provava per i Pearl Jam.

BRIAN ERA *praticamente sveglio quando le loro labbra si incontrarono e, anche se in quel periodo non stava dormendo abbastanza, era comunque sufficientemente riposato per afferrare i fianchi di Tate e rendere chiare quali fossero le sue pretese.*

Tate non esitò. I suoi pantaloncini, con una scrollata e uno sfarfallamento, andarono a raggiungere il pavimento; mezzo secondo dopo si stava già togliendo anche la maglietta. La sua pietra anti-stress, la prima cosa in assoluto che Brian aveva creato per lui, pendeva ancora dalla sua gola, e fu l'unica cosa che tenne addosso quando salì a cavalcioni delle anche di Brian e si strofinò contro la sua pelle.

Il ventre di Brian era piatto e muscoloso sotto le cosce e i testicoli di Tate. Si era dato da fare, quanto si era esercitato per riavere indietro un corpo in grado di fare tutte quelle cose che Brian amava e che Tate amava fare con lui, ma gli sforzi avevano dato i loro frutti. La spalla di Brian sarebbe rimasta sempre debole, ma adesso funzionava abbastanza da fargli sollevare Tate e prendere qualcosa dietro di lui. Brian aprì la bottiglia di lubrificante — adesso usavano il formato extra large, perché lo finivano dannatamente in fretta — e passò le dita unte lungo il solco del sedere di Talker.

Talker allargò le gambe e si chinò in avanti, facilitando il lavoro di Brian. Oddio, aveva imparato ad amarlo negli anni passati. La prima volta erano stati in imbarazzo e un po' impacciati — e aveva bruciato un po', nonostante le migliori intenzioni di Brian — e per un terribile istante ne aveva avuto paura. Ma era cresciuto, aveva imparato a creare un luogo tranquillo nella sua mente, ed era stato ripagato perché era riuscito a respirare, respirare, respirare attraverso la paura e il panico, ed era riuscito ad aprirsi un poco, guardare Brian negli occhi e concedergli, per quella volta, il controllo del suo corpo.

E Brian non l'aveva deluso, e quel bruciore era stato... interessante, all'inizio, e poi piacevole, e poi squisito.

E ora, mentre Tate permetteva alle dita di Brian di penetrarlo, allargarlo e invaderlo, ondeggiò suggestivamente le anche e quasi si mise a fare le fusa.

"Dio, amo questa parte," mormorò e Brian gli sorrise.

"Questa parte o quella che viene dopo?" gli chiese, con un sorriso malizioso.

Tate si mise sulle ginocchia e indietreggiò, finché non fu sopra il pene di Brian. Brian alzò i fianchi e si incontrarono a metà strada... ah... sì! Proprio lì! Tate respirò, espirò, respirò... scorrendo verso il basso, allargandosi, e trattenne il respiro. Così grosso... così grosso e largo e così... ah, Dio... ahhh... "Ohhhhh..." Gemette e rabbrividì, impalandosi sempre più in giù, finché non fu seduto sulla carne di Brian, e quella bellissima, spessa, grossa erezione non fu incastrata nel suo corpo.

"Questa parte," mormorò, sorridendo e facendo ricadere all'indietro la testa. Alzò il bacino e Brian glielo afferrò, muovendo il proprio in su e in giù, scopando lentamente Tate, finché questi non sudò, tremò e gemette alle sue attenzioni. "Stai fermo," borbottò, perché Brian non stava andando abbastanza veloce, e lui voleva qualcosa di veloce, e voleva qualcosa di forte. Si posizionò in modo da stare in ginocchio e iniziò a rimbalzare

159

su e giù, impalandosi su Brian, cercando di guardarlo anche quando questi chiuse gli occhi e iniziò a gemere. Era difficile. Anche Tate chiuse gli occhi e, quando Brian gli prese in mano l'erezione, dovette tenerli chiusi perché Dio! Che sensazione!

Brian lo massaggiò e Tate lo cavalcò, e i loro gemiti, il rumore appassionato e familiare del sesso, invasero la camera insieme alla luce che filtrava dalla finestra. Dentro di lui, c'era qualcosa di duro, brillante e perfetto, così perfetto, così perfetto che il suo corpo stava per esplodere. Si sarebbe disintegrato in mille pezzi, e lo voleva, lo voleva, agognava l'orgasmo, si stava sforzando di raggiungerlo, grugnendo, e poi… poi Brian prese la mano di Tate e la mise sul suo sesso, così da potergli afferrare i fianchi e spingersi dentro di lui in modo così fantastico che il mondo gli esplose dietro le palpebre.

Tate gridò e Brian ansimò e grugnì, spargendo il suo seme nel suo amante. Tate lo sentì — così come l'avrebbe fatto per l'ora successiva — colare lungo le cosce e appiccicargli il sedere. Amava quella sensazione. Era come guardare il loro piccolo privato filmino porno, di loro due che facevano l'amore.

Dopo qualche istante aprì gli occhi, sentendo ammorbidire Brian dentro di sé, ma non voleva ancora muoversi. Brian stava pigramente passando le dita nello sperma che gli copriva lo stomaco; Tate afferrò la sua maglietta, appallottolata di fianco ai loro corpi, e la usò per ripulirlo.

"Guastafeste," disse piano Brian, e Tate sorrise.

"Sperma-dipendente."

"Eh sì!"

Tate rise e rotolò su un fianco, usando di nuovo la maglietta per continuare a ripulire Brian, per poi lanciarla nel cestino dei panni sporchi.

Appoggiò la testa sulla spalla con le cicatrici, perché ora era abbastanza robusta da sopportare quel peso, e posò un bacio riverente su quella pelle nuda e danneggiata.

"Abbiamo ancora un po' di tempo?" chiese con ansia, e Brian non dovette neanche guardare la sveglia sul comodino.

"La mostra inizia stasera, Talker. Potremmo stare a letto tutta la mattina e avere ancora tempo per aprire la galleria."

"Sì, ma tu hai delle responsabilità." Tate ritornò serio. "So che ne hai, non voglio esserti d'impiccio."

Brian accarezzò il lato nudo del suo scalpo. Tate si era fatto crescere i capelli sull'altro lato, ma doveva ancora rasare la parte con il tatuaggio. Tre anni non avevano cambiato il fatto che i capelli non ci crescessero molto.

"Non sei d'impiccio, piccolo," disse Brian ardentemente. "Quest'ultimo mese sei stato davvero paziente. Ma ho sistemato gli ultimi dettagli ieri sera e, ti prometto, oggi è tutto per noi, ok?"

Talker annuì e gli baciò di nuovo la spalla. "È solo che, sai… non voglio fare il fidanzato noioso oggi che è il tuo grande giorno."

Brian chinò la testa e prese possesso della bocca di Talker, baciando via per prima cosa l'alito mattutino e poi le sue insicurezze, baciandolo finché non rimasero solo loro due, com'era sempre stato, anche quando Talker aveva avuto i suoi dubbi.

BRIAN LAVORAVA fino a tardi anche quella sera.

All'inizio Tate ne era stato entusiasta. Quando Brian aveva ricevuto il permesso di ricominciare a lavorare, non aveva fatto domanda nei ristoranti. Lo aveva fatto invece alle gallerie d'artigianato, nelle botteghe, e alla fine aveva trovato lavoro nello stesso posto dove Tate gli aveva comprato quel primo blocco di creta. Era una galleria con un laboratorio nel retro, completa di ruota da vasaio e un'intera tavolozza di colori e lucidi.

Un giorno Brian era entrato, avendo visto il cartello esposto fuori di ricerca personale, e aveva chiesto se era possibile usare la ruota da vasaio nel tempo libero. Il proprietario della galleria aveva chiesto di vedere qualcuno dei suoi lavori e il giorno dopo non solo aveva un lavoro, ma anche l'offerta di vendere alcuni dei suoi pezzi astratti in galleria e di imparare a usare la ruota da vasaio.

Brian ne era stato estasiato.

Quando era ricominciata la scuola, il proprietario era stato così gentile da venire incontro agli orari di Brian, aprendo perfino di domenica, così che Brian potesse occuparsi della cassa e passare un po' di tempo con la ruota da vasaio in tutta tranquillità. Lo stipendio non era così buono come quello da cameriere, ma il materiale artistico era gratis e le commissioni sulle opere vendute erano abbastanza da compensare le mance perdute. Sarebbe stata la soluzione perfetta – e Talker sarebbe stato al settimo cielo, perché Brian non avrebbe più dovuto portare un vassoio da venti chili sulla spalla appena guarita – se non fosse stato per un piccolo, disgustoso particolare.

Il proprietario della galleria era uno sporco pervertito che voleva così tanto il culo di Brian che praticamente si metteva ad ansimare tutte le volte che l'altro entrava nella stessa stanza, e guardava Tate come se avesse i pidocchi, l'epatite e l'alitosi tutti messi insieme.

Anche Brian l'aveva notato, ma visto che era Brian e aveva un buon cuore, era disposto a essere stoico e a ignorare le parti più scabrose.

"È un *tale* pervertito!" Tate era sbottato rabbiosamente una sera, andando a prendere Brian. Il tipo, un uomo dall'aspetto decente sulla quarantina, li aveva accompagnati alla porta con una mano sull'incavo della schiena di Brian e una coscia premuta contro il suo sedere. Brian aveva continuamente cercato di spostarsi (finendo contro Tate, che un paio di volte era quasi inciampato) ma Mark aveva continuato a invadere il suo spazio. Brian era quasi caduto inciampando sull'ingresso e Talker aveva dovuto girarsi al volo per prenderlo e aiutarlo a rimettersi in piedi.

"Dannazione, amico, dacci un po' di spazio!" era scattato Talker, e la risposta di Mark lo aveva gelato.

"Non sono io quello che lo sta trascinando così in basso."

Talker aveva tenuto il broncio – lo ammetteva tranquillamente – per tutto il tragitto fino a casa.

"Si sente solo, " aveva detto Brian per scusarlo, e poi aveva fatto una smorfia all'occhiataccia lanciatagli da Talker. "Ok, mi dispiace. Vuoi che mi licenzi?" Era stata un'offerta sincera, per di più, e Tate aveva avuto bisogno di aggrapparsi con forza alla sua pietra anti-stress prima di riuscire a rispondere.

"No," aveva mormorato. "Sei felice lì. Hai la possibilità di fare con tranquillità i compiti a casa e potrai laurearti l'anno prossimo, e questa è la cosa più importante."

Era importante. Brian aveva saltato un semestre, ma avrebbe potuto laurearsi a metà dell'anno seguente. E quello voleva dire che avrebbe *soltanto* lavorato mentre Talker finiva la scuola, e significava che almeno uno dei due sarebbe riuscito a ottenere veramente una laurea.

A quel punto, Talker era discretamente certo che quel qualcuno non sarebbe stato lui.

Talker andava meglio a scuola di Brian, era più svelto ad apprendere, era più abile con le parole, capiva meglio i concetti, e in generale capiva come funzionava il sistema, ma aveva la concentrazione di una farfalla che si faceva di crack e cocaina e riusciva a stare fermo quanto un colibrì fatto di metamfetamine. Aveva frequentato diversi corsi – un sacco, ogni semestre – ed era passato in tutti. Ma soltanto quando Brian l'aveva trascinato nell'ufficio di valutazione, si era reso conto del suo problema. Se avesse voluto laurearsi *in* qualcosa, sarebbe dovuto andare a scuola ancora per tre anni, e la sua borsa di studio si sarebbe esaurita alla fine di quello in corso.

Ma c'era dell'altro: non c'era solamente il fatto che Brian fosse così vicino a laurearsi e che gli piacesse avere del tempo libero per fare i compiti. C'era il fatto che Brian amava scolpire, lo *amava* con una passione e un entusiasmo che Talker gli aveva visto usare soltanto con *lui*.

Che cavolo, un anno prima Talker avrebbe fatto fatica a ricordarsi in cosa si stava laureando Brian, e Talker lo aveva amato anche quando non stavano ancora insieme. Ma Brian non aveva mai parlato dei suoi corsi, *mai*. Si stava laureando in qualcosa che aveva a che fare con i computer, ma Talker non rammentava se fosse riguardo all'hardware o al software, ingegneria, design o quant'altro. Nemmeno Brian se lo ricordava. Tutto quello che Talker riusciva a tirargli fuori era qualche vago discorso sull'avere un'adeguata stabilità economica, sufficiente a permettersi le scarpe e l'assicurazione della macchina; Talker sapeva che quando Brian era piccolo e viveva con zia Lyndie, aveva avuto raramente quelle cose.

Ma scolpire… Dio. Talker ne sapeva di più di argilla, artisti, tecniche e lati negativi, vernici e lucidi e… *tutto*, più di quanto avrebbe mai creduto possibile, perché Brian se lo portava anche a casa e ne era così eccitato e… Gesù. Lo faceva veramente *parlare*.

Talker aveva la sensazione che Brian avrebbe potuto continuare a fare il cameriere per tutta la vita, con lo stesso entusiasmo che provava per le sue classi al college. Gli era venuto il presentimento che forse Brian fosse finito al college per lo stesso motivo per cui in passato era finito nel letto di così tante ragazze: perché era quello che gli altri si aspettavano da lui, e quindi lui lo faceva.

Ma non era la stessa cosa con le sue sculture. Con la scultura, Brian diventava il signore assoluto della sua passione, e quello finiva forse per riflettersi anche nel suo tempo passato con Tate?

Cazzo, sì.

Quindi, Mark Orenbacher era un pervertito e uno stronzo, e desiderava così tanto Brian che il suo cazzo praticamente vibrava ogni volta che il culo stretto di Brian gli passava vicino. E chissenefregava. Se Talker non si fidava abbastanza del fatto che Brian sarebbe rimasto là solo per la sua arte e non per fottere qualche pervertito a caso, allora che cosa

163

era rimasto di buono degli anni passati, a vivere insieme, a sopravvivere insieme, con i Top Ramen, delle loro risate e della loro fede?

Non molto, vero?

"No," aveva detto Tate, brontolando ma sincero. "Non andartene. Ma fai in modo che sappia che il tuo culo è mio."

Brian allora aveva sorriso, un po' imbarazzato. "Davvero, Talker, e di chi altro dovrebbe essere?"

Talker si era tranquillizzato, ma non aveva sconfitto tutti i suoi demoni. C'era sempre il pensiero che qualcun altro volesse quello che Tate aveva sempre ritenuto fosse suo e soltanto suo. Tate era stato la porta di Brian verso l'accettazione di se stesso; era stato la prima e unica cotta di Brian. Brian gli aveva detto che aveva baciato altri ragazzi, e che quei baci l'avevano eccitato più di quelli dati alle ragazze, ma che non avevano portato a niente perché lui aveva sempre desiderato *Talker*. Tate ne era stato orgoglioso. Era speciale, Brian pensava che lui fosse speciale. Se ora Brian l'avesse tradito, convinto da quel pervertito di Orenbacher a condividere il suo letto in un momento di stanchezza o di debolezza, Tate avrebbe potuto anche perdonarlo, ma non pensava che avrebbe potuto sopportare il pensiero che Brian non pensasse più a lui come a qualcosa di speciale.

E quindi sopportava che Brian arrivasse a casa tardi (ma non più tardi di quando lavorava al ristorante, si diceva) e sopportava che i vestiti dell'amante fossero sempre sporchi d'argilla (ma quello di sicuro non gli aveva impedito di regalargli un grembiule per il suo compleanno) e sopportava le proprie terribili, terribili fantasie, nelle quali Mark Orenbacher faceva un pompino al suo dolce e innocente Brian, mentre lui era mezzo addormentato alla ruota da vasaio, sognando di tornare a casa da Tate.

Ma quello non significava che Tate non fosse all'erta la notte in cui aprì la porta e il suo silenzioso passo felpato prese il posto del suono gioioso del campanello. Era primavera, poco prima che finisse la scuola; Brian stava studiando per gli esami e contemporaneamente si stava preparando per una mostra. Era una cosa importante, una cosa *veramente* importante. Brian stava guadagnando di più con i pezzi che forniva alla galleria, che a sua volta li vendeva a un prezzo che Tate pensava fosse *veramente* sproporzionato, ma una mostra? Quello era tutto un altro livello. Se la gente avesse amato il suo lavoro, se si fosse messa a comprare i pezzi più importanti, allora forse si sarebbero potuti permettere di continuare a far studiare Tate.

Quel pensiero lo riempiva di gioia e senso di colpa. Andare a scuola, magnifico! Ma per diventare cosa? Ancora non lo sapeva.

Dopo due anni di convivenza come amanti e studenti, Talker sapeva di essere pronto a essere semplicemente 'l'amante' e cancellare la parte di 'studente' in quella che era stata la loro scelta di vita.

Ora la scuola era quasi finita e Tate entrò nella galleria in ombra. Gli piaceva quel posto quando era tutto scuro e vuoto. A volte lui e Brian si baciavano così, gentilmente e con passione, in un angolo dove nessuno li avrebbe visti, circondati da scaffali e scaffali di opere d'arte delicate, grottesche, da mozzare il fiato. Una volta aveva detto a Brian che in quell'ambiente gli sembrava che le loro carezze fossero poesia, che era così estasiato da quelle lucine nella loro piccola alcova e dalle forme aggraziate di quelle sculture, che non si sentiva nemmeno un idiota per aver detto una cosa del genere.

A Brian quelle parole dovettero essere piaciute perché era caduto sulle ginocchia, proprio lì in galleria, e aveva preso Talker in bocca. Era stata la cosa più scioccante e pubblica che avessero mai fatto, e non gli era sembrato qualcosa di profano, rischioso o voyeurismo. Gli era sembrato... bellissimo.

Con Brian, quelle sculture diventavano come estensioni di quella sua anima semplice e luminosa, e quando Talker guidava la loro Toyota sgangherata dal Gatsby's Nick, il night club dove lavorava, alla galleria, gli sembrava sempre di entrare in un tempio.

Quella notte udì due voci e fece una smorfia. La galleria era chiusa; il lato con le sculture e con la cassa era nell'ombra, mentre quello con la ruota da vasaio e tutti i tipi di argilla e lucidi era ancora ben illuminato. Le voci provenivano da lì e, dall'entrata che delineava i due lati del negozio, Talker riusciva a vedere l'espressione di Brian. Sembrava incredibilmente a disagio. Quel brutto pervertito, Orenbacher, era lì, e si stava dimostrando incredibilmente persuasivo.

"Dai, Brian, ti sei già massaggiato quella spalla almeno sei volte. Lascia che io..."

"Se ne occuperà Talker quando verrà a prendermi," disse secco Brian, e poi Tate lo vide scattare di lato. Il viscidone gli fu subito dietro, seguendolo e insinuandosi nel suo spazio personale in un modo che fece venire da vomitare a Talker.

"Brian, sii ragionevole… voglio dire, guardalo bene. So che vuoi essergli fedele e leale e tutto il resto, ma davvero, seriamente… ti sta solo impedendo di vivere la tua vita!"

Tate fece una smorfia. Oddio, era vero. Brian, con la sua costante e solida perseveranza, si stava laureando, e Tate, con i suoi scatti di genialità, non lo stava facendo. Brian aveva il lavoro dei suoi sogni e Tate era ancora in un bar di un nightclub, un lavoro che non aveva più l'attrattiva di tre anni prima, quando l'aveva iniziato. Che cosa diavolo stava facendo Brian con lui, quando c'era quell'uomo più anziano, più saggio, più *ricco*, che stava cercando di massaggiargli la spalla, gli organizzava delle mostre e…

"Smettila!" scattò Brian, e Talker fece un passo indietro, perché non era sicuro di aver mai sentito Brian così arrabbiato. Sapeva che poteva succedere – Brian era stato picchiato perché una volta la sua rabbia era venuta a galla come un iceberg, massacrando la persona che aveva fatto del male a Talker – ma non aveva mai *visto* il suo amante in preda a una furia così cieca.

Non sarebbe riuscito a farsi scoprire nemmeno se, a quel punto, qualcuno gli avesse pestato i piedi. *Doveva* vedere cos'avrebbe fatto Brian.

"Brian, non ho niente contro il ragazzo…"

A Talker sembrò di avere un mattone sul petto quando sentì il rumore di qualcuno che veniva sbattuto contro uno scaffale vuoto. "Di' ancora una parola su di lui," disse piano Brian, "e puoi scordarti la mostra, puoi scordarti i miei pezzi, puoi scordarti tutta la maledetta cosa. Me ne torno a Olive Garden a scolpire sul tavolo di casa, hai capito?"

"Ok," rispose Orenbacher, tentando magistralmente di recuperare la dignità. "Va bene, ho capito. Buttati via con quel punk scheletrico con un fetish per i tatuaggi e abbastanza metallo addosso da…"

"Vaffanculo, Mark," disse freddamente Brian. Talker lo vide apparire e poi sparire di nuovo. Stava andando a recuperare i pezzi che avevano fatto il primo giro nel forno. Non riusciva a vedere i movimenti di Brian, ma sentì un fruscio, come se venisse tolto un telo, e vide il suo amante, così gentile e tenero, lanciare un'occhiataccia che, se fosse stata rivolta a lui, l'avrebbe fatto correre via urlando per un anno.

"Vuoi vedere cosa significa lui per me? Sei sempre un bastardo quando parli di lui e non vuoi ascoltarmi. Faccio schifo con le parole. L'unico con cui sono mai riuscito a parlare è lui. Ma sono bravo con l'argilla. Se è l'unico modo per farti capire, allora ascolta. Tu e io non saremo mai una coppia. Questo è il ragazzo che continui a deridere e hai bisogno di capire perché non starò qui a sopportarlo."

Mark si mosse lentamente, rigidamente, attraverso il campo visivo di Talker, come se Brian gli avesse fatto davvero male quando l'aveva lanciato contro lo scaffale. Si mise di fianco a Brian e Tate lo udì fare un respiro brusco, che indicava shock e approvazione.

"È bellissimo," disse con calma, e Talker riuscì a respirare di nuovo. "È lui?"

"Che tu debba chiedere significa che non stavi guardando," replicò Brian. Allungò una mano verso quello che entrambi stavano osservando e Tate riconobbe l'angolazione delle dita, la gentilezza nella mascella. Era un'espressione, un gesto che Brian aveva indirizzato soltanto a lui.

"Ok, Brian," disse Mark, incurvando le spalle. "Non posso dire di non essere deluso. Penso che saremmo stati una bella coppia. Ma tu… tu sei geniale. Amo l'arte da tutta la vita, sarei un coglione a portarti via la tua grande occasione. Solo… non so." Fece un gesto verso quell'oggetto nascosto. "Se non si rivela essere la persona che credevi, ricordati che qui c'è un vecchio pieno di soldi che morirebbe per averti con sé."

L'espressione di Brian si rasserenò appena. "Non ho bisogno dei soldi," disse, ricoprendo quello che stavano guardando. "Sono vissuto senza per tutta la mia vita. Però ho bisogno di Talker. Non ho realmente vissuto fino a quando lui non ha visto dentro di me."

A Talker si fermò il cuore. Si portò le mani alla bocca e sbatté ripetutamente le palpebre, desiderando di poter sparire in un buco a piangere, o che una chiesa lo accettasse fra i suoi membri, o di poter fare un'offerta in qualche luogo sacro. Oh, Brian.

Hai cercato di farmi credere a questo per tre anni, vero?

Talker non ci aveva creduto. Pensava di averlo fatto. Aveva lasciato che Brian lo toccasse nel suo letto, affrontasse i suoi problemi quando lui non ce la faceva, era arrivato a fidarsi che Brian sarebbe sempre stato lì per Tate quando ne avesse avuto bisogno…

Ma aveva sempre sospettato che ci fosse un granello di pietà nella cosa. Che forse Brian si stesse adagiando. L'aveva confessato timidamente al dottor Sutherland, psicologo e amico, in una delle loro sessioni personali, mentre Brian era a lezione. Sutherland gli aveva detto che non aveva mai visto nessuno così innamorato come Brian, ma Tate... si era tenuto stretto alla sua incredulità. Per tutta la vita si era dovuto accontentare di vestiti di seconda mano, visite mediche pagate dalla beneficenza, rimasugli d'amore. Non riusciva a credere che una persona stupenda e onesta come Brian potesse offrire a uno come lui qualcosa di così reale, senza elargirlo. Ma non Brian. Brian adorava Talker perché pensava che quello che aveva da offrirgli fosse qualcosa di degno.

Il ragazzo che aveva appena rischiato di mandare all'aria il suo sostentamento non l'aveva fatto per abitudine. L'uomo che aveva detto di non aver vissuto finché Talker non l'aveva visto per davvero... quella non era di sicuro abitudine.

All'improvviso tutte le paure di Talker sul non essere degno, sull'essere un disgraziato che non si sarebbe mai laureato, divennero qualcosa di secondario. Aprì di nuovo la porta, sbattendola, in modo da far suonare il campanello, e stette a osservare mentre Brian accendeva la luce d'ingresso e gli sorrideva.

Tate gli andò incontro, prendendo il viso di Brian fra le mani – quella menomata e quella sana – e inclinandogli il viso per dargli uno dei suoi baci migliori, uno dei più appassionati, uno dei più profondi.

Brian tirò indietro la testa, arrossì e sorrise. "E questo per cos'era?"

"Perché mi ami," disse Talker. Dio. Brian lo amava davvero.

"Sempre," mormorò Brian, e si baciarono di nuovo in quel luogo sacro per Brian, e fu qualcosa di così vicino a dei voti matrimoniali che finalmente Tate ci credette.

TALKER LO *baciò mentre si stavano mettendo i pantaloncini da surf.*

"E questo per cos'era?"

"Perché mi ami."

"Sempre."

Talker fece un sorrisino. Quelle parole erano diventate una specie di rinnovo dei voti, così come la galleria era diventata il loro luogo sacro.

"Ehi," gli disse Brian. "Vado a dar da mangiare ai ragazzi, ok? Tu vai avanti e goditi qualche onda, ci metto solo un minuto. Sembra che abbiano bisogno di qualche coccola."

Talker annuì, lasciando che Brian si andasse a occupare dei quattro alpaca e delle tre pecore Merino che tenevano in un francobollo di terreno di fianco al cottage. Sunshine il ratto era morta quando Brian era stato in ospedale e Big Harry Nads, il ratto che l'aveva sostituita, era vissuto quasi fino a vedere la laurea di Brian. A quel punto si erano chiesti, che si fa adesso? Prendiamo un altro ratto? Un gatto? Un cane? E poi avevano avuto l'opportunità di trasferirsi lì, nel loro piccolo cottage sul mare, quel piccolo angolo di pace e paradiso che Talker non credeva nemmeno potesse esistere.

Quando zia Lyndie aveva suggerito di allevare pecore per vendere il vello ai filatori e tintori locali, era sembrata la soluzione ideale. Adesso avevano anche due gatti, due cugine magre, mezzi selvatici e mezzi adoranti, che avrebbero potuto o no essere in fondo al loro letto o sopra il tetto della loro auto, ma le pecore e gli alpaca erano stati… beh, qualcosa di esotico, dolce e divertente.

Talker li amava, li nutriva e li accarezza; gli si avvicinavano e poi semplicemente belavano e facevano 'baaaa', o qualcosa di simile, e se ne trottavano via. Facevano più compagnia di Sunshine o Big Harry, e Talker portava loro delle carote o dell'erbetta tenera, o anche dell'avena, e passava delle ore ad accarezzarli, restando ad ascoltare il rumore del vento e della risacca, deliziandosi alla sensazione che gli dava quel pelo folto e morbido sotto le mani.

Se avesse avuto idea che lui e Brian sarebbero finiti in quel cottage sul mare, sarebbe stato molto più eccitato all'idea di trasferirsi a Petaluma. A sua discolpa, Brian non era stato molto loquace in merito all'offerta. Come avrebbe potuto sapere che Mark era stato completamente sincero?

LA MOSTRA si era tenuta nella sala congressi della biblioteca, un luogo che Tate si era sempre immaginato come una stanzetta dalla carta da parati orribile e piena di seggiole di plastica. Non era così. Era chiamata Library Galleria, era una stanza da ballo magnifica, enorme, con i pavimenti in marmo e il soffitto a volta e un corridoio rialzato dove la gente poteva passeggiare e guardare la folla sottostante.

Era bellissima, e le opere d'arte che vi erano esposte lo erano ancora di più. Brian era uno dei tre artisti della mostra e Tate non riusciva a guardare le sculture esposte sui piedistalli senza sentirsi piccolo e indegno.

Era *quello* il ragazzo di Tate Walker? Brian aveva un bell'aspetto, attraente e sicuro di sé. Talker lo aveva costretto a tagliarsi i capelli la settimana precedente, quindi erano solo leggermente lunghi, perché quella massa di capelli del color del grano semplicemente *non si poteva* portare corta, e avevano entrambi continuato a frequentare i negozi dell'usato finché non avevano trovato delle giacche sportive da indossare sopra i jeans. Avevano scelto di indossare delle magliette nuove ed erano entrambi rasati di fresco (perfino il lato del cranio di Tate con il tatuaggio lo era). Talker inoltre aveva regalato a Brian un piercing per il naso con una minuscola croce celtica sopra, in coppia con la sua.

Ma Brian sembrava un professionista. Riservato. Annuiva, sorrideva e restava lì in piedi in tutta tranquillità, ascoltava quando le persone gli parlavano e non faceva mai quegli errori sociali che avrebbero potuto spaventare la gente e far pensare che fosse un artista capriccioso di cui non ci si poteva fidare.

Talker era stato così teso per tutta la serata che una volta aveva sparso i salatini sul pavimento e un'altra aveva versato il vino. In entrambi i casi, Brian aveva smesso di fare quello che stava facendo ed era andato ad aiutarlo, a raccogliere gli antipasti da terra o ad asciugare gentilmente con un tovagliolo la sua giacca.

"Va tutto bene," gli mormorò Brian la seconda volta. "Nessuno ci sta guardando. Sono tutti presi dall'arte, ok?"

Talker annuì e coprì la mano di Brian con la sua. "Non ho nemmeno visto tutti i tuoi pezzi," disse tristemente. "È solo che desidero disperatamente che tutti pensino che tu sia fantastico." *E di non imbarazzarti.*

Brian arrossì. "Non li hai ancora visti tutti?" domandò, teso. "Hai visto il pezzo principale? Quello che Mark ha messo al centro della biblioteca? Ha detto che è la pietra angolare della mostra. Hai visto quel pezzo?"

Talker scosse la testa. Sapeva istintivamente che quello era il pezzo che Brian aveva fatto vedere al pervertito quando avevano discusso. Talker non aveva mai detto a Brian che aveva assistito alla scena e non avrebbe mai dubitato, mai più, che Brian potesse semplicemente dimenticarsi di amare il suo ragazzo.

Per la prima volta nella serata, Brian sembrò tirato e agitato. *"Devi* vederlo, Talker. *Devi."*

Un'amabile signora sulla cinquantina si avvicinò e toccò la spalla di Brian, richiamando la sua attenzione; Brian si voltò con un sorriso, che Tate stava iniziando a riconoscere come il sorriso 'Questo è un possibile cliente'. "Grazie, signora Rose. Posso risponderle fra un secondo?" Si voltò di nuovo verso Tate, riconoscendo qualcuno alle sue spalle. "Guarda, piccolo. Sono arrivati la zia Lyndie e Doc Sutherland. Non sono ancora riuscito a salutarli. Perché non vai a farlo per me e li porti a vedere quel pezzo?" Brian sbatté le palpebre e, per qualche istante, sembrò sul punto di mettersi a piangere. Tate ne fu scioccato; fu immediatamente pronto a fare *qualsiasi* cosa per evitarlo. "Voglio *davvero* che tu la veda," sussurrò Brian, e Talker gli prese le mani tremanti, baciandogli le nocche.

"Ok," mormorò. "Lo farò. Andrò a vederla. E mi piacerà da impazzire. Già lo so, ok?"

Brian sorrise, sforzandosi per farlo arrivare agli occhi. "Devi promettermelo, ok? Sei l'unico che mi può dire se quel pezzo va bene."

Tate non sapeva come dirgli che era l'*ultima* persona in grado di dargli un giudizio. Tutte le opere di Brian per lui erano bellissime, perfette, incredibili, solo perché era stato Brian a farle. Non aveva obiettività in merito. Ma d'altronde, a Brian non sembrava importare. Brian ne aveva bisogno e il lavoro di Talker era procurare quello di cui il ragazzo dei suoi sogni aveva bisogno, no?

La zia Lyndie lo accolse con un abbraccio che quasi gli tolse il respiro, perché l'ultima volta che si erano visti era stato quando lui e Brian erano andati a trovarla qualche settimana prima della fine di settembre. Ci andavano ogni anno in quel periodo, perché le foglie intorno alla sua casetta diventavano di un bellissimo colore. Quella sera i suoi capelli tinti di nero erano acconciati in uno chignon e indossava un vestito nero poco appariscente ma che la faceva apparire come una matrona sofisticata e non come l'artista che aveva cresciuto Brian con uno stipendio minimo e un sacco di ingegno. Ma non importava. Aveva ancora l'odore di pino e vernice, i suoi occhi erano pieni di lacrime e in quell'abbraccio diede tutta se stessa. Il suo compagno, Craig, un omone grande e grosso dai capelli ricci grigi e i baffoni, che parlava ancora meno di Brian in ogni circostanza vagamente sociale, continuava a stringerle la spalla, come se stesse cercando di sostenerla.

"Non è meraviglioso?" disse Lyndie con entusiasmo, prendendo il braccio di Talker. "*Ommioddio*, ti rendi conto io che non ho *mai* avuto una mostra così grande? Sono così eccitata per lui! Voglio dire… quando era piccolo gli ho fatto provare di tutto, colori a olio, cartapesta, modellini, pastelli. Non gli interessava niente. Gli ho dato perfino della creta da modellare, ma si metteva semplicemente a giocarci. Gli piaceva la consistenza ma ogni volta che cercavo di vedere cosa ci avesse fatto, l'aveva già compattata e riposta. Era come se…" Lasciò la frase in sospeso, si voltò e colse lo sguardo del dottor Sutherland.

Tate fece in tempo a vedere che stava facendo una smorfia. "Non voleva che nessuno vedesse," disse Doc, e Talker non riuscì a capire.

"Perché non voleva che nessuno vedesse?"

Lyndie inclinò la testa, stringendo le labbra, come se ci stesse tenendo dentro qualcosa di dolceamaro. "Eppure lo sai, dolcezza. Ha mai avuto una voce per esprimersi?"

Erano arrivati a una scultura, e Talker si fermò a contemplarla. L'aveva già vista prima. Iniziava come un edificio dalle fondamenta solide ma dalle pareti in rovina. I lucidi sul fondo erano intenzionalmente ruvidi, pieni di fessure, di un marrone strano e pietrosi. Ogni parete, man mano che si allungava, diventava più solida, più aggraziata, finché la cima dell'edificio era un trionfo di guglie e archi, aggraziata quanto Asgard o Rivendell, più affascinante e pura di quanto si potesse comprendere. (Tate sapeva che Brian aveva modellato quelle guglie con la ruota da vasaio, perché aveva voluto una simmetria assoluta.)

"Ora ne ha una," disse quietamente Tate, e Lyndie guardò la scultura e singhiozzò. Craig le passò un braccio sulle spalle; quel gigante si chinò sul corpo minuto di Lyndie, in un gesto inconsueto di tenerezza.

"È bellissima, Lyndie," disse gentilmente Craig. "Se quella è la sua anima, hai fatto un buon lavoro, non credi?"

Tate stava per dichiararsi d'accordo quando sentì che qualcuno gli afferrava il braccio. Alzò lo sguardo e quasi diede una gomitata nello stomaco a Mark *Perv*bacher. Si trattenne all'ultimo minuto, ma la sua reazione iniziale, ostilità e disgusto, rimase.

Sporcopervertitobacher se ne rese conto. "Ehi, posso parlarti un minuto?"

"Sono con la famiglia di Brian," disse Tate mettendosi sulla difensiva, e *Perv*bacher sembrò corrucciarsi, guardando quell'assortimento di persone.

"Non ci ha ancora presentati," disse Mark, e perfino Talker riuscì a sentire nella sua voce il sottile tono di dolore e amarezza. Si sentì meschino ma comunque pienamente giustificato per non averli presentati lui stesso.

"Che cosa vuoi?" disse Tate con freddezza — ma d'altronde, era la stessa temperatura del suo stomaco — e l'uomo fece una smorfia.

"Senti, possiamo andare da qualche parte?"

Talker si voltò verso Lyndie e gli altri. Aveva parlato al dottor Sutherland del desiderio non corrisposto di *Perv*bacher per Brian, e l'occhiataccia lanciata al capo/mentore di Brian da quell'ometto grigio, di solito così gentile, gli scaldò il cuore. Doc Sutherland tifava per lui.

"Stavamo giusto andando a vedere la prossima scultura," disse Tate, cercando di non lasciar filtrare il fastidio che provava nella voce. "Non l'ho ancora vista e Brian desiderava che gli dessi un giudizio proprio su quell'opera."

"Non l'hai ancora vista?" La voce di Mark era più che amareggiata: era chiaramente addolorata.

"No. Ma penso che tu invece l'abbia fatto?"

"Sì, Tate Walker, ispirazione, musa e vita di Brian, ho visto la scultura, e l'idea che…" Il tono amareggiato si spense e Mark sembrò tornare padrone di sé, cosa estremamente buona, perché Talker non aveva la minima idea di come avrebbe fatto a rispondergli. Mark trovò una piccola alcova, che garantiva un minimo di privacy dalla folla che si stava radunando intorno alla statua, e prese da parte Talker.

"Ok, senti," disse, con una smorfia; non aveva simpatia per Tate. Era ovvio che non l'avrebbe mai avuta. "Sai che lo desideravo. Se hai un granello di buon senso in quel tuo cervellino da roditore, saprai che non era qualcosa che ricambiava. E va bene, ok? Lo capisco. L'amore vero, come per quei disgustosi adolescenti in quel film di vampiri. Ma questa cosa a cui sta rinunciando? L'opportunità a Petaluma? È qualcosa di grosso. Il paese del vino in questo momento è come… come la Mecca dell'arte, è come Carmel e Monterey per un giovane artista, ok? E Brian ha un sacco di talento e di buona volontà; non avrà mai delle grandi basi scolastiche, e a lui sembra andar bene così. L'ho accettato. Non vuole seguire dei corsi. Ha intenzione di imparare quello che può dai libri che riesce a piratare, e posso accettare anche quello. Ma gli è capitata questa occasione di poter gestire una galleria sua, con tutte le risorse necessarie a farsi un nome, incluso uno studio con una luce naturale così eccezionale che forse riuscirà per davvero a vedere quello che sta buttando via!"

Tate lo ascoltò con la bocca aperta e un cervello che girava a pieno regime, o almeno finché la voce di *Perv*bacher non salì di volume con quelle ultime parole. "Senti, *Perv*… Mark. Sembra che tu stia agendo basandoti sul presupposto che io abbia una dannata idea di cosa cazzo tu stia parlando. Non è che vorresti fare un passo indietro, a Petaluma, magari?" Tate stava stringendo la sua pietra anti-stress, perché la tentazione di fuggire da lì e rifugiarsi all'interno della boccia di pesciolini dell'universo era quasi irresistibile, cazzo.

"Un mio amico sta andando in pensione," spiegò pazientemente Mark, poi distolse lo sguardo e fece un respiro profondo. "Ok, siamo sinceri. Il mio ex amante sta morendo di cancro. Sta per lasciare la sua galleria e la sua casetta, che erano la sua vita. Sa di Brian perché… beh, sapevi che avevo qualche speranza, ma… beh, dopo…" Mark gli lanciò un'occhiataccia. "Dopo che Brian mi ha mostrato quell'abbagliante pezzo artistico, che tu non hai nemmeno ancora visto, mi ha detto che non dovevo più cercare di interferire. Mi ha detto che voi gli ricordavate di com'eravamo noi, prima che…"

Ok. Era ufficiale. Tate non poteva odiare quel tipo, perché stava male. Non era abbastanza da servirgli Brian su un piatto d'argento e con il culo per aria, d'altro canto, ma, beh, poteva mettersi un po' nei suoi panni, e sapeva che la vita era crudele in quel modo.

"Succede," disse piano, e fu ricompensato dal fatto che Mark Orenbacher sembrò abbandonare un po' della sua amarezza.

"Già. La vita fa schifo. Taylor sta morendo, sta lasciando tutto questo, e l'ho offerto a Brian, perché… beh, a Taylor sarebbe piaciuto. A Taylor probabilmente saresti piaciuto perfino *tu*, perché ha un cuore grande così. Ma Brian… non si è nemmeno fermato ad ascoltare l'offerta." Mark distolse lo sguardo con rabbia. "Ha detto che tu devi prima finire la scuola. Ho cercato di dirgli che eri senza speranza…"

"Vaffanculo!" scattò Talker, avendo esaurito la sua dose di empatia, e Mark fece una smorfia.

"Ok, ok, sto facendo il bastardo, ma dannazione… è *là*. Ed è *bellissimo*. E se Brian vuole sprecare la sua vita con qualcuno come te, non vedo perché non possa almeno usare il suo talento in un posto migliore di questa città del cazzo!"

Talker sbatté le palpebre. "Anche tu odi Sacramento?" Lui e Brian ne avevano parlato. *Dio* se ne avevano parlato. L'omofobia, lo sviluppo urbanistico incontrollato, i loro posti preferiti che pian piano venivano rimpiazzati dai supermercati. A Brian mancava la relativa pace di Green Valley, la piccola comunità, la gioia provata nell'artigianato e la semplicità. Talker semplicemente agognava un luogo dove l'unico rumore fosse il suono del battito di Brian. Il mondo sembrava semplicemente così *confuso* in città.

"E chi non la odierebbe?" chiese distrattamente Mark. Per un attimo la folla si aprì davanti alla scultura, e Mark lo afferrò e lo trascinò in avanti. Talker glielo lasciò fare. A quel punto, lasciare che Mark gli mostrasse quello che stava morendo dalla voglia di vedere gli sembrava un sacco più semplice che fare ordine fra i suoi pensieri attorcigliati. "È che… sarebbe bello se almeno ci pensassi, ok?"

"Beh," disse Tate, irritato, "sarei stato contento di pensarci se almeno me ne avesse... parlato..."

Ogni pensiero riguardante Petaluma e al cottage sul mare sparì dalla sua mente.

Lì c'era la scultura. Era di fronte a lui.

Ed era bellissima. Era bellissima, ed era *lui*.

Poteva essere definita con un po' di elasticità un busto: mostrava un giovane uomo dai capelli neri, ripartiti al centro, occhi neri come l'inchiostro, un naso delicato e un mento volpino. La sua espressione era così *aperta*, aperta, bramosa e gioiosa, i suoi lineamenti puliti e perfetti, in diretto contrasto con la superficie sulla quale appoggiava.

La superficie era piena di conche e attorcigliature, modellate in tre dimensioni, con delle scanalature e delle volute intagliate nell'argilla, e strane cunette punteggiavano quello scenario alieno. C'erano piercing e brillantini – del tipo che si metteva nel naso o nelle sopracciglia – conficcati nella creta, e intagliata in quel vortice spaventoso e oscuro c'era il volto di un ragazzo bellissimo. Era come se il ragazzo stesse guardando in uno specchio e vedesse soltanto l'oscurità, mentre la persona che guardava il ragazzo vedeva soltanto la luce.

Su una placchetta, alla base della scultura, c'era il suo titolo, 'Talker'.

Oh, Gesù. Tate si asciugò gli occhi con il palmo della mano. Era così che Brian lo vedeva: un ragazzo bellissimo e intatto, con l'espressione aperta, bramosa. Ed era così che si vedeva Talker, con le cicatrici, la confusione e il dolore.

Si sentì crescere i singhiozzi nel petto. Oddio. Dio, voleva piangere. Voleva essere avvolto dalle braccia di Brian, per poter piangere e piangere e piangere, ma soltanto se le braccia di Brian erano intorno a lui. Così come Brian era l'unico che guardandolo vedeva quello stupendo ragazzo, così Brian era l'unico che potesse consolarlo e prendersi cura di lui, capire cos'era reale e chi era veramente Talker, e quale parte di lui era invece il bambino piangente, o il ragazzo dagli occhi spalancati e quello sfigurato, ottimista... e oddio, quello *coraggioso*, che ne risultava dalla scultura.

All'improvviso le braccia di Brian furono intorno alle sue spalle e così Talker ignorò tutti quanti: i clienti della Library, Mark Orenbacher e le ceneri del suo rimpianto, perfino la sua famiglia, Lyndie, Craig, Doc, che stavano guardano la scultura, e stavano guardando Talker e Brian in terribile contemplazione. Si voltò nell'abbraccio di Brian e tremò, appoggiando la guancia a quel petto ampio e a quelle spalle forti, in grado di sopportare tutto il suo dolore e tutte le sue stronzate e, nonostante tutto, di vedere la persona che nemmeno *lui* sapeva di avere dentro di sé.

"Ti piace?" sussurrò Brian, e a Talker tremarono con forza le spalle. Brian sembrava avere dei dubbi in merito.

"Brian… amico… dannazione, mi fai commuovere," sussurrò Talker. Si rese conto che non avrebbe singhiozzato. Sì, certo, aveva sparso un po' di liquidi, ma non sarebbe crollato, perché le braccia di Brian lo ancoravano e gli davano forza.

"Va bene?"

Talker allora si mise a ridere e si staccò da lui, asciugandosi il viso con il palmo della mano. "È incredibile. È dannatamente incredibile. Non riesco a credere che tu mi veda in questo modo. Non posso credere… non posso credere che tu mi abbia ritratto in questo modo davanti al mondo."

Brian corrucciò le labbra. "E non va bene?" chiese, quasi soffrendo. "Io… praticamente l'ho appena finita, sai? Volevo solo fartela vedere. Ma…" Stava cercando di trovare le parole ed era qualcosa di difficile a vedersi. L'eloquenza non era mai stata uno dei maggiori talenti di Brian.

"È perfetta," disse Tate, con sincerità. Non si sarebbe tatuato quelle spirali che Brian aveva così perfettamente ricreato nell'argilla, né avrebbe portato i piercing, i capelli alla moicana o il trucco, se non avesse cercato di dire qualcosa al mondo. Brian era riuscito a vedere oltre tutto ciò e a dire al mondo la verità. E quella verità? Quella verità era dannatamente bella.

Lui era la verità.

TALKER NON tirò fuori il discorso di Petaluma fino al giorno successivo.

Prima di tutto, dovettero ritornare a casa, e quella parte fu piuttosto confusa per Talker. Tutto quello che aveva desiderato era di rimanere da solo con Brian, ma non aveva potuto farlo, non durante la sua grande serata. C'erano state persone da accogliere e a cui stringere la mano, indossando una bella maschera pubblica.

Due anni e mezzo prima, Talker non sarebbe stato in grado di farlo. Diciotto mesi prima, Talker non sarebbe stato in grado di farlo. Ma da allora Brian l'aveva preso e aveva iniziato a ricucirlo e ad amarlo. Talker aveva sempre avuto disperatamente bisogno di essere amato. Da allora, Talker aveva affrontato e sconfitto ogni dolore nel proprio cuore per stare al fianco di Brian e poterlo difendere a sua volta. Brian in quel periodo aveva lottato per ritrovare la pace e la sua strada, e in tutto quel tempo aveva mantenuto quella visione di Talker, di quel primo amore puro, viva all'interno del suo cuore.

Folla? Celebrazioni? Gioia? Erano piccole cose da affrontare. Spossanti, ma Talker e Brian potevano farcela. Potevano sorridere, stringere mani, accettare frasi di lode e congratulazioni, e Talker poteva fare un passo indietro e osservare Brian mentre arrossiva e, per una volta, restava al centro dell'attenzione e accettava quello che gli era dovuto.

Talker ricordava a malapena il viaggio fino a casa o i loro commenti da ubriachi quando entrarono nell'appartamento. La porta si era appena chiusa quando Brian si voltò, al buio, e baciò Tate come se volesse divorarlo. Tate accolse quella bocca con uguale passione; indietreggiarono fino alla camera senza fiato, pieni di desiderio, seminando vestiti lungo il percorso.

L'ultima cosa ad andarsene fu la cravatta di Brian, che dalla fretta avevano quasi scordato attorno al suo collo.

Erano impazienti, sì, ma non affrettarono le cose. Una volta che si furono sbarazzati di tutti i loro vestiti, attorcigliarono insieme le gambe e si persero in un lungo, ansante bacio appassionato. Non si separarono per un lungo tempo, non *potevano* farlo, e semplicemente continuarono ad andare avanti e avanti e avanti. Le loro pelvi erano allineate, le loro erezioni sfregavano l'una contro l'altra, ma quello che stavano facendo era semplicemente insufficiente, perché quello che provavano era troppo intenso, troppo *vitale*.

Brian era quello che conduceva il gioco: anche quando stava sotto, era quello che leggeva gli umori, che dava gli ordini, che dirigeva. Ma quella sera stava facendo quei suoni strozzati, quei mugolii, e aveva un bisogno così al di sopra del normale, che Tate si ritrovò a fermarsi per un momento per prendere un respiro, per ricordarsi che quella notte era il risultato di un crescendo durato dei mesi, che Brian aveva organizzato tutto da solo e, per completare l'opera, si era ritrovato a prendere delle terribili e dolorose decisioni per conto suo.

"Voltati," gli sussurrò Tate all'orecchio, e Brian acconsentì senza far domande. Tate arrancò in direzione del comodino per prendere il lubrificante; la vista di Brian, carponi, con il sedere per aria, *tremante* dal desiderio, fece praticamente scoppiare il cuore di Tate.

Brian aveva bisogno di *lui*.

Erano migliorati, e parecchio, nel fare sesso, a partire da quelle prime volte. Anche se di solito era Brian quello che stava sopra, Tate sapeva cosa fare. Sapeva come preparare l'apertura di Brian, e conosceva quell'oscura, montante eccitazione che si provava a veder sparire le proprie dita per tutta la loro lunghezza nel corpo dell'amante, e poi i due pollici, mentre l'altro mugolava e lo implorava, e finalmente, *oddio finalmente*, la sensazione di quando spingevi il tuo membro oltre quell'anello di muscoli, in quel calore così lubrificato, e la frizione e…

"Ahhh!" urlò Tate, spingendo in avanti le anche, conficcandosi fino ai testicoli nel sedere di Brian. Anche Brian gridò, nascondendo il viso nelle coperte e parlando a vanvera, implorandolo, *ululando* a Talker di scoparlo più forte, *oddio, per favore, Talker, più forte, maledizione infilati tutto nel culo e fottimi*!

E Tate lo fece, spingendosi ripetutamente nel corpo del suo amante, una mano sul davanti per accarezzarlo, tirando, *strattonando quel cazzo* finché l'altro non grugnì così a lungo e in modo così gutturale che Tate sentì vibrare quel suono fino alla base dei testicoli, ed entrambi si abbandonarono all'orgasmo. Brian sparse il suo seme sulla mano di Tate, sul suo stomaco, sulle sue cosce, e Tate venne così in profondità nel corpo di Brian che fu come se dei pezzettini di lui si fossero incastrati dentro il suo amante, trovandosi a casa là dentro e non desiderando affatto uscirne.

Mentre Tate usciva dal corpo di Brian, bagnato del suo stesso seme, e si accasciava sul cuscino prendendo l'amante fra le braccia, non poté fare a meno di pensare che la prova che parti di lui erano già in Brian era là fuori su un piedistallo, sotto gli occhi di tutti.

A volte, dopo aver fatto l'amore, si mettevano a sussurrare fra loro, i visi vicini l'uno all'altro, scambiandosi pettegolezzi come vecchie comari. Ma non quella volta. Quella volta, Tate mise un braccio intorno alle spalle di Brian e semplicemente lo strinse a sé, finché i tremori del dopo-orgasmo non furono passati, e anche quelli causati dallo stress, pensò Tate.

Ma non parlarono. Avevano passato la serata a parlare con degli sconosciuti; ora sembrava normale condividere il silenzio, perché erano gli unici due che potevano renderlo carico di significato.

Il giorno dopo era domenica e quindi erano giustificati a dormire fino a tardi. Jed, il buttafuori al Gatsby's Nick, aveva fatto un'apparizione sul tardi, quella mattina, avvisandoli che il turno di Talker era coperto, per quella sera. Jed era stato loro vicino quando Brian era stato assalito e da quel momento in poi era stato un buon amico. E non solo lui: tutto il personale di Gatsby's Nick aveva fatto il tifo per loro.

Tate si svegliò per primo; la flebile luce di fine autunno, che filtrava dalle persiane impolverate nonostante la foschia di Sacramento, faceva apparire il loro appartamento ancora più sudicio del solito.

Brian dormiva con il braccio destro steso di lato, quello sinistro incastrato sotto di lui, e il viso rivolto verso Tate. Tate rimase sdraiato lì, in silenzio, guardando le sue lunghe ciglia, scure alla base e quasi trasparenti in punta, le lentiggini sulle sue guance, e quei piccoli nei che solo Tate sapeva come contare. Osservò il modo in cui i suoi capelli del color del grano gli ricadevano sulla fronte, e a come la mascella gli fosse diventata ancora più squadrata con l'età adulta. Vide come l'esercizio fisico aveva ben riempito il petto di Brian, e come alcune delle dolorose cicatrici fossero quasi scomparse durante quell'anno e mezzo, anche se non sarebbero mai andate completamente via.

Fu consapevole dell'esatto momento in cui gli occhi di Brian si aprirono, l'esatto momento in cui registrarono che Talker era già sveglio e lo stava aspettando.

"Buongiorno," biascicò, e Talker si rotolò sullo stomaco, avvicinandosi abbastanza per posargli un bacio sull'angolo della bocca.

"Buongiorno," disse lui, serio.

"Cosa stavi facendo?" chiese Brian, con un sorriso sognante sulle labbra e Tate gli rispose senza peli sulla lingua.

"Stavo pensando che dovremmo trasferirci a Petaluma."

Brian sbatté le palpebre, poi corrucciò la fronte, si girò e si alzò. "Che Mark sia maledetto! Gesù, ora io…"

"Cosa vuoi fare, Brian? Andare a insultare il tipo che ti ha permesso di arrivare fin qui? Sì, lo odio, davvero. Ci ha provato con te e il tuo culo appartiene a me, e non ne sono stato felice. Ma…" Talker ebbe un piccolo spasmo, prese la sua pietra anti-stress e ci si afferrò ben bene. "Ma questa è la possibilità di fare quello che vuoi davvero, quello che fai in modo così meraviglioso. È l'occasione per andarcene via da questa città e vivere in un posto dove potremmo avere qualsiasi animale che vogliamo. Tu e io… da qualche parte dove non c'è foschia in autunno, in un luogo dove potremmo respirare davvero." Seduto nella quiete di quella domenica mattina, Talker era consapevole di tutte quelle centinaia di suoni: il ronzio dei cavi della corrente sotto di loro, lo sferragliare dello Starbucks al piano di sotto, i rumori del traffico, tutti i suoni che contribuivano al casino che aveva in testa.

"Un posto dove potremmo vivere in pace," finì con calma. Brian si passò una mano fra i capelli e si voltò verso di lui, chiaramente poco felice.

"E la scuola?" chiese. "Davvero, mi sto per laureare a dicembre con una laurea che userò a malapena. Non sarebbe carino se almeno uno dei due ricevesse un'istruzione in qualcosa che ama?"

Tate fece una smorfia. "Piccolo, in cosa mi sto laureando?"

"Sociologia," disse immediatamente Brian, facendo sentir male Talker. Lui non sapeva davvero in cosa si stesse laureando Brian. "Sociologia, concentrandoti in storia e..." Brian smise di parlare e cercò di pensare, e Tate non poté biasimarlo.

"E psicologia infantile e chimica e letteratura inglese e ogni dannata cosa a cui riesci a pensare! Gesù, Brian, ti ricordi la nostra chiacchierata con il consulente? Mi ha detto che di questo passo sarei stato il primo in quella scuola a prendere un dottorato in tutto quanto! Non so nemmeno *io* quale sia il mio campo! Siamo onesti, non avrei dovuto nemmeno andarci..."

"*Cazzate!*" sbraitò Brian. "Sei molto più intelligente di me! Sei solo..."

"Dannatamente instabile," disse Talker sarcasticamente, ma Brian lo interruppe dicendo, "Interessato a *tutto*. E non è qualcosa di sbagliato, è qualcosa di *stupefacente*! Io non ho tutta quell'energia, sai? Mi viene un'idea, e in pratica mi afferro a quella, invece tu..."

"Non sei destinato a prendere una laurea," finì gentilmente Tate. "Senti, piccolo, siamo onesti. Posso imparare quel 'tutto' su internet. Posso comprarci anche dei libri, su quel 'tutto'. Oppure posso frequentare dei corsi all'università pubblica a un costo estremamente inferiore. Ma tu puoi fare quello che ami solo in una manciata di posti, e uno di essi ti è appena saltato in braccio. Non sarei un bravo fidanzato se ti incasinassi quest'occasione, non credi?"

"Ma..." L'espressione di Brian era quella di una persona torturata, torturata per davvero, non solo come modo di dire, e Talker lo perdonò per non aver mai tirato fuori l'argomento. Brian non avrebbe sopportato di suggerire l'idea che Talker non potesse raggiungere il cielo se così avesse deciso di fare. Ma Talker sapeva la verità, probabilmente *avrebbe potuto* raggiungere il cielo, ma prima avrebbe dovuto decidere in che direzione andare.

Talker gli si avvicinò e gli mise la testa sul petto. "Per favore, non sentirti in colpa, non sentirti male per me, e non sentirti egoista. È arrivata l'ora che io metta i tuoi bisogni davanti ai miei, Brian, perché tu hai sempre messo i miei davanti ai tuoi. È tempo che tu vada avanti a mostrarmi la strada. È ora che io cresca e capisca cosa voglio fare. Non è successo andando a scuola e l'unico indizio che ho è che finché sarò con te, sarò contento di fare quello che faccio, ok?"

Brian annuì e strinse Talker fra le braccia. "Sai, se ci procuriamo delle mute, potremmo fare surf tutto l'anno," disse.

"Davvero? Hai fatto una ricerca in merito?" Guardò con attenzione Brian e vide con orrore che i suoi occhi erano lucidi e cominciavano a scendere lacrime sul suo volto.

"Già," disse roco Brian. "Continuavo a pensare a te, e a come ti avrebbero fatto sentire più calmo l'oceano, la privacy e la sabbia, ma non volevo che tu dovessi rinunciare a qualcosa, capisci?"

Anche gli occhi di Talker iniziarono a lacrimare ma, a differenza di Brian, non si costrinse a tenersi tutto dentro. "Oddio, Brian. Ho te. Come puoi anche solo pensare che sia un sacrificio?"

Brian non disse più niente, continuò semplicemente a stringere a sé Tate e cospargerlo di baci sulla testa, strofinando la guancia contro i suoi capelli lisci e lunghi.

"Allora?" gli chiese Talker dopo un minuto.

"Chiamerò Mark dopo colazione," gli disse Brian, e Talker annuì, ma nessuno dei due si mosse per un bel po' di tempo.

VIVERE NEL PRESENTE

SI ERANO trasferiti in inverno, subito dopo Capodanno, e Talker si era sorpreso vedendo quante persone erano venute ad aiutarli.

Doc Sutherland si era presentato con due scialli di lana fatti a mano come regalo di trasferimento/Natale, uno fatto da lui e uno dalla moglie, che non avevano mai incontrato, ma che a quanto pareva sentiva parlare così tanto di loro che si era abituata a considerarli parte della famiglia. C'erano zia Lyndie, ovviamente, e Craig, Jed e la sua famiglia, dal posto di lavoro di Talker, e Juan, dal lavoro di Brian a Olive Garden, e l'ex-ragazza di Brian, Virginia, con suo marito, Alex. Non ci avevano messo molto. La testata di ferro battuto del letto era la cosa più grossa ed era finita nel pick-up di Jed, insieme al divano e a una delle poltrone. Il resto era finito in varie altre macchine, così si erano diretti verso il loro cottage, seguendo le indicazioni di Google maps.

Mark aveva dato a Brian le chiavi della casetta e dell'attività il giorno stesso in cui Brian aveva firmato i documenti, la settimana prima di Natale. La vita del suo ex-amante, l'uomo che dovevano ringraziare per tutto quello, si era già spenta da tempo. Brian gli aveva chiesto (con il permesso di Tate, ovviamente) di passare con loro la vigilia di Natale, insieme a tutti gli altri che li avevano aiutati nel trasloco, ma Mark aveva rifiutato. Talker non sapeva esattamente cos'era stato detto in quella conversazione, ma aveva sentito Brian borbottare: "Se vuole stare da solo è un problema suo. Un uomo che non riesce a farsi degli amici non *merita* di avere un compagno." Talker si era sentito molto orgoglioso di non aver chiesto altro. Quell'uomo aveva fatto la sua scelta, ma per Brian non c'era stato ovviamente niente da scegliere e Talker ne era stato contento.

Non avevano ancora visto lo studio/galleria – era sulla strada principale della città e ci sarebbe voluto almeno un altro mese a Brian per riaprirlo – ma la casa era tutta un'altra storia.

"Oh, Gesù, Brian," aveva detto Tate di fianco a lui, in macchina. "È grande il doppio del nostro appartamento, ed è così bella!"

Era *veramente* bella. Aveva un rivestimento impermeabile grigio, con rifiniture di legno blu-verde, e si trovava su un angolo di prato che era stato seminato con cura e attenzione sul terreno sabbioso. I due acri della proprietà consistevano di sabbia compattata, vi crescevano molte piante grasse che davano fiori viola e oro, ma c'era anche qualche macchia terrosa che lasciava spuntare i papaveri in primavera. Tate avrebbe poi comprato altra terra, ovunque ne avesse trovata a buon prezzo, e avrebbe cercato di occuparsi del giardino nel suo tempo libero, perché quel primo scorcio del cottage, così piccolo e perfetto in quella terra aspra, con il mare sullo sfondo, sembrava essere uscito da un quadro di Thomas Kincaid. Una volta che iniziarono a viverci, si era sentito in qualche modo spinto a mantenere la luce dorata di quel posto, quella che invadeva la stanza quando il sole sbucava orizzontalmente da dietro le nubi e saturava la casa con la sua luce gioiosa e brillante.

Ma quella notte, era perfetta così com'era. Una volta che tutta la loro roba fu al suo posto, qualcuno andò in città a cercare della pizza e tutti cenarono e festeggiarono tranquillamente insieme. Mangiarono con indosso le loro felpe, arrotolati nelle coperte sul patio nel retro, quello che dava direttamente sulla spiaggia, per osservare l'oceano di notte. Quella notte, Lyndie e Craig dormirono sul divano in un sacco a pelo, tutti gli altri, invece, guidarono per ritornare a Sacramento a notte fonda. Brian e Talker erano riusciti ad assemblare il letto e vi caddero sopra, esausti, divertiti e felici.

"Guarda," sussurrò Brian, ed ecco: dalla loro finestra potevano vedere le stelle e il riflesso della luna sull'acqua. Più tardi ci avrebbero messo sopra dell'isolante, così da poter vedere quella meraviglia solo quando volevano e non risvegliarsi infreddoliti e tremanti, e avrebbero aggiunto dei tappeti e si sarebbero ricordati di mettersi le ciabatte, perché il favoloso pavimento di legno del cottage non era sempre caldo. Ma quella notte fu come vedere il mondo intero ai loro piedi, abbracciati sotto tutte le coperte che erano riusciti a trovare.

"Oddio, è come se potessimo alzare un braccio e toccare qualcosa," gli sussurrò di rimando Tate, stupito, e vide il sorriso di Brian nonostante l'oscurità.

"Aspetta domattina: afferrerò veramente qualcosa!"

183

Tate fece un'espressione esasperata. "Sai, dovresti essere un artista o qualcosa del genere, ma giuro su Dio, non hai nemmeno un francobollo di poesia nella tua anima."

La bocca di Brian a quel punto si posò su quella di Tate, calda e possessiva, dopodiché Tate non riuscì più a dire niente di coerente. Rannicchiati sotto le loro centouno coperte e le lenzuola appena macchiate, il messaggio fu chiaro: il sesso era tutta la poesia di cui aveva bisogno l'anima di Brian.

INDOSSARONO ENTRAMBI dei pantaloncini e delle felpe con cappuccio, perché le loro mute erano fuori, appese alla recinzione, di fianco alla doccia esterna, e faceva troppo freddo all'esterno per gironzolare soltanto in mutande. Brian mise su il caffè, così lo avrebbero trovato pronto al loro ritorno, e stava per andare dagli animali quando squillò il telefono. Fece una smorfia, ma Tate gli disse: "Rispondo io, piccolo. Ci vediamo in acqua."

Aveva la sensazione di sapere chi fosse, così si preparò, vedendo apparire il nome che si aspettava.

"Tate?" JoEllen aveva la voce di un donnone di colore di mezza età, ed era esattamente così, compreso il seno enorme, il rossetto rosso e la pettinatura corta afro. La sua voce faceva sempre sentire Tate contento e ben accudito, e probabilmente era un bonus nel suo lavoro, visto che era l'assistente sociale locale che si occupava dei bambini in adozione in quella zona.

"Ciao, JoEllen. Come stai oggi?"

"Bene, baby. E Brian? È già in crisi nervosa?"

"No, sai com'è. Tira fuori le sue opere e fa finta che non ci abbia messo dentro il cuore e l'anima, hai presente? È una roccia." Fino a dopo la mostra. Quella era la sua quarta mostra, la terza a Petaluma, e ogni volta era la stessa storia: Brian era l'incarnazione dello Zen e della serenità fino a quando tutti non se ne andavano, poi iniziava a tremare e aveva bisogno di Talker con un'intensità che avrebbe spaventato qualsiasi altro essere vivente sul pianeta.

"Bene, allora. Sono passata ieri per portare le opere dei bambini, te l'ha detto?"

"Sì, ha detto che sono molto belle." A dire il vero Brian si era complimentato con Tate fino a quando quest'ultimo gli aveva detto di chiudere quella cazzo di bocca, perché non era mai stato bravo ad accettare i complimenti e Brian lo aveva baciato fino a togliergli il fiato.

184

"Beh, baby, meno male. Sai perché ti sto chiamando, vero?"

Tate sospirò. Era un adulto ormai, se lo ripeteva in continuazione, ma ciò non impedì alla sua voce di diventare roca. "I genitori di Shelley hanno ottenuto di nuovo la custodia, vero?"

"Già. E una mostra d'arte è l'ultimo posto dove la porteranno. Mi dispiace, dolcezza, non ci sarà stasera. Ho pensato di chiamarti subito per dirtelo, così magari saresti riuscito a fartela passare sopra."

Tate annuì, ricacciando indietro i suoi sentimenti, sentendosi dolorante in un sacco di posti, e non solo nella gola.

"Ok, ho capito. Grazie."

"Ehi, Tate, ne abbiamo parlato, ricordi? Di come la gente si affeziona, e di come essere pronti per quando capitano queste cose..."

"Lo posso sopportare, Jo, ok? Ci vediamo stasera."

"Ok, dolcezza, ci vediamo stasera, e gli altri ragazzi saranno con me."

"Non vedo l'ora."

Mise giù il telefono e si diresse sul retro, dove la muta e la tavola da surf lo aspettavano, e cercò di non pensare a come gli occhi gli pungessero dalla delusione.

TATE AVEVA trovato quasi subito lavoro in un bar locale. Non era un ritrovo gay, ma nemmeno di conservatori, ed era abbastanza piccolo perché presto lo mettessero a miscelare e servire drink. Come aveva detto a Brian, era praticamente la stessa cosa che aveva fatto anche prima, ma *sembrava* più figo dire che faceva il 'barista'. Gli piaceva studiare le ricette dei cocktail e crearne qualcuno lui stesso; di per sé non era un grande fan degli alcolici, ma d'altro canto aveva notato che molti baristi non ne bevevano più di un sorso per assaggiarli. Forse era perché ne vedevano troppi di ossessionati; e Tate, che si era addormentato da piccolo su una coperta intrisa di whiskey e si era risvegliato un mostro pieno di cicatrici, non aveva bisogno di sentirselo dire due volte.

E così Tate aveva un lavoro, ma era abituato a lavorare *e* andare a scuola; anche se all'inizio aveva aiutato Brian a sistemare la galleria, la sua mente, che girava con la velocità delle ali di una farfalla, era *annoiata*.

Stava andando a piedi alla galleria dopo il lavoro quando aveva visto il volantino affisso al palo del telefono. Cercavano volontari per una fiera dell'artigianato, i cui oggetti erano stati creati da bambini in adozione.

185

Era riuscito a sbattere il volantino sotto il naso di Brian, parlando a vanvera e in modo incoerente; quando Brian era riuscito a calmarlo, Tate aveva afferrato la sua pietra anti-stress, riunito tutti i suoi *pesciolini* in un'unica polla nel suo cervello, e detto: "Brian, è come se, guardando questo volantino, sentissi delle campane."

Brian aveva sorriso gentilmente. "Già, saresti bravo in queste cose. Cosa dobbiamo fare?"

Talker aveva sorriso timidamente. "Beh, immagino che dobbiamo solo presentarci là, conosco il posto. So come funziona perché sono stato io stesso nel sistema. Credo che possiamo semplicemente presentarci là giovedì e dare una mano. Cosa ne pensi?"

"Perfetto. Penso che sarà stupendo."

JoEllen li aveva salutati appena erano entrati dalla porta. Era stato diffidente all'inizio; non sapeva se un'agenzia governativa avrebbe permesso a uno come lui, con il suo aspetto, di lavorare con quel tipo di bambini; ma JoEllen aveva passato tutta la vita a vedere oltre a quello che i bambini mostravano al mondo. E quindi in un millisecondo aveva visto oltre i tatuaggi, aveva visto le cicatrici che ricoprivano Tate.

"Cosa posso fare per te, baby?" gli aveva chiesto con gentilezza, e per un istante aveva quasi dimenticato che era un adulto di ventidue anni.

"Io, uhm… beh, ho visto questo e… stavate cercando volontari…" All'improvviso si era ritrovato a balbettare. "Posso aiutarvi. E il mio ragazzo mi ha dato un bel blocco di argilla quindi possono mettersi a modellarla, e poi pastelli e delle matite per disegnare. Materiale vario. Vi ha regalato delle cose. E mi piacerebbe aiutarvi. Posso venire ad aiutarvi?"

Gli occhi caldi di JoEllen si erano illuminati alla parola 'materiale', e all'improvviso si era ritrovato stretto da quelle braccia calde, carnose e matriarcali, che stranamente gli ricordavano quelle da uccellino di zia Lyndie. "Ci piacerebbe da impazzire se tu ci aiutassi. È straordinario. Vieni a conoscere la combriccola. Non siamo in tanti, ma il gruppo sta crescendo."

A Tate erano stati presentati cinque bambini, tre maschietti e due femminucce, e tutto quello che aveva dovuto fare per guadagnarsi il loro rispetto era stato sedersi a quel tavolino, a misura di bambino, e mettersi a colorare, modellare, tagliare e incollare o infilare i maccheroni in un filo. Era una cosa che amava. Amava il suono del loro chiacchiericcio, amava

186

le cose scandalose che uscivano dalle loro bocche, e amava che per essere amato a sua volta doveva andare lì solo una volta a settimana (ma poi erano diventate due, e poi tre) ed essere gentile con loro.

E JoEllen aveva ragione: non era stato l'unico a presentarsi per il volontariato, e nel giro di poco aveva chiamato per nome un assortimento di persone, donne, madri o nonne, persone che come lui erano cresciute in famiglie adottive, che si riunivano lì e giocavano con i bambini, facendoli sentire importanti.

Tate si sentiva il re dell'intero universo e Brian era incredibilmente orgoglioso di lui. Talker lo sapeva perché Brian glielo diceva praticamente tutti i giorni.

Ovviamente, anche i migliori insegnanti avevano delle preferenze e la preferita di Talker era Shelley. Shelley era stata lì praticamente dall'inizio – da quando aveva sei anni ed era appena stata inserita nel sistema – e quando Tate l'aveva incontrata, stava cercando di impegnarsi a disegnare con un braccio ingessato.

"Ehi," aveva detto Tate, sedendosi di fianco a lei. Aveva deliberatamente tolto il guanto e preso uno dei pastelli con la sua mano storpia.

"Ehi. Cosa è successo alla tua faccia?"

Tate ormai si era abituato a quelle domande e non aveva nessun problema a rispondere, e a pensarci era divertente, perché quando i cosiddetti adulti gli avevano fatto la stessa domanda quando era al college, si era sempre sentito male.

"È un tatuaggio," aveva detto casualmente. Si era tirato su la manica della maglietta e aveva aggiunto: "E non è solo sulla mia faccia. Ce l'ho anche sul braccio, sul collo e sulla spalla." Il tatuaggio sul braccio era parecchio più brillante di quello sul viso. Lui e Brian a quel tempo avevano già iniziato a fare surf e più si abbronzava, meno il tatuaggio era evidente. Aveva valutato se farselo ripassare, ma poi aveva deciso di no. Ormai quel ragazzo era quasi scomparso.

La ragazzina lo aveva osservato con attenzione, guardando poi gli orecchini che stavano su un orecchio solo, a nascondere la deformazione dell'orecchio. "Perché hai tutta quella roba?" aveva chiesto, mentre lui disegnava un cuore con dei fiori tutt'intorno. Non era un artista, non come Brian, ma ormai faceva il volontario a quel centro da quattro mesi ed era diventato un asso a disegnare cuori, fiori, unicorni, camion, tigri e Spiderman.

"Perché quando avevo la tua età mi sono scottato e non volevo che nessuno guardasse le mie cicatrici," le aveva detto. La sua bocca si era spalancata in una piccola 'O'.

"Posso toccarlo?" aveva chiesto piano, e lui aveva annuito, appoggiando la mano al tavolo. Anche lui modellava l'argilla come Brian e anche a lui la cosa era stata d'aiuto. Non così tanto come a Brian ma, certe notti, seduti a guardare la televisione, Brian prendeva l'argilla e si mettevano semplicemente a manipolarla, facendo a turno per darle forma, far vedere all'altro quello che avevano fatto e poi schiacciarla di nuovo. A volte creavano delle figure astratte, a volte profane (davvero, un pene era praticamente la cosa più facile da modellare con la creta) ma era il modo più facile per comunicare fra di loro quando non avevano voglia di usare le parole. E così anche le sue dita stavano migliorando, perfino più di quanto aveva tentato di fare, e ora riusciva a usarle meglio di quanto i dottori avessero mai predetto.

Ma erano ancora deformate e piene di cicatrici, e Shelley ci aveva passato sopra con gentilezza le dita che le spuntavano dal gesso.

"Mi resterà una cicatrice," aveva detto lei piano.

"Davvero?" L'aveva immaginato. Il gesso era spesso e ingombrante, e di solito non mettevano una cosa del genere ai bambini piccoli sempre che non ci fossero stati dei danni abbastanza estesi.

"L'osso è uscito. È stata una cosa schifosa."

Tate aveva fatto una smorfia. "Che schifo! Ti sei messa a urlare?"

La bambina aveva scosso la testa. "No. L'avrebbe fatto arrabbiare ancora di più."

Tate aveva annuito. "Già. È meglio non farli arrabbiare. Probabilmente sei stata molto coraggiosa."

La bambina aveva fatto cenno di sì continuando ad accarezzare la pelle ruvida di Tate. "Non avrò mai un principe azzurro," aveva detto, con la voce incredibilmente triste.

"Per via delle cicatrici?"

Lo aveva guardato, con gli occhioni scuri spalancati in quel viso aguzzo, i capelli di un biondo chiarissimo che sembravano una nuvola. "Già."

"Non è vero, io ho trovato il principe azzurro e sono pieno di cicatrici."

Lei aveva ridacchiato. "Non puoi avere un principe azzurro!" si era scandalizzata. "I ragazzi non ce l'hanno!"

Tate aveva annuito e iniziato un altro disegno. Aveva fatto un gattino, perché anche quello era semplice. "Già," aveva detto con calma, "però nemmeno la gente dovrebbe procurarci delle cicatrici. Ho pensato che, se la gente può farmi del male anche se non dovrebbe farlo, allora posso avere un principe azzurro anche se non dovrei, non pensi?"

La bambina aveva fatto spallucce, sembrando annoiata. "Mi piace il gattino. Posso tenerlo?"

"Certo. Se mi prometti che troverai il tuo principe azzurro, allora lo puoi tenere."

La ragazzina ci aveva pensato. "Ok. Mi aiuterai a cercarlo?"

"Certo."

"Voglio ballarci insieme, come Cenerentola."

"Davvero? Hai una canzone in mente in particolare?"

La bambina aveva scosso la testa. "No, voglio solo ballare."

Talker ci aveva pensato e poi aveva tirato fuori il suo iPod. "Ecco," aveva detto, mettendo gli auricolari in quelle orecchie così piccole. "Queste sono le migliori canzoni da principe azzurro che conosco." E aveva impostato il lettore su 'Kingdom Come' dei Coldplay.

Lei aveva ascoltato la musica con attenzione, colorando nel frattempo, muovendo piano la testa a tempo di musica. Dopo aver finito, gli aveva restituito con educazione il suo iPod.

"Grazie," gli aveva detto piano. "Adesso so che avrò anche io un principe, perché mi hai dato una canzone."

E quella era Shelley.

La prima cosa che aveva disegnato era stata un ritratto di Tate: i capelli lunghi su un lato e rasati sull'altro erano facili da riconoscere. Tate l'aveva portato a casa e l'aveva fatto vedere a Brian; Brian aveva comprato una cornice magnetica e l'aveva appeso al frigorifero, e Tate si era innamorato di nuovo, perché soltanto lui avrebbe potuto capire quanto quello significasse per Tate.

Erano passati due anni da quando aveva conosciuto Shelley. Brian aveva lasciato ai ragazzini due spazi espositivi nelle ultime due mostre e, se possibile, Tate l'aveva amato ancora di più per quello. Anche quella volta gli aveva lasciato uno spazio, e Shelley aveva creato una cosina che sembrava uno dei mezzi guanti di Talker, perché lui la affascinava e lei passava il suo tempo cercando di disegnare qualcosa che le avrebbe coperto la carne cicatrizzata sul suo stesso avambraccio, così da poter indossare un vestito che avrebbe reso felice il suo principe azzurro.

Talker le aveva detto che a un vero principe azzurro le sue cicatrici non sarebbero importate.

Shelley gli aveva detto che lei avrebbe cercato comunque di nasconderle.

Tate cercò di non addolorarsi troppo. JoEllen aveva ragione: sapeva come funzionava il sistema e sapeva che a volte non erano le persone migliori a essere incaricate del benessere dei bambini. Shelley ora era con i suoi genitori e, quando era con loro, la sottraevano dalla cura degli assistenti sociali, come se facendo così potessero ignorare di aver sbagliato e ci si potesse dimenticare interamente della cosa. Si era detto che sarebbe stato felice per lei, perché la maggior parte dei bambini sognava che mamma e papà tornassero a prenderli e sistemassero le cose, ma aveva gli occhi pieni di lacrime quando si infilò la muta, le scarpe da surf e afferrò la sua tavola, rendendosi conto a malapena dello shock causato dall'acqua fredda quando corse nell'oceano.

Nuotò oltre la furia dei frangiflutti fino ad arrivare alla calma dell'oceano, e rimase seduto lì per un po', strizzando gli occhi e cercando di darsi una calmata. Iniziava ad avere freddo ai piedi, nonostante la muta, e il rollio della tavola lo stava praticamente facendo tornare a dormire; ma poi, nella sua tristezza, vide Brian, e gli si schiarì la vista.

Quando non lavorava l'argilla, Brian teneva la spalla come se gli dolesse ancora un po'. La sera Tate sentiva il tintinnare rivelatore della bottiglia di pillole di Ibuprofene e sapeva che doveva fargli ancora parecchio male, ma Brian non si lamentava mai. Da quando Talker l'aveva visto per la prima volta, si era irrobustito, il suo bellissimo ragazzo dei sogni, dalla mandibola squadrata e gli occhi blu, seduto in quel pulmino. Il petto ora era più ampio, ma la vita era rimasta stretta come un tempo perché correva e faceva surf ogni giorno. Tate riusciva a immaginare che, una volta diventato più anziano, Brian avrebbe fatto fatica a non ingrossarsi. Tate non vedeva l'ora che arrivasse quel momento. Brian era sempre stato così solido; sarebbe stato stupendo se, oltre che nel suo cuore, fosse stato solido anche nel corpo.

Aveva ancora i capelli leggermente troppo lunghi, perché li tagliava corti e poi li faceva crescere fino a quando non li sopportava più, i suoi occhi erano ancora di quel blu limpido, e guardava ancora Talker come se fosse la cosa migliore che avesse mai visto. Talker era convinto che Brian sarebbe invecchiato e probabilmente morto senza mai notare per davvero un altro ragazzo e a Tate la cosa stava bene. D'altronde anche lui era convinto che non avrebbe mai guardato nessun'altro ragazzo nel modo in cui guardava Brian.

Un'onda più alta del normale alzò Tate e poi lo buttò giù, e lui pensò che magari avrebbe potuto cercare di cavalcare quella seguente. Il surf non era stato qualcosa di facile da imparare per nessuno dei due, ma essere fuori in quell'oceano freddo e cavalcarlo fino a riva era qualcosa che li faceva sentire potenti. Forse era perché erano abituati a farsi sbattere giù dalle onde, ma ogni volta che erano riusciti a cavalcarne una, a starci letteralmente sopra, sapendo che avrebbero potuto rialzarsi anche se ne fossero stati travolti, aveva voluto dire parecchio per entrambi.

Tate si asciugò di nuovo gli occhi e si mise ad aspettare l'onda successiva. Aveva ancora Shelley per la mente, ma avrebbe dovuto convivere con la sua preoccupazione. Era una dura. Potevano anche buttarla giù, ma si sarebbe alzata di nuovo. E se non ci fosse riuscita da sola, avrebbe sempre avuto Tate, JoEllen e magari un giorno anche un principe azzurro, ad aiutarla.

Tate ora aveva fede, doveva averla. Lui e Brian erano già stati buttati a terra un paio di volte, e Tate non sarebbe stato in grado di rialzarsi da solo, senza l'aiuto di Brian. Ma c'era stato un paio di volte in cui anche Brian aveva avuto bisogno di Talker per rialzarsi. Doveva credere che la loro non fosse solo fortuna, o il caso, o qualcosa così. Doveva credere che se c'era un Brian per Tate Walker, allora tutti gli altri Talker e Shelley del mondo avrebbero trovato una mano stesa per loro, perché era quello che rendeva il mondo sopportabile. Il pensiero che ci sarebbe stata una mano protesa ad aiutare tutte quelle anime perse per le quali il mondo sembrava un posto così indicibilmente solitario. Tate doveva avere fede.

Brian alzò lo sguardo, mettendosi una mano sugli occhi per proteggerli dal sole, e poi lo salutò, agitando una mano. Talker salutò di rimando la sua ragione per avere fede e poi vide l'onda perfetta (per la costa della California del Nord almeno. Le onde erano abbastanza piccoline lì, doveva ammetterlo). Sorrise a Brian e si mise in piedi sulla tavola, fermo in attesa che l'onda passasse sotto di lui. Trovò l'equilibrio e, con il vento sul viso e la gioia della cavalcata, seguì l'oceano fino a riva.

AMY LANE è madre di quattro figli ed è una lavoratrice a maglia compulsiva, che scrive perché non riesce a zittire le voci che ha in testa. Adora i gatti, i chihuahua, fare calzini e gli uomini sexy. Odia le tarme, le lettiere dei gatti e gli imbranati ottusi. È difficile trovarla a cucinare, pulire o a svolgere faccende domestiche, ma la potrete sorprendere mentre prepara coi ferri set di emergenza con cappello/coperta/paio di calzini per qualsiasi occasione o a volte senza motivo.

Scrive nella doccia, in palestra, mentre scarrozza i figli a calcio/danza/ ginnastica/musica e ha imparato a scrivere sulla tastiera veloce come il vento. Vive in una casa cadente infestata dai ragni, in un quartiere fatiscente, e conta sul suo adorato Mate per tenerla ancorata alla realtà – lui ci riesce, perfino assicurandosi che il suo cellulare non si scarichi. È sposata da oltre vent'anni: crede ancora nel Vero Amore, con la V maiuscola e la A maiuscola, e non vede alcun motivo per cambiare idea.

Sito internet: www.greenshill.com
Blog: www.writerslane.blogspot.com
E-mail: amylane@greenshill.com
Facebook: www.facebook.com/amy.lane.167
Twitter: @amymaclane

Di AMY LANE

Acqua pulita
Calcio d'inizio
Falò
Giocatori d'azzardo
Il nascondiglio
Non è Shakespeare
Paradiso rimpianto
Sidecar
Sotto i giunchi
Lo spogliatoio
Ricette per chiarire
Il vero cuore di un uomo

Johnnies
Chase nell'ombra
Supersexy in calzini

Promesse
Promesse mantenute
Promess fatte
Promesse vissute

Talker
Talker
La guarigione di Talker
La laurea di Talker
Cofanetto Talker – La collezione completa

Pubblicato da DREAMSPINNER PRESS
www.dreamspinner-it.com

FALÒ

AMY LANE

Sono trascorsi dieci anni da quando il vicesceriffo Aaron George, rimasto vedovo, si è trasferito a Colton per far crescere i figli in una cittadina sicura. Tra i membri della comunità, ha conosciuto il professor Larkin, detto Larx, un allegro e divertente insegnante di scienze e allenatore di atletica delle superiori. La promozione a preside ha costretto però l'insegnante a rinunciare agli allenamenti e a correre da solo su una strada pericolosa. Aaron, che fino a quel momento ha sempre e solo dedicato la sua vita ai figli, si scopre improvvisamente preoccupato per quell'uomo e distratto dal suo petto nudo e luccicante di sudore.

Anche Larx vive per le figlie e i suoi studenti. Non è pronto a farsi ammaliare da Aaron, ma quando quest'ultimo si offre di correre con lui, inizia ad apprezzare la fermezza e l'umorismo del vicesceriffo. Inoltre hanno le stesse priorità: innanzitutto i figli, poi il lavoro, e i propri interessi tristemente all'ultimo posto.

Basta però un bacio a trasformare due uomini sulla soglia dei cinquant'anni in due adolescenti innamorati, nonostante le responsabilità di cui devono farsi carico. Poi un atto di violenza minaccia di soffocare sul nascere la loro relazione. Saranno quelle responsabilità a svolgere un ruolo fondamentale nell'impedire alla città di esplodere. E quando la situazione raggiungerà il punto critico, la loro nuova famiglia appena formata potrebbe essere proprio ciò che impedisce al mondo che li circonda di crollare.

www.dreamspinner-it.com

Ricette
PER CHIARIRE

AMY LANE

Un libro della serie Il curioso ricettario di Nonna B

Una domenica mattina, Emmett Gant esce di casa deciso a confessare al padre una cosa importante, ma scopre che l'uomo è venuto a mancare. Ora, a quasi tre anni di distanza, il giovane non riesce a capire con chi stare: la ragazza dalle guanciotte da criceto e la famiglia numerosa, o Keegan, il vicino di casa che, pur non avendo una famiglia, lo rende felice con la sua sola presenza?

Ci vuole qualcosa per schiarirsi le idee.

Per fortuna, la mamma del suo migliore amico possiede un libro di ricette capaci di snebbiare le menti più confuse, e Emmett ne viene subito conquistato. Quando il libro lo segue fino a casa, lui e il vicino decidono di preparare un piatto "per chiarire", e quello che segue è davvero chiarissimo – e forse anche un po' sorprendente, soprattutto per la sua ragazza. Emmett dovrà quindi riflettere sul passato e sulla cosa importante che voleva confessare al padre, se non vuole rischiare di rovinare la ricetta per l'amore perfetto.

www.dreamspinner-it.com

Le partite che contano non si
disputano solo sul campo . . .

Calcio d'inizio

AMY LANE

Un libro della serie Fuori del campo

Nonostante un'adolescenza triste e un presente solitario, Skipper Keith non ha mai desiderato altro che una famiglia. La cosa che più le si avvicina è la squadra di calcio che allena dopo il lavoro e il suo miglior giocatore, nonché migliore amico, Richie Scoggins.

Una fredda sera di ottobre, una conversazione dopo l'allenamento si trasforma in un incontro sessuale che nessuno dei due si sarebbe mai aspettato, né intende dimenticare. In breve, Skip e Richie vivono solo per i loro fine settimana, le partite di calcio, e i giochi che fanno insieme fuori dal campo. Tra nasi rotti, decorazioni per le feste e un'influenza devastante, imparano a conoscersi come mai avrebbero creduto possibile. E ogni nuova scoperta fa loro trascendere i confini del campo di calcio catapultandoli dentro alle infinite possibilità della migliore relazione della loro vita.

Skipper non riesce a immaginare una famiglia migliore di Richie, ma il ragazzo ha dei legami familiari che lo trattengono e dai quali non può liberarsi. Skip deve quindi convincerlo a restare con lui anche dopo la fine del campionato invernale, cosicché la storia che è cominciata sul campo possa diventare un futuro felice nella vita di tutti i giorni.

www.dreamspinner-it.com

Acqua pulita

AMY LANE

Ecco a voi Patrick Cleary: festaiolo, perdente e schizzato. Patrick cerca disperatamente di trasformare se stesso e i risultati sono così straordinari che per poco non ne rimane ucciso. Ora ecco a voi Wes 'Whiskey' Keenan: biologo da campo che si chiede quando arriverà il momento giusto per sistemarsi e mettere radici. Quando il giorno peggiore della vita di Patrick si conclude col salvataggio da parte di Whiskey, i due si trovano a condividere un frammento di vita e una minuscola cuccetta sulla casa galleggiante più kitsch del mondo.

Patrick ha bisogno di dare una svolta alla sua vita e Whiskey decide di aiutarlo, ma il ragazzo non è del tutto convinto di riuscirci. Anzi, è abbastanza sicuro di essere uno scherzo della natura. Ma Whiskey, che lavora con veri e propri scherzi della natura, pensa che l'unica cosa di cui Patrick ha davvero bisogno è riconoscere la bellezza dentro quel guscio strambo, e non si è mai tirato indietro di fronte a una missione. Tra rane anomale, un ex ragazzo delinquente e i complessi di Patrick, Whiskey dovrà armarsi di tutta la pazienza possibile prima che Patrick scopra il meglio di sé. Solo allora si troveranno a nuotare finalmente nell'acqua pulita.

www.dreamspinner-it.com

IL
NASCONDIGLIO

Amy Lane

L'infanzia di Terrell Washington è stata una tripla schifezza: non c'è nessun vantaggio a essere nero, gay e povero in America. Terrell si è fatto strada fuori dal ghetto solo per colpire un soffitto di cristallo e trovarsi imprigionato nel ristorante di una popolare catena a fare il barista con una laurea in giornalismo. L'unica nota positiva è Colby Meyers, un suo collega che non ha paura o inibizioni e che non conosce limiti. Terrell e Colby passano l'estate al fiume e le loro pause sul retro del Papiano. Per quanto Terrell sia terrorizzato all'idea di uscire allo scoperto, gli è impossibile stare lontano dal magnetico sorriso di Colby e dalla sua risata contagiosa.

Ma Colby ha finito l'università, adesso, e ha grandi progetti per il futuro… progetti che Terrell è certo che lasceranno il suo nero culo secco nella polvere di Sacramento, fino a un momento mozzafiato, rubato nel mezzo del caos del ristorante, che gli dice che potrebbe sbagliarsi. Quando quell'istante viene infranto da un mistero e da un atto di violenza, Terrell e Colby rimangono con due rompicapi da risolvere: chi ha ucciso quel furfante del loro capo e come potranno far confluire le loro vite, il loro nero e il loro bianco, in un unico scintillante futuro?

www.dreamspinner-it.com

www.ingramcontent.com/pod-product-compliance
Lightning Source LLC
Chambersburg PA
CBHW022146240626
47153CB00007B/2531